新技术时代

电工操作技术

王世锟 编

上海科学技术文献出版社

图书在版编目(CIP)数据

电工操作技术 / 王世锟编.—上海:上海科学技术文献出版社,2008.4
(新技术时代)
ISBN 978-7-5439-3536-5

Ⅰ.电… Ⅱ.王… Ⅲ.电工技术 Ⅳ.TM

中国版本图书馆CIP数据核字(2008)第039790号

责任编辑:祝静怡 夏 璐
封面设计:汪伟俊

电 工 操 作 技 术
···
王世锟 编
···
*
上海科学技术文献出版社出版发行
(上海市武康路2号 邮政编码 200031)
全 国 新 华 书 店 经 销
上海市崇明县裕安印刷厂印刷
*
开本 850×1168 1/32 印张 10 字数 268 000
2008 年 4 月第 1 版 2008 年 4 月第 1 次印刷
印数:1-5 000
ISBN 978-7-5439-3536-5
定价:18.00 元
http://www.sstlp.com

内容提要

本书是按初级(安装、维修)电工入门要求，为希望进入安装、维修电工领域发展的初学者编写的入门电工操作技术书籍。内容包括电工安全操作技术；电工基本操作技术；常用低压电器应用及故障处理技术；三相笼型交流异步电动机；小型变压器检修技术；三相笼型交流异步电动机基本运行控制线路安装、调试与检修技术；常用机床电气控制线路安装、调试、故障分析与检修技术等。

本书可作为初级职业技术学校、工厂企业培训部门、社会力量办学机构、政府职业介绍机构等作为入门电工岗前培训教材，也可供青年工人作自学用书。

随着我国改革开放的不断深入,国民经济正持续、稳定、快速地发展,各行各业的电气化程度亦日益提高,对安装、维修电工的需求特别是生产第一线掌握初级电工操作技术的工人的需求迅速增加。但新入劳动力市场的就业人员包括大量进城务工人员又由于缺乏初级电工操作技术而遇到就业困难。他们迫切需要一本通俗易懂而又符合工作需要的书籍进行岗前培训或自学成材。本书正是基于以上现状编写的。

编写本书时,我们尽量做到内容实用、开门见山、操作步骤详尽、明了、易懂易学。为此配备了大量插图,即使是自学读者,只要具有相当于初中文化知识水平,即可根据插图并对照操作步骤能基本学会初级电工操作技术。

本书可作为承担初级电工培训任务的职业学校、厂矿企业培训部门、社会力量培训机构以及政府职业介绍部门有关培训机构的岗前培训教材,也可作为青年工人的自学用书。在每一章后都附有复习思考题,并在书后附有习题答案。

参加本书编写、配图、校对、审核等的还有宋丽心、王侃、陈辉、施佩玲、刘思捷、陈留章等。由于作者水平有限、定有不妥之处,敬请读者提出宝贵意见,以便再版时改进。

编　者

目录

MU LU

第1章　电工安全操作技术

　　电工操作的前提首先是操作者的人身安全。本章着重讲述：常见触电事故，触电时电流对人体的影响，触电后如何急救等知识，以及电工必须掌握的安全操作规程，防范电气事故的安全措施和防火、防爆、防雷知识。

第一节　发电、输配电概况

　　为了安全和节约资金，通常都把大的发电站建在远离城市中心的能源附近。因此电站发出的电能必须通过一定距离的输送，才能到达工矿城镇并分配给各种用户使用。这就形成了由发电设备、输配电设备（包括高、低压开关，变压器，电线电缆）以及用电设备等组成的电力系统，如图1-1所示。

　　电力系统中，联系发电和用电设备的输配电系统称为电力网，简称电网。电能输送时，电流会在输电导线中产生电压降落 $U = IR$ 和功率损耗 $P = I^2R$，式中 I 是输电电流，R 是输电线的电阻。可见要减小输电线上的电压损失和功率损失，最好的方法就是减小输电电流。又根据 $P = IU$ 可知，电厂向外输送的电功率等于输送电流和电压的乘积，只要提高输送电压就可以减小输送电流。所以通常采用升压变压器将电压升高后再输送，提高电力系统运行的经济性。目前我国远距离输电电压有 3 kV（千伏），6 kV，10 kV，35 kV，63 kV，110 kV，220 kV，330 kV，500 kV，750 kV共十个等级,世界上正在实验的最高输电电压是 1 000 kV。随着电力电子技术的发展,超高压远距离输电已开始采用直流输电方式,与交流输电相比具有更高的输电质量和效果。

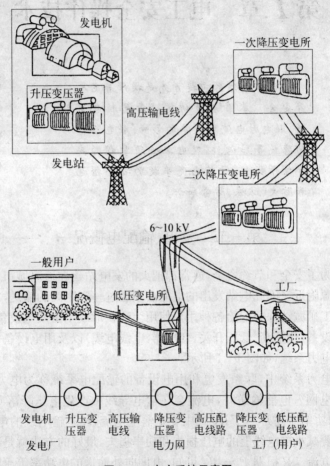

图 1 - 1　电力系统示意图

　　高压电输送到用户区后,再经降压变压器将高压降低到用户所需的各种电压。目前规定 1 000 V(伏)以下的电压为低电压。低压电网通常用四根线向用户供电,其中三根为相线(即火线),另一根是零线（即地线），俗称三相四线制供电。它的优点是可以在同一电网中供出两类交流电即三相交流电和单相交流电。并可供出380 V和220 V两种交流电压。工矿企业的机床设备等功率较大的对称性用电设备通常接在三根相线上，取用380 V的三相交流电压。而民用照明电路、家用电器等则接在一根相线和零线之间，取用220 V的单相交流电压。

第二节　常见触电事故

当电力系统及电气设备在设计、制造、安装、维修等环节存在质量问题时，以及防护措施不到位时，特别是操作人员违章作业和其他一些意外因素，都可能酿成触电事故。

人身触电事故主要指电对人体产生的直接的和间接的伤害。直接伤害可分为电击和电伤，间接伤害是指电击引起的二次人身事故、电气着火或爆炸带来的人身伤亡等。

一、电击

电击是指电流流过人体时对人体内部器官造成生理机能的伤害，也就是通常所说的触电。触电的后果严重，最容易造成当事人死亡。统计资料表明：我国每年因触电而死亡的人数，约占全国各类事故总死亡人数的10％，仅次于交通事故。

（一）造成触电事故的原因

造成触电事故的常见原因如下：

1. 缺乏电气安全常识

在线路下建房、打井；在电线上晾晒衣服；把普通220 V台灯移到浴室照明，并用湿手去开关电灯；发现有人触电时不是及时切断电源或用绝缘物使触电者脱离电源而是用手去拉触电者等。

2. 违反操作规程或规定

检修用电设备时违反规程，不办理工作票、操作票，擅自拉合隔离开关；在没有确认现场的情况下用电话通知停、送电；在工作现场

和配电室不验电、不装接地装置、不挂警示牌等。

3. 电气设备维护不良

绝缘导线破损;电机受潮后绝缘性能降低致使外壳带电;电杆严重龟裂,导线老化、松弛等。

4. 电气设备质量不良

低压用电设备进出线裸露在外;台灯、洗衣机、电饭煲等家用电器外壳未接地漏电后碰到外壳;低压接户线、进户线高度不够等。

5. 电气安装不合要求

导线间交叉跨越距离不符合规程要求;电力线路与弱电线路同杆架设;导线与建筑物的水平或垂直距离不够;用电设备接地不良造成漏电;电灯开关未控制相线及临时用电不规范等。

6. 意外事故

遭受雷击等。

(二)触电事故的规律

触电事故的一般规律如下:

1. 有明显的季节性

夏季及江南地带的梅雨季节事故较集中,由于天气潮湿多雨,降低了电气设备的绝缘性能;人体多汗,皮肤电阻降低,容易导电;天气炎热,电扇用电或临时线路增多。

2. 低压触电多于高压触电

生活、生产中多使用低压设备,与人体接触机会较多;大多数低压设备较简陋,且疏于管理,一般群众缺乏电气安全知识,思想麻痹。

3. 农村触电事故多于城市

相对城市而言农村用电条件较差,设备简陋,使用人员技术水平较低、管理制度不严。

4. 青年和中年触电多

多数操作者为中青年,一方面他们不如初接触时那么小心谨慎;另一方面由于工作紧张、忙碌容易忽视安全性。

5. 单相触电事故多

与单相电接触机会多。单相触电事故占总触电事故的 70%以上。

6. 遭雷击事故较多

遇雷雨时来不及躲避或不会采取正确的躲避措施。

（三）常见的几种触电形式

触电可分为单相触电、两相触电、接触和跨步电压触电及雷击触电等。

1. 单相触电

单相触电是指人体某一部分触及一相电源或接触到漏电的电气设备，电流通过人体流入大地，造成触电。触电事故中大部分属于单相触电。单相触电中又分为中性点接地的单相触电和中性点不接地的单相触电等几种。

（1）中性点接地的单相触电　人站在地面上，如果人体触及一根相线，电流便会经导线流过人体流入大地，再从大地流回电源中性线形成回路，如图 1-2 所示，这时人体承受 220 V 的电压。若人体电阻按 1 000 Ω 计算，流过人体的电流将高达 220 mA，足以危及生命。

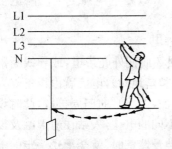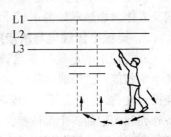

图 1-2　中性点接地的单相触电　　**图 1-3　中性点不接地的单相触电**

（2）中性点不接地的单相触电　人站在地面上接触到一根相线，这时有两个回路的电流通过人体：一个回路的电流从 L3 相相线出发，经人体、大地、对地电容到 L2 相；另一个回路从 L3 相相线出发,经人体、大地、对地电容到 L1 相,如图 1-3 所示。此种情况的触电电流仍可达到危及人生命的程度。

（3）单相触电的另一种形式　图 1-4 是单相触电的另一种形式。在安装或修理电气设备时,虽然注意了脚下与大地间的绝缘（如站在木凳上、脚穿电工鞋或脚下垫橡皮等）,但由于双手接线,不慎使双手和身体的上部成为相线导通的一部分,从而导致触电。由于电流流经心脏,所以会引起严重的触电事故。

图 1-4　单相触电的另一种形式　　　图 1-5　两相触电

2. 两相触电

两相触电是人体的两个部分分别触及两根相线,这时人体承受 380 V 的电压,触电电流可高达 380 mA,是危险性更大的触电形式。人体两相触电如图 1-5 所示。

3. 接触电压触电与跨步电压触电

外壳接地的电气设备,当绝缘损坏而使外壳带电,或导线断落发生单相接地故障时（如高压电线断裂落地时）,电流就由设备外壳经接地线、接地体或高压导线落地点流入大地,向四周扩散,此时设备外壳和大地的各个部位都会产生不同的电位,人站在地上触及设备外壳或触及与设备相连的金属构架及墙壁时,就会承受一定的电压。该电压称为接触电压,如图 1-6 所示。如果人站在设备附近或高压线断落点附近的地面上,两脚间就会因站在不同的电位上而承受跨步电压,如图 1-7 所示。接触电压与跨步电压的大小与接地电流、土壤电阻率、设备接地电阻及人体所在位置有关。当接地电流较大时,接触电压与跨步电压会超过允许值,特别是在发生高压接地故障时,会产生很高的接触电压与跨步电压,发生人身触电事故。接触电压触电与跨步电压触电也是危险性较大的触电形式。已受到跨步电压威胁者应采取单脚或双脚并拢方式迅速跳出危险区。

图 1－6　接触电压触电　　　图 1－7　跨步电压触电

4. 雷击触电

雷击的特点是电压高、电流大、作用时间短。不仅能毁坏建筑设施引起人畜伤亡,还易产生火灾和爆炸,危害非常大。

二、电伤

电伤是另外一种形式的触电事故,常常与电击同时发生。一般是指电流对人体外部造成的局部伤害,如电弧烧伤、电灼伤等。电弧烧伤是最危险也是最常见的电伤,烧伤部位多发生于手部、胳膊、脸颊及眼睛,夹杂着熔化的金属颗粒的侵蚀及电化学作用,伤痕一般很难治愈,特别是对眼睛的刺伤,后果更为严重。

电弧多由短路引起,也有的是接触不良所致,最危险的是弧光短路事故,当带负荷拉合闸刀时,由于负载通常为感性,开关触点分断瞬间,很高的自感电势将使空气迅速电离而产生电弧,随着开关触点的分离,电弧被拉长和分散,两相的电弧被碰触到一起,便会发生弧光短路,以致引起更大的电弧火球,其产生之快,对人体烧伤之猛烈,犹如迅雷,使人猝不及防。高压电击时强烈电弧对人体的烧杀作用足以将人致死。

三、预防触电的措施

图 1-8 是预防触电的常用措施。其中(a)所示为防止导电部位外露;(b)所示为防止线路和电气设备受潮;(c)所示为必须设置接地导体;(d)所示为检修时注意切断电源并在开关处挂牌示警或派专人看守;(e)所示为注意设置避雷装置。

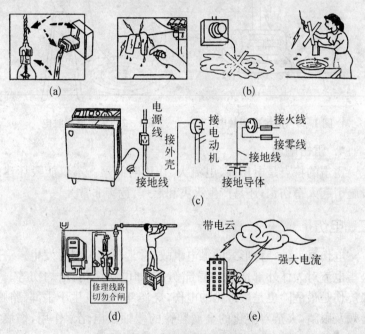

图 1-8 预防触电的措施

(a) 绝缘线破要及时更换 (b) 防止线路和电气设备受潮
(c) 设置接地导体 (d) 挂牌检修示警 (e) 设计避雷针

第三节 电流对人体的影响

触电死亡的主要原因是电流通过人体引起心室纤维性颤动。由于心室颤动使心脏功能失调、供血中断、心跳停止,呼吸窒息,只要几分钟甚至一瞬间便可造成死亡。

电流流经人体时对人体的伤害程度一般与以下几个因素有关：

一、通过人体电流的大小

电流对人体的影响见表1-1。

表1-1　电流大小对人体的影响[工频 50 Hz(赫兹)]

电流大小[mA(毫安)]	
1	产生刺麻等不舒服感觉
10～30	产生麻痹、剧痛、血压升高、呼吸困难等症状，但通常不到有生命危险
50	通电1秒以上即会产生心室颤动致人死亡
100	通电0.5秒即可产生心室颤动致人死亡

按照人体对电流生理反应强弱和电流对人体的伤害程度，可将触电电流大致分为感知电流、摆脱电流、安全电流和致命电流四级。感知电流是指能引起人体感觉但无有害生理反应的最小电流；摆脱电流是指人触电后尚能自主摆脱电源而无病理性危害的最大电流；安全电流是指人体所能忍受而无致命危险的最大电流；致命电流是指能引起心室颤动而危及生命的最小电流。影响人体的四级电流见表1-2。

表1-2　影响人体的四级电流(工频)　　　　(mA)

感 知 电 流	摆 脱 电 流		安 全 电 流	致 命 电 流
	男	女		
1	10	6	30	50(持续 1 s)

二、电流通过人体的持续时间

电流通过人体的持续时间越长，越容易引起心室颤动，触电的后果也越严重。这一方面是由于通电时间越长,能量积累越多;另一方面是由于心脏在收缩与舒张的时间间隙(约 0.1 s)内对电流最为敏感,通电时间越长,重合这段时间间隙的次数就越多,就越易引起心室颤动。此外,通电时间一长,电流的热效应和化学效应将会使人体出汗和组织电解,使人体电阻逐渐降低,导致流过人体的电流逐渐增大,使触电伤害变得严重。实验表明,10 mA 的工频电流经人体持续 120 min(分钟),即会引起心室颤动而导致死亡,因此上述 30 mA 安全电流仅就人体流过此电流后能在短时间内获得救助脱离电源而言。

三、电流通过人体的部位

电流经任何途径通过人体都可以致人死亡。其中通过心脏、中枢神经(脑部和脊髓)、呼吸系统是最危险的。因此,从左手到前胸是最危险的电流路径,这时心脏、肺部、脊髓等重要器官都处于电路内。从右手到脚的途径危险性小一些,但会因痉挛而摔伤;从右手到左手的危险性又要小一些;危险性最小的途径是从左脚到右脚,但触电者可能因痉挛而摔倒,导致电流通过全身或二次事故。

四、人体触电电压的高低

触电伤亡的直接原因是电流在人体内引起的生理病变。显然,此电流的大小与作用于人体的电压高低有关。这不仅是就一定的人体电阻而言,电压越高,电流越大,更由于人体电阻将随着作用于人体的电压升高而呈非线性急剧下降,致使通过人体的电流显著增大,从而使电流对人体的伤害更严重。

人体究竟能耐受多高电压呢? 一般情况下,若按安全电流 30 mA,人体电阻 1 000~2 000 Ω 计,可得安全电压范围为 30~60 V。为此在国标 GB/T3805—93 中将安全电压额定值分为 42 V、36 V、24 V、12 V、6 V 五级,如表 1-3、表 1-4 所示。

表 1-3　安全电压等级及选用举例

安全电压(交流有效值)(V)		选　用　举　例
额定值	空载上限值	
42	50	在有触电危险的场所使用的手持式电动工具等
36	43	潮湿场所,如矿井,多导电粉尘及类似场所使用的照明灯等
24	29	工作面积狭窄,操作者易大面积接触带电体的场所,如锅炉、金属容器内
12	15	人体需长期触及器具上带电体的场所
6	8	同上

表 1-4　不同接触状态下的安全电压值

类别	接　触　状　态	通过人体的允许电流(mA)	人体电阻(Ω)	安全电压(V)
1	人体大部分浸于水中	5	500	2.5 以下
2	人体显著淋湿;人体一部分经常接触到电气装置金属外壳和构造物	30	500	15 以下
3	除1、2种状态外的情况,对人体加有接触电压后危险性高的状态	30	1 700	50 以下
4	除1、2种状态外的情况,对人体加有接触电压后危险性低或无危险的情况	不规定	同左	无限制

五、通过人体电流的频率

　　人体对不同频率电流的生理敏感性不同,因而不同频率的电流对人体的伤害程度也就有区别。工频(50~60 Hz)电流对人体的伤害最严重(男性平均摆脱电流为 10 mA);直流电流对人体的伤害则较轻(男性平均摆脱电流为 76 mA);高频电流对人体的伤害程度远不及工频交流电严重,故医疗临床上有利用高频电流对患者进行理疗的医疗器械,但电压过高的高频电流仍会使人触电致死。

第四节　触电急救技术

　　一旦有人触电,必须立即采取急救措施。触电抢救实例表明,触电急救对于减少触电死亡是行之有效的。触电死亡人数中,多数都具备触电急救的条件和救活的机会,但都因抢救不及时或抢救方法不正确而导致死亡。除了发现过晚的因素外,当事者不懂得触电急救方法和缺乏救护技术,不能进行及时、正确的和得当的抢救,是未能将触电者救活的主要原因。这充分说明掌握触电急救知识的重要性,而且有必要在所有的用电人员中推广普及。

一、自救技术

　　当自己触电而又清醒时,要保持冷静,首先设法脱离电源,向安全的地方转移。如遇跨步电压电击时要防止摔倒、跌伤,以免二次伤害事故发生。

二、互救技术

　　当发现有人触电时,首先应当设法使触电者迅速而安全地脱离电源。迟1秒可能造成死亡,早1秒则可能使触电者得救。抢救时既要争分夺秒,又要注意安全。如高空触电,不采取任何保护措施而仓促切断电源,即使没电死也可能坠地摔伤或摔死;但又不能为了寻求万无一失而贻误抢救时机,应当就地就近迅速、准确地对触电者进行急救。图1-9所示为使触电者脱离电源的方法。如电源开关很近,就应在采取保护措施的同时立即切断电源;若电源开关较远,则应采取拉触电者衣角,或站在干燥的木板、木凳上拉开触电者,或用干燥绝缘的棍棒挑开触电者身上的电线,或用电工钳掐断电线等办法使触电者及早脱离电源。如果抢救人脚穿绝缘鞋,则抢救要方便得多。根据情况还可采用将线路短路迫使电源跳闸或熔丝烧断的方法来切断电源。高压触电抢救时,救护人员应穿绝缘鞋,戴绝缘手套,使用合格的绝缘工具。

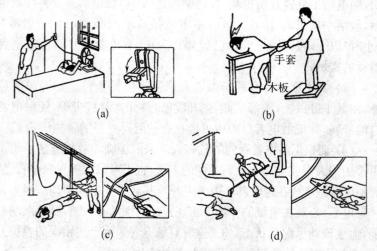

图 1 - 9 使触电者脱离电源的方法

（a）拉开开关或拔掉插头 （b）拉开触电者 （c）挑、拉电源线 （d）割断电源线

触电者脱离电源后,应迅速就地进行抢救,根据实际情况采取正确的救护方法。

1. 触电休克的三种情况

触电对人体的伤害轻者表现为头晕、心悸、出冷汗或恶心、呕吐等症状,严重者表现为电休克即出现假死现象。假死可分为三种情况:

（1）心跳停止,但尚能呼吸。

（2）呼吸停止,心跳尚存,但通常脉搏很弱。

（3）呼吸和心跳都停止。

假死一般在触电后即随之出现,也有个别情况会在触电后较长一段时间才出现。

2. 抢救触电者的注意事项

（1）要及时和坚持不懈。必须及时拨打 120 抢救电话,及早等待医务人员的到来,同时必须争分夺秒实施就地抢救。不可消极等待医生的到来,也不可在送往医院的途中停止抢救。统计资料表明,触电后 1 分钟开始抢救,救活率可达 90%;触电后 6 分钟开始抢救,救活率就只有 10%。坚持不懈是指要不间断耐心地抢救 6 h(小时)以上,直到医生确诊已经死亡为止,有抢救 5 h 而使触电者得救的实例。

(2)要注意保持有利于触电者恢复呼吸的条件。如通风阴凉处,使其平卧放松,头部后仰,张开嘴巴,解开衣领裤带等,使触电者自然舒畅,并把触电者口腔中可能存有的阻碍呼吸的杂物清除。

(3)要根据触电者受到的危害程度采取正确的救护方法。切不可采用掐人中或浇冷水等刺激性的方法,也不可采取摇晃触电者,架着触电者跑步或在触电者耳边大声呼唤其名字等错误举动。因为人体触电后,心脏在电流的作用下出现强烈的颤动和收缩,脉搏跳动微弱,血液流动呈混乱状态,如果这时对触电者采用上述错误的救护方法,会加剧对心脏的刺激作用,造成急性心力衰竭而死亡。

3. 对症救治

对症救治是非常重要的,下面分情况介绍:

(1)如果触电者呼吸和心跳都未停止,则应置触电者于通风舒畅处,平卧放松安静休息,并做严密观察,同时请医生诊治或送往医院,发现情况恶化则应立即采取进一步的救护措施。

(2)如果触电者呼吸停止,但心跳尚存,则应对触电者进行人工呼吸。人工呼吸法有仰卧压胸法、俯卧压背法、口对口呼吸法和牵手人工呼吸法四种,其中以口对口呼吸法效果最好,也最容易掌握,而且不论触电者有无烧伤或摔伤都能使用。

口对口呼吸法的操作过程见图 1-10。首先使触电者仰卧,迅速解开触电者的衣领、围巾及紧身衣服,并除去口腔中的黏液、血液、食物、假牙等杂物。然后将触电者的头部尽量后仰、鼻孔朝天、颈部伸直,如图(a)。救护人员在触电者一侧,用一只手捏紧触电者的鼻孔,用另一只手的拇指和食指掰开触电者的嘴巴,如图(b)。救护人员吸气后,紧贴着触电者的嘴巴大口吹气,使其胸部膨胀,如图(c)。随后救护人员换气,同时松开触电者的嘴、鼻,使其自动呼气,如图(d)。如此反复进行,每次吹气 2 s,放松 3 s,每分钟约 12~16 次。

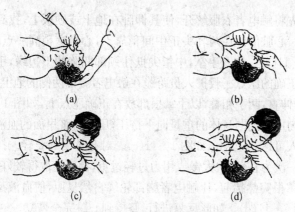

图 1 - 10　口对口人工呼吸

（a）头部后仰　（b）捏鼻掰嘴　（c）贴紧吹气　（d）放松换气

如果一时难以掰开触电者的嘴巴,可采用口对鼻的吹气方法。对体弱者和儿童吹气时用力程度应稍轻,不宜使其胸部过于膨胀,以免肺泡破裂。当触电者自己开始呼吸时,人工呼吸应立即停止,但停止几秒钟后若触电者仍难以自行呼吸,则应继续进行人工呼吸。

（3）如果触电者心跳停止,但呼吸尚存,则应采用胸外心脏挤压法。胸外心脏挤压法的操作如图 1 - 11 所示。

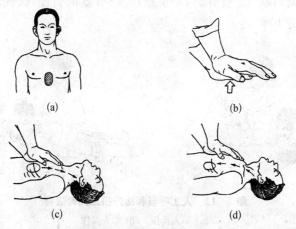

图 1 - 11　胸外心脏挤压法

（a）正确压点　（b）叠手姿势　（c）向下挤压　（d）迅速放松

　　首先将触电者衣服解开,使其仰卧在地上或硬板上,找到正确的挤压点。心脏部位在两乳头正中间稍靠下,心口窝稍高一点的地方,如图1-11(a)。伸开手掌,中指尖抵住颈部凹陷的下边缘,手掌的根部就是正确的压点。救护人员跨跪在触电者腰部两侧的地上,身体前倾,两臂伸直,两手相叠,以手掌根部放在正确压点上,如图1-11(b)。掌根均匀用力连同身体的重量向下挤压,压出心脏里面的血液。压陷深度成人可达3～5 cm,如图1-11(c)。对儿童用力要轻。挤压速度以每秒一次为宜,太快太慢或用力过轻过重,都不能取得较好的效果。挤压后掌根突然抬起,让触电者胸部轮廓自然复原,使血液又充满心脏,见图1-11(d)。如此反复进行,坚持到心跳完全恢复。

　　进行心脏挤压前,可先对触电者胸部做几次敲击,这样更有利于心跳的恢复。

　　(4) 如果触电者心跳和呼吸都已停止,则应同时进行人工呼吸和胸外挤压,如图1-12所示。如果只有一个施救者,可以两种方法交替进行,操作时最好是肺部吹气2次,接着进行15次胸部挤压。肺部吹气时不应按压胸部,以免损伤肺部和降低吹气的效果,见图1-12(a)。如果有两个施救者,可以一人负责心脏挤压,另一人负责对口吹气。操作时,心脏挤压4～5次时暂停,吹气1次,见图1-12(b)。

图1-12　人工呼吸和胸外挤压同时进行

(a) 单人操作　(b) 双人操作

　　(5) 凡呼吸停止,且口鼻均受伤的触电者应采用牵手人工呼吸法,具体操作过程如图 1 - 13 所示。

图 1 - 13 牵手人工呼吸法

第五节　电工安全操作规程及安全措施

一、停电检修的安全操作规程

1. 将检修设备停电,把各方面的电源完全断开,禁止在只经断路器断开的设备上检修。对于多回路的线路,要注意防止其他方面突然来电,特别要注意防止低压方面的反送电。在已断开的开关上挂上"禁止合闸,正在检修"的警示牌,必要时加锁或拔下并取走熔断器插盖。

2. 准备检修的设备或线路停电后,对设备先放电,消除被检修设备上残存的静电。放电需要采用专用的导线(电工专用),并用绝缘棒操作,人手不得与放电导体相接触,同时注意线与地之间、线与线之间均应放电。放电后用试电笔对检修的设备及线路进行验电,验明确实无电后方可着手检修。

3. 为了防止意外送电和二次系统意外的反送电,以及为了消除其他方面的感应电,在被检修部分外端装设携带型临时接地线。临时接地线的装拆程序决不能弄错,安装时先装接地端,拆卸时后拆接地端。

4. 检修完毕后应拆除携带型临时接地线并清理好工具及所有零角废料,待各点检修人员全部撤离后再摘下警示牌、装上熔断器插盖,最后合上电源总开关恢复送电。

二、带电检修的安全操作规程

1. 带电工作的电工必须穿好工作衣,扣紧袖口,严禁穿背心、短裤进行带电工作。

2. 带电操作的电工应带绝缘手套、穿绝缘鞋、使用有绝缘柄的工具,同时应由一名有带电操作实践经验的人员在周围监护。

3. 在带电的低压线路上工作时,人体不得同时触及两根线头。当触及带电体时,人体的任何部位不得同时触及其他带电体。导线未采取绝缘措施时,工作人员不得穿越导线。

4. 带电操作前应分清相线和零线。断开导线时应先断开相线、后断开零线;搭接导线时应先接零线,后接相线。

三、防止电气事故的安全措施

安全用电的原则是不接触低压带电体、不靠近高压带电体以及采取适当的安全措施。具体可有以下几点:

1. 火线必须进开关

火线进开关后,当开关处于分断状态时用电器上不带电,人接触用电器可以避免触电而且利于维修。接螺口灯座时,火线一定要与灯座中心的簧片连接,不允许与螺纹相连。

2. 合理选用照明电压

一般工厂和家庭的照明灯多采用悬挂式,人体接触机会较少,可选用 220 V 电压供电。工人接触机会较多的机床照明灯则应选用 36 V 供电,在潮湿、有导电灰尘、有腐蚀性气体的情况下,则应选用 24 V、12 V 甚至 6 V 电压来供照明灯具使用。

3. 合理选择导线与熔丝

导线通过电流时不允许过热,所以导线的额定电流应比实际通过的电流大些。熔丝是作保护用的,要求电路发生短路时能迅速熔断,所以不能选熔断电流很大的熔丝来保护小电流电路,这样就失去了保护作用。但也不能用熔断电流小的熔丝来保护大电流电路,这会使电路无法正常工作。导线和熔丝的额定电流值可通过查相应的手册获得。

较为常用的聚氯乙烯绝缘平型连接软线(代号是 RVB‐70)和聚氯乙烯绝缘绞型连接软线(代号是 RVS‐70),适用于作电压250 V以下电器的连接导线,其有关数据列于表 1‐5。

表 1‐5 常用平型连接软线和绞型连接软线数据

标准截面 (mm²)	导电线芯结构		绝缘厚度 (mm)	成品电线最大外径(mm)		参考载流量 (A)
	根数	直径(mm)		平型线	绞型线	
0.2	12	0.15	0.6	2.0×4.0	4.0	4
0.3	16	0.15	0.6	2.1×4.2	4.2	6
0.4	23	0.15	0.6	2.2×4.4	4.4	8
0.5	28	0.15	0.6	2.3×4.6	4.6	10
0.6	34	0.15	0.6	2.4×4.8	4.8	12
0.7	40	0.15	0.7	2.7×5.4	5.4	14
0.8	45	0.15	0.7	2.8×5.6	5.6	17
1.0	32	0.20	0.7	2.9×5.8	5.8	20

表 1‐6 列出了部分铅熔断丝的额定电流、熔断电流与线径的具体数据。

表 1‐6 部分铅熔断丝额定电流和熔断电流

直径(mm)	截面(mm²)	近似英规线号	额定电流(A)	熔断电流(A)
0.52	0.212	25	2	4
0.54	0.229	24	2.25	4.5
0.60	0.283	23	2.5	5
0.71	0.40	22	3	6
0.81	0.52	21	3.75	7.5
0.98	0.75	20	5	10
1.02	0.82	19	6	12
1.25	1.23	18	7.5	15

（续 表）

直径(mm)	截面(mm²)	近似英规线号	额定电流(A)	熔断电流(A)
1.51	1.79	17	10	20
1.67	2.19	16	11	22
1.75	2.41	15	12	24
1.98	3.08	14	15	30
2.40	4.52	13	20	40
2.78	6.07	12	25	50
2.95	6.84	11	27.5	55

4. 保证电气设备的绝缘电阻

电气设备的金属外壳和导电线圈间必须要有一定的绝缘电阻，否则当人触及正在运行的电气设备如电动机、电扇等的金属外壳时就会触电。通常要求固定电气设备的绝缘电阻不低于 $1 \text{M}\Omega$（兆欧）；可移动的电气设备，如手枪式电钻、冲击钻、台式电扇、洗衣机等的绝缘电阻还应高些。一般电气设备在出厂前，都测量过它们的绝缘电阻，以确保使用者的安全。所以使用者只要在使用过程中注意保护绝缘材料，预防绝缘材料老化和受损破裂，就能保证电气设备的安全使用。

5. 正确安装电气设备

电气设备要根据安装说明进行安装，不可马虎从事。带电部分应有防护罩，高压带电体更应有效加以防护，使一般人无法靠近，必要时应装置联锁装置以防触电。

6. 按规定使用各种防护用具

防护用具是保护工作人员安全操作的工具，主要有绝缘手套、鞋、绝缘钳、棒、垫等。家庭中干燥的木质桌凳、玻璃、橡皮等也可充作防护用具。

7. 电气设备必须有保护接地或保护接零

正常情况下电气设备的金属外壳是不带电的，但在绝缘损坏而漏电时，外壳就会带电。为保证人触及漏电设备的外壳时不会触电，通常都采用保护接地或保护接零的安全措施。

在低压输配电系统中，不同的接地制式与相应的安全保护方式相结合,就构成了不同的低压输配电线路的形式。按照 IEC(国际电工委员会)标准和有关国家标准,低压输配电有五种制式。

说明这五种制式前先阐述几个术语:

工作接地——在正常或事故情况下,为了保证电气设备能安全工作,将电力系统(电网)上某一点(通常是中性点)直接或经电阻、电抗、滑弧线圈接地的一种方式。这种接地又称电源接地。

保护接地——为了防止因绝缘损坏而遭受接触电压和跨步电压的危险,将电气设备外露导电部分(不带电的金属外壳)用导线与接地体相连接的一种方式。

保护接零——在低压电网中将电气设备的外露导电部分用导线直接与零线相接的一种方式。

保护线(PE)——为防止电击而将设备外露导电部分、装置外导电部分、总接地端子、接地干线、接地极、电源接地点或人工接地点进行连接的导线。保护接地和保护接零线均为保护线。保护线的文字符号为 PE。兼有保护线(PE)和中性线(N)作用的导体,称为保护中性线,文字符号为 PEN。

低压输配电的 5 种保护接地和保护接零制式为:

(1)三相四线保护接零制 图 1-14 所示是三相四线保护接零制线路。它是由相线 L1、L2、L3、保护中性线 PEN 和工作接地线组成。这种制式的工作接地采用变压器低压侧中性点直接接地,其保护方式是将用电设备的外露导电部分与保护中性线 PEN 相连

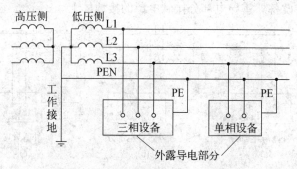

图 1-14 三相四线保护接零制线路

接。本制式中的 PEN 线实际上就是中性线,也是零线,兼有两种作用,此种保护方式称为保护接零。

(2)三相五线保护接零制　图 1-15 所示是三相五线保护接零制线路。它由相线 L1、L2、L3、中性线 N、保护线 PE 和工作接地线组成。这种制式的工作接地采用电力变压器低压侧中性点直接接地,其保护方式是将用电设备的外露导电部分与保护线 PE 相连。本制式中的 PE 线又称保护零线,故此种方式也称保护接零。N 线又称为工作零线,它没有保护作用。

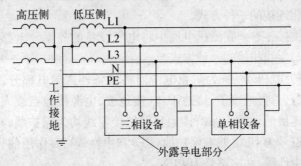

图 1-15　三相五线保护接零制线路

(3)三相三线保护接地制　图 1-16 所示是三相三线保护接地制线路。图 1-16(a)中变压器中性点对地绝缘,用电设备外露导电部分直接接地;图 1-16(b)中变压器中性点经阻抗接地,用电设备的外露导电部分独立接地;图 1-16(c)中变压器中性点经阻抗接地,用电设备外露导电部分接到电源的接地体上。

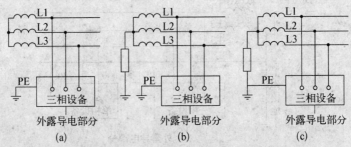

图 1-16　三相三线保护接地制线路

(4) 三相四线保护接地制 图 1-17 所示是三相四线保护接地制线路。它由相线 L1、L2、L3、中性线 N、工作接地线和保护接地线 PE 组成。这种制式的工作接地是采用变压器低压侧中性点直接接地,其保护方式是把用电设备外露导电部分通过独立的接地装置接地,工作零线没有保护作用。

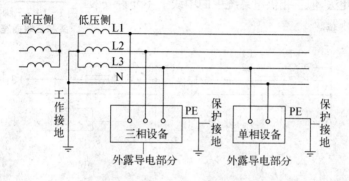

图 1-17 三相四线保护接地制线路

(5) 三相四线-五线保护接零制 图 1-18 所示是三相四线-五线保护接零制线路。它是由三相四线保护接零制线路演变而来的,PEN 线自某一点 A 分为保护线 PE 和中性线 N。

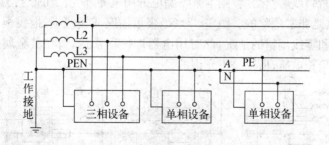

图 1-18 三相四线-五线保护接零制线路

图 1-19 所示是单相用电器(如洗衣机、电冰箱等)所使用的三脚插头和三眼插座。插头、插座必须正确连接,图中 1 为零线;2 为

接地；3 为相线。必须把用电器的金属外壳用导
线接在中间那个比其他两个粗长的插脚上，并通
过插座与保护零线相连，如图 1－20 所示。图
1－20(a)是零线不装熔断器的情况，图 1－20(b)
是零线装熔断器的情况。目前居民生活区多采
用此法，但三相供电系统中的中线上不允许安装
熔断器。

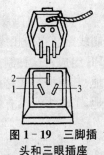

图 1－19　三脚插头和三眼插座

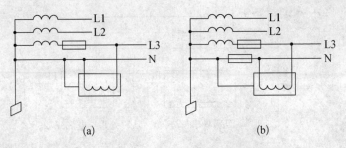

(a)　　　　　　　　(b)

图 1－20　单相用电器保护接零的正确接法

　　图 1－21 所示是错误的保护接零方法，其错误在于将电器的金
属外壳直接与接到用电器的零线相连接。这种接法有时不但起不
到保护作用，反而可能带来触电危险。对图 1－21(a)、(b)来说，若
零线断裂或熔丝熔断，则本来不漏电的用电器外壳反而带上了相电
压，这是非常危险的。图 1－21(c)表示插座或接线板、拖线板上的
相线和零线调错的情况，此时用电器即使正常运行，在其金属外壳
上也呈相电压，所以是不允许的。

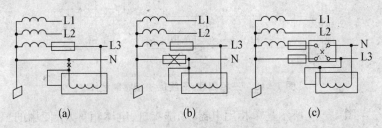

(a)　　　　　　(b)　　　　　　(c)

图 1－21　单相电器保护接零的错误接法

为了防止零线断裂,目前在工厂内广泛使用重复接地,就是将零线上的一点或多点与大地多次连接。

必须指出,在同一供电线路中,不允许一部分电气设备采用保护接零而另一部分电气设备采用保护接地的方法。因为这样会使与零线相连接的所有电气设备的外壳带上可能使人触电的危险电压。

《低压用户电气装置规程》第 168 条又特别指出:"由低压公共电网或农村集体电网供电的电气装置,应采用保护接地,不得采用保护接零。"

8. 正确使用移动式及手持式电气设备

移动式及手持式电气设备在使用过程中要经常移动,工作人员接触多且多是在握紧情况下使用,所以危险性较大,故在管理、使用、检查、维护和保护上要给予特别的注意。在安装手提式电钻等移动式工具时,其引线和插头都必须完整无损,引线应采用坚韧橡皮或塑料护套线,且不应有接头,长度不宜超过 5 m,金属外壳必须可靠接地。GB3787—83《手动式电动工具的管理、使用、检查和维修安全技术规程》将手持式电动工具按触电保护分为三类:在防止触电的保护方面除依靠基本绝缘外,一类工具采用接零(地)保护;二类工具由工具本身提供双重绝缘或加强绝缘,设有保护接地等措施;三类工具由安全特低电压供电,并且在工具内部不会产生比安全特低电压高的电压。在一般场所应选用二类工具,如果使用一类工具,必须采用漏电保护器、安全隔离变压器等其他安全保护措施。若未采用保护措施则使用者必须戴绝缘手套,穿绝缘鞋或是站在绝缘垫上。在潮湿场所或金属构架上等导电性良好的作业场所,必须使用二类或三类工具。如果使用一类工具,必须装设额定漏电动作电流不大于 30 mA、动作时间不大于 0.1 s 的漏电保护器。在狭窄场所如锅炉、金属容器、管道内等,应使用三类工具,如果使用二类工具,必须装设额定漏电动作电流不大于 15 mA、动作时间不大于 0.1 s 的漏电保护器。一类工具的电源线必须采用三芯(单相工具)或四芯(三相工具)多股铜芯橡皮护套软电缆或保护软线,其中绿黄双色线在任何情况下只能用作保护接地或接零线。三类工具的安全隔离变压器,二类工具的漏电保护器及二、三类工具的控制箱和电源转接器等必须装设在设备的外面,同时应有人监护,在特殊环境如湿热、雨雪以及存在爆炸性或腐蚀性气体的场所,使用的工具必须符合相应的防护等级的安全技术要求。

对各种移动式或手提式电气设备应加强管理、检查和维修。保管、使用和维修人员必须具备安全用电知识。各种手持式电动工具,重要的移动式或手持式电气设备,必须按照标准和使用说明书的要求及实际使用条件,制定出相应的安全操作规程。其内容至少应包括:允许使用范围;正确使用方法和操作程序;使用前应着重检查的项目和部位;使用中可能出现的危险和相应的防范措施、存放和维护方法,以及操作者注意事项。工具在发出和收回时,必须由保管人员进行日常检查,工具和设备还必须由专职人员按规定进行定期检查。日常检查包括:注意外壳、手柄是否有裂缝和破损;接零(地)是否正确和妥善;导线及插头是否完好无损;开关动作是否正常、灵活;电气保护装置和机械防护装置是否完好;工具转动部分是否灵活无障碍等。定期检查时,还必须测量工具的绝缘电阻。设备及工具经大修后,也必须进行绝缘电阻测定和耐电压试验。

使用电动工具时不要用手提着电线或转动部分,使用过程中要防止电线被绞缠、防止导线受潮、受热或破损。操作手提钻不得戴线手套,严禁将导线线芯直接插入插座或挂在开关上使用。

目前大量使用的移动式或手持式单相电器如电烙铁、电熨斗、电扇、洗衣机、电冰箱等绝大部分都是以接零作为保护手段,多数现有单相电动工具也都属于这一类,但实际上一些场合尤其是机关和家庭中不具备实现正确接零的保护条件,在这样的场合必须断开接零保护。

9. 电气设备有异常现象必须立即切断电源

当发现设备有异常现象,诸如过热、冒烟、烧焦的怪味、声音不正常、打火、放炮甚至起火等足以危及设备正常工作的情况时,必须立即切断电源停止设备的工作,然后再进行相应的处理。在处理上述故障时,故障排除前一般不得再度接电源试验。

10. 操作人员须具备一定的电气知识

(1)设备操作者应熟悉设备性能和操作要领及设备操作和使用的安全注意事项,严格按照设备安全操作规程和有关制度进行操作。禁止用湿手或湿抹布接触或擦拭带电的电气设备。不得乱动电气线路,特别是电气设备的接地线和接零线。无电气操作上岗证人员不得从事电气操作,严禁擅自乱拉电源线。熔丝的更换必须在查清故障原因并排除故障之后按规定进行,不得随意增大熔丝截面或以铜丝代替,工作或处理事故时与裸露带电部位须保持足够的安全距离。

(2)发现故障隐患如绝缘破损、线芯外露等应及时处理,发生故障应及时排除。遇雷雨天气野外人员不应站在树下或独立高处,室内人员最好远离电线,不要走近接地体。发现架空线路断线,不得进入断线落点 8 m 以内,应派人看守并迅速通知有关人员进行抢修。

(3)当用手试验电气设备温度时,要用手背而不能用手掌,因为一旦设备外壳带电,由于触电刺激神经的收缩作用,用手背很容易脱离电源而用手掌反而会更紧地抓住带电部位。

第六节　电气防火、防爆、防雷

一、电气防火、防爆

1. 电气火警

电气设备周围若有可燃物质往往容易引起火灾,并可能伴随爆炸而引起火警。引起电火警的主要原因有以下几种:

(1)用电器总功率超负荷　电气设备总功率过大,使导线中的电流超过导线允许通过的最大电流,而保护装置又不能发挥作用,从而引起导线过热,损坏绝缘层,直至引起火灾,如图 1 - 22(a)所示。

(2) 短路 导线短路引起电路中电流过大,导致发热燃烧形成火灾,如图1-22(b)所示。

(3) 电器使用时间过长 长时间使用热能电器,用后忘关电源,引起周围易燃物品燃烧造成火灾,如图1-22(c)所示。

(4) 导线连接处接触不良 导线连接处接触不良会造成电流通过触点时产生火花或由于接触点接触不良使接点处电阻大增造成电流流过该接点时产生大的电压从而使该处功耗过大产生过热现象引起火灾,如图1-22(d)所示。

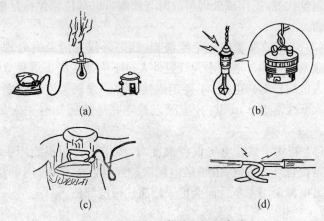

(a)   (b)

(c)   (d)

图1-22 引起火警的原因示意图

(a) 总功率过大 (b) 导线短路 (c) 用电时间过长 (d) 导线接触不良

2. 防范措施

(1) 选择合适的导线和电器 当电气设备增多、电功率过大时及时更换原有电路中不合要求的导线、开关及有关设备。

(2) 选择合适的保护装置

(3) 选择绝缘性能好的导线 对热能电器应选用棉织物护套线绝缘。

(4) 避免短路 电路中的连接处要连接牢固,接触良好。

3. 电气消防

发生电火灾时应采取以下措施:

（1）发现电子装置、电气设备、电缆等冒烟起火时，要尽快切断电源。

（2）选用二氧化碳灭火器、1211 灭火器、干粉灭火器或黄沙来灭火。在未确知电源已被切断时，决不允许用水或普通灭火器来灭火，因为万一电源未被切断，就会有触电的危险。

（3）灭火时避免身体或灭火器材触及导线或电气设备，特别要留心地上的电线。

（4）若不能及时灭火，应立即拨打电话 119 报警。

可用于电气消防的灭火器的用途和使用方法如表 1-7 所示。

表 1-7　电气消防用灭火器的用途和使用方法

种类	二氧化碳灭火器	干粉灭火器	1211 灭火器	泡沫灭火器
用途	适宜扑灭电类实验室器物引起的火灾	适宜扑灭油类、可燃气体、电气设备等引起的火灾	适宜扑灭油类、仪器及文物档案等贵重物品引起的火灾	适宜扑灭油类及一般物质引起的火灾
使用方法	一手握住喷筒对准火源，另一手拔去安全保险销（或撕掉铅封），打开开关即可	先打开保险销，一手握住喷管对准火源，另一手拉动拉环即可	先撕去铝封，拔去保险销，一手抱住灭火器底部，另一手握住压把开关，将喷嘴对准火源喷射	一手握住提环，另一手握住筒身的底边，将灭火器颠倒过来，喷嘴对准火源，用力摇晃几下即可

二、防止雷击

雷电是自然界的一种放电现象，常常对电气设备、建筑物、人畜等造成危害，甚至造成爆炸、火灾事故。

1. 建筑物防雷

建筑物防雷通常是架设防雷装置　防雷装置是利用其高出被保护物的突出地位，把雷引向自身，然后通过引线和接地装置，把雷电泄入大地。常用的避雷装置有避雷针、避雷器等。避雷针主要用于建筑物的保护；避雷器是防止雷电窜入电力线、信号传输线从而保证电气设备不被雷电击穿的一种保护装置。

2. 人体防雷

（1）雷雨天关好门窗，防止球形雷窜入屋内。

（2）雷雨天暂不用电器，拔掉电源插头、电视机天线；不打电话；不靠近室内的金属设备，如暖气片、自来水管、下水管等；不穿潮湿衣服，不靠近潮湿墙面。

（3）远离建筑物避雷针及接地引线，防止跨步电压伤人。

（4）雷雨天不在旷野里行走；尽量远离山顶、海滨、河边、沼泽地、铁丝网、金属晒衣绳等；不用有金属杆的雨伞，不把带有金属杆的工具如铁锹、锄头扛在肩上。

（5）躲避雷雨时应选择有屏蔽作用的物体，如金属箱体、汽车、混凝土房屋等，不骑自行车和坐敞篷车。

（6）人在遭雷击前，会突然有头发竖起或皮肤颤动的感觉，这时应立刻躺倒在地或选择低洼处蹲下，双脚并拢，双臂抱膝，头部下俯，尽量缩小暴露面。

·[··· 复 习 思 考 题 ···]··

一、选择题

1. 采用高压或超高压远距离送电是因为（　　　）。

（A）高压送电安全

（B）高压送电技术上比低压送电容易

（C）可减少输电线路上电功率的损耗

2. 电击是指电流流过人体时对人体（　　　）造成生理机能的伤害。

（A）大脑　　　　　（B）内部器官　　　　　（C）表皮

3. 接触电压触电是指人接触了（　　　）。

（A）一相相线

（B）绝缘损坏而使外壳带电的电器设备的外壳

（C）电动机绕组

4. 通过人体 1 秒以上即可致人死亡的电流大小是（　　　）。

（A）50 mA　　　　（B）100 mA　　　　（C）30 mA

5. 触电时,电流从(　　)是最危险的电流路径。

(A) 右手到左手　(B) 左脚到右脚　(C) 左手到前胸

6. 当人体较长时间浸于水中时,其安全电压应为(　　)。

(A) 36 V　　　(B) 12 V　　　(C) 2.5 V 以下

7. 当发现有人触电时,首先应当(　　)。

(A) 立即切断电源

(B) 先采取保护措施然后切断电源

(C) 用手将触电者拉离电源

8. 触电休克者抢救应采用(　　)。

(A) 掐人中　　(B) 浇冷水　　(C) 胸外挤压或人工呼吸

9. 进行心脏挤压前先对触电者胸部做几次敲击,这是因为(　　)。

(A) 有利于心跳的恢复

(B) 可以使触电者苏醒

(C) 测试触电者肋骨是否经得起压

10. 为了保证用电安全,选择导线时应(　　)。

(A) 尽量粗些

(B) 绝缘等级尽量高些

(C) 导线的额定电流比实际通过电流大些

11. 某室内家用电器使用的电流总和为 12 A(指交流有效值),应选用(　　)熔丝。

(A) 英规 15 号　(B) 英规 19 号　(C) 英规 12 号

12. 对电熨斗、电吹风等的导电外壳采取的安全措施都是(　　)。

(A) 保护接零　(B) 保护接地　　(C) 工作接地

13. 在同一供电线路中,某些设备采用保护接地、某些设备采用保护接零,这是(　　)。

(A) 允许的

(B) 不允许的

(C) 在某些场合允许,某些场合不允许

14. 熔丝熔断故障排除后,为了安全和工作稳定,应该(　　)。

（A）加大熔丝的额定电流

（B）用铜丝代替，一劳永逸

（C）换上和原来相同规格的熔丝

二、问答题

1. 由电站发电到用户用电，中间大致有几个环节？

2. 高压电、低压电、安全电压是如何划分的？

3. 用三相四线制供电有何优点？

4. 触电电流对人体伤害的严重程度一般与哪些因素有关？

5. 触电时多少 mA 电流流过人体，人体就不能自主摆脱带电体？多少 mA 电流则有生命危险？多少 mA 则足以致人于死地？

6. 常见的触电形式和原因有哪些？

7. 为什么用手测试电气设备温度时，要用手背而不能用手掌？

8. 常见的安全用电措施有哪些？

9. 人工胸外挤压法的要领是什么？

10. 人工呼吸法的要领是什么？

三、计算题

1. 某电站以 500 kV 高压向某地输送 1×10^5 kW 功率的电能，单程输电线的电阻为 100 Ω，某地实际得到多少电功率？输电线上损失的电功率为多少？

2. 若家用冰箱功耗为 100 W、电扇功耗为 60 W、空调器功耗为 800 W、照明灯平均使用功耗为 140 W，同时开启时熔丝的额定电流应取多大？（设民用交流供电电压为 220 V）

第2章　电工基本操作技术

本章着重讲述：

1. 电工通用工具和测量仪表的操作技术

2. 电工基本操作技术

3. 室内工程的安装及检修技术

第一节　电工工具操作技术

一、电工工具操作技术

（一）试电笔操作技术

试电笔是一种低压验电器（简称电笔），是用来检测导线、导体和导电设备是否带电的常用电工工具。当用电笔测试带电体时，电流经带电体、电笔、人体到大地形成通电回路。电笔中的氖管只要带电体与大地之间的电位差超过 60 V 就会发光。低压试电笔的检测范围为 60～500 V。试电笔分为旋凿式和钢笔式两种，其外形及结构如图 2-1 所示。

试电笔的正确使用：试电笔的正确和错误操作方法如图 2-2 所示。正确的操作方法是以手指或手心触及笔尾的金属体，使氖管小窗背光朝向自己，便于观察。要防止笔尖处金属体触及皮肤，避免触电。

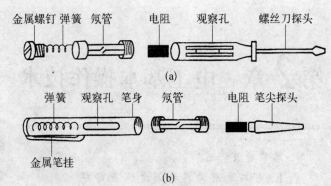

金属螺钉　弹簧　氖管　　电阻　　观察孔　　螺丝刀探头

(a)

弹簧　观察孔　笔身　氖管　　　电阻　笔尖探头

金属笔挂

(b)

图 2-1　试电笔的外形及结构

（a）螺旋式低压试电笔　（b）钢笔式低压试电笔

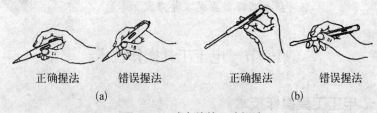

正确握法　　错误握法　　　　　正确握法　　　　错误握法

(a)　　　　　　　　　　　　　(b)

图 2-2　试电笔的正确握法

（a）钢笔式握法　（b）螺丝刀式握法

（二）螺钉旋具操作技术

螺钉旋具又称螺丝刀，是用来拆卸或紧固螺钉的工具。螺钉旋具有一字形和十字形二种，其外形如图 2-3 所示。

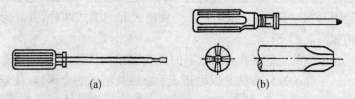

(a)　　　　　　　　　　　　(b)

图 2-3　螺钉旋具的外形

（a）一字形　（b）十字形

一字形螺钉旋具常用的规格有 50、75、100、125、150、200 mm，等等,电工常备的是 50 mm 和 150 mm 两种。十字形螺钉旋具按旋槽尺寸常用的规格有五个,0 号适用于≪M2 螺钉,1 号适用于 M2.5、M3 螺钉,2 号适用于 M4、M5 螺钉,3 号适用于 M6 螺钉,4 号适用于 M8、M10 螺钉。

（1）螺钉旋具操作方法　螺钉旋具根据其大小,操作方法有所不同,见图 2-4。

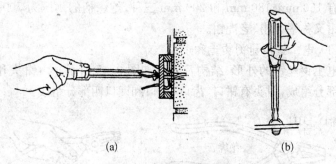

(a)　　　　　　　　　　　　(b)

图 2-4　螺钉旋具操作方法

(a) 大螺钉旋具的用法　(b) 小螺钉旋具的用法

1）大螺钉旋具操作时,除大拇指、食指和中指要夹住握柄外,手掌还要顶住柄的末端,这样可防止旋转时滑脱。操作方法如图 2-4(a)所示。

2）小螺钉旋具操作时,用大拇指和中指夹着握柄,用食指顶住柄的末端捻旋。操作方法如图 2-4(b)所示。

3）较长螺钉旋具操作时,可用右手压紧并转动手柄,左手握住螺钉旋具的中间部分,以使旋具不致滑脱,此时左手不得放在螺钉的周围,以免旋具滑出时将手划破。

（2）螺钉旋具使用安全知识

1）电工不可使用金属杆直通柄顶的螺钉旋具,否则操作时很容易造成触电事故。

2）使用螺钉旋具拆卸带电的螺钉时,手不得触及旋具的金属杆,以免发生触电事故。

3）为了避免螺钉旋具的金属杆触及皮肤或触及邻近带电体,

应在金属杆上穿套塑料(或橡皮等)绝缘管。

（三）钳子操作

钳子根据用途可分为钢丝钳、尖嘴钳、斜嘴钳、剥线钳和压接钳等。

1. 钢丝钳操作技术

钢丝钳有铁柄和绝缘柄两种,绝缘柄为电工用钢丝钳,常用的规格有 160 mm、180 mm 和 200 mm 三种,绝缘柄的耐压为 500 V。钳丝钳又称平口钳、老虎钳。

（1）电工钢丝钳的构造和用途

电工钢丝钳的外形、结构及握法如图 2-5 所示。由钳头和钳柄两部分组成,钳头有钳口、齿口、刀口和铡口四部分组成。

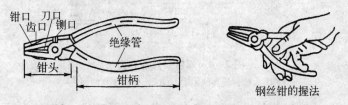

图 2-5　电工钢丝钳外形、结构及握法

钢丝钳的用途很多,钳口用来弯绞或钳夹导线线头;齿口用来紧固或旋松螺母,刀口用来剪切导线或剖削软导线绝缘层,铡口用来铡切电线线芯、钢丝或铅丝等较硬金属,操作方法如图 2-6 所示。

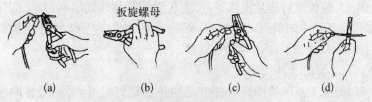

图 2-6　电工钢丝钳操作方法

(a) 弯绞导线　(b) 紧固螺母　(c) 剪切导线　(d) 铡切钢丝

（2）电工钢丝钳使用安全知识

1）使用前必须检查绝缘柄的绝缘是否完好无损,否则进行带电操作时会发生触电事故。

2) 用电工钢丝钳剪切带电导线时,不得用刀口同时剪切相线和零线,或同时剪切两根相线,以免发生短路故障。

2. 尖嘴钳操作技术

尖嘴钳的头部尖细,适用于在狭小的工作空间操作。尖嘴钳也有铁柄和绝缘柄两种,绝缘柄的耐压为 500 V,尖嘴钳的外形及握法如图 2-7 所示。

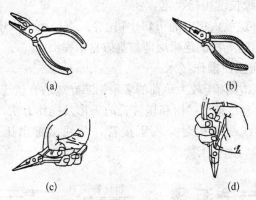

(a)　　　　　　　　　　　　　(b)

(c)　　　　　　　　　　　　　(d)

图 2-7　尖嘴钳的外形及握法

(a) 普通尖嘴钳　(b) 长尖嘴钳　(c) 平握法　(d) 立握法

尖嘴钳在电工操作中有很多用途:带有刃口的尖嘴钳能剪断细小金属丝;能夹持较小的螺钉、垫圈、导线等元件;在装接控制线路板时,能将单股导线弯成 $\phi 4 \sim \phi 5$ mm 的圆弧接线鼻子。

3. 斜嘴钳操作技术

斜嘴钳又称斜口钳、断线钳。钳柄有铁柄、管柄和绝缘柄三种形式,其中电工用的斜嘴钳的外形如图 2-8所示,其耐压可达 1 000 V。常用于剪切多余的线头、尼

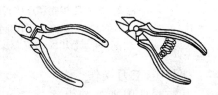

图 2-8　斜嘴钳的外形

龙套管、尼龙线卡。剪断较粗的金属丝、线材及电线电缆等。

4. 剥线钳操作技术

剥线钳是用于剥除小直径(标称截面积 6 mm² 以下)导线绝缘层的专用工具,其外形及操作方法如图 2 - 9 所示。它的手柄是绝缘的,耐压为 500 V。操作时,将要剥除的绝缘长度用标尺定

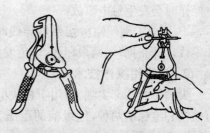

图 2 - 9 剥线钳的外形及操作方法

好以后,把导线放入相应的刃口中(比导线直径稍大),用手将钳柄一握然后放松,导线的绝缘层即被割破自动弹出。

5. 冷压接钳操作技术

冷压接钳多用于较大负荷的多根铝芯导线的直接连接。图 2 - 10 所示为手动冷挤压接钳和压接管的外形及操作方法。操作时把两根铝芯导线线端相对穿入压接管并使线端穿出压接管 25 ~ 30 mm 长,然后进行压接。

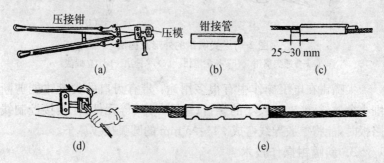

图 2 - 10 压接钳和压接管外形及操作方法

(a)手动冷挤压接钳 (b)压接管 (c)穿进压接管
(d)进行压接 (e)压接后的铝芯线

(四)电工刀操作

电工刀是用来剖削电线线头,切割木台缺口,削制木榫等的专用工具,其外形如图

图 2 - 11 电工刀的外形

2-11 所示。操作时应将电工刀刀口朝外剖削,剖削导线绝缘层时,应使刀面与导线成较小锐角,以免割伤导线。具体操作技能详见后述"导线连接"部分。

(五)电工包和电工工具套

电工包和电工工具套是用来放置电工随身携带的常用工具或零星电工器材的,其外形及携带方法如图 2-12 所示。

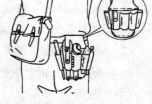

图 2-12 电工包和电工工具套

(六)扳手操作技术

常用的扳手有固定扳手、套动扳手和活动扳手三类。扳手是用来紧固和旋松螺母的一种专用工具。各种扳手的外形如图 2-13 所示。固定扳手和套筒扳手的优点是使用方便、不需调节,套筒扳手且能在狭小的场合中使用。但它们的共同缺点是单一,即一种扳手只能旋紧或旋松一种规格的螺母。操作时若带一套规格齐全的扳手不仅沉重又占体积也不方便。故除生产线上的固定装配工外一般检修工都以配备活动扳手为主,现将活动扳手作进一步介绍。

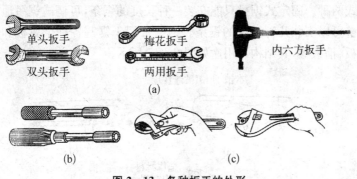

单头扳手
双头扳手
梅花扳手
两用扳手
内六方扳手
(a)
(b)
(c)

图 2-13 各种扳手的外形
(a)固定扳手 (b)套筒扳手 (c)活动扳手

(1)活动扳手的构造和规格 活动扳手又称活络扳手或活络扳头,其构造如图 2-14 所示。由头部和柄部组成,头部由活动扳唇、固定扳唇、蜗轮和轴销等构成。旋动蜗轮可调节扳口的大小。规格是以长度乘以最大开口宽度（单位 mm）来表示，电工常用的活动扳手有 150×19（6″）、200×24（8″）、250×30（10″）和 300×36（12″）等四种。

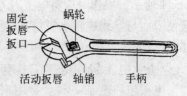

图 2-14　活动扳手构造

（2）活动扳手操作技术

1）扳动大螺母时，需要较大力矩，手应握在近柄尾处，如图 2-13(c)中右图所示。

2）扳动较小螺母时，需用力矩不大，但螺母过小易打滑，故手应握在接近头部的地方，可随时调节蜗轮，收紧活动扳唇防止打滑，如图 2-13(c)中左图所示。

3）活动扳手不可反用，以免损坏活动扳唇，也不可用钢管接长手柄来施加超额的扳拧力矩。

4）活动扳手不得当作撬棒和手锤使用。

（七）钢锯操作技术

钢锯由锯弓和锯条组成，锯弓用来安装锯条，分为可调式和固定式两种。固定式锯弓只能安装一种长度的锯条，可调式锯弓通过调整可以安装几种长度的锯条。钢锯常用于锯割各种金属板和电路板、槽板等，其结构和用途如图 2-15 所示。

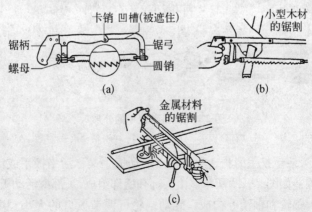

图 2-15　钢锯的结构和用途

钢锯操作技术

（1）用力　锯削时的推力和压力由右手控制,左手主要配合右手扶正锯弓,压力不要过大。钢锯推出时为切削行程,应施加压力;钢锯收回时为返回行程,应不加压力自然返回。工件将断时压力一定要小。

（2）运动　锯削有上下摆动式运动和直线式运动两种,实际操作中一般采用小幅度的上下摆动式。如图 2-16 所示。锯锉底面要求平直的锯削,常采用直线运动,如图 2-17 所示。

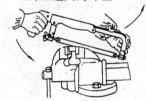
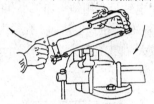

手锯推进时, 身体略向前倾,
双手随着压向手锯的同时,
左手上翘, 右手下压

回程时右手上抬, 左手自然跟回

图 2-16　钢锯作上下摆动式运动

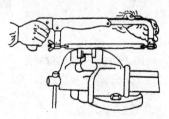

图 2-17　钢锯作直线式运动

（3）速度　锯削运动的速度以 40 次/min 左右为宜,锯削硬材料时可慢些,软材料时可快些。锯削过程中,行程速度应保持均匀,返回行程速度应相对快些。

（八）手锤和电工用凿

手锤又叫榔头,是电工在拆装电气设备时常用的工具;电工用凿主要用来在建筑物上打孔,以便下输线管或安装架线木桩,常用的电工凿有麻线凿、小扁凿等。

手锤、麻线凿和小扁凿的外形如图 2-18 所示。

手锤   麻线凿   小扁凿

图 2-18 手锤、麻线凿和小扁凿的外形

二、电工电动工具操作技术

1. 手电钻操作技术

手电钻是利用钻头加工小孔的常用电动工具,分手枪式和手提式两种。一般手枪式电钻加工孔径为 $\phi 0.3 \sim \phi 6.3 \text{ mm}$。手提式电钻加工范围较大,加工孔径为 $\phi 6 \sim \phi 13 \text{ mm}$。手电钻的外形如图 2-19 所示。

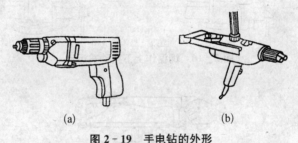

(a)   (b)

图 2-19 手电钻的外形

(a)手枪式 (b)手提式

使用手电钻时应注意以下几点:

(1)使用前先检查电线绝缘是否良好,如果电线有破损,先用绝缘胶布包好。

(2)手电钻接入电源后,要用电笔测试外壳是否带电,不带电方可使用。操作时需接触手电钻外壳时,应佩带绝缘手套、穿电工绝缘鞋并站在绝缘板上。

(3)在使用过程中,钻头应垂直于被钻物体,用力要均匀,当钻头卡在被钻物体中时,应停止钻孔,检查钻头是否松动,如果松动,则应重新夹紧钻头,然后再使用。

（4）钻头在金属中钻孔时若温度过高，会引起钻头退火，使钻头硬度降低不利于钻削，因此钻孔时要适量加一些冷却润滑油。

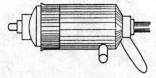

在生产流水线和装配工作中，现在已经常使用气动手钻工具，其形状如图 2－20 所示。

图 2－20　气动手钻外形

2. 冲击钻操作技术

冲击钻常用于在建筑物上打孔，把调节开关置于"钻"的位置，冲击钻可作为普通电钻使用；置于"锤"的位置，钻头边旋转边前后冲击，便于钻混凝土或砖结构建筑上的小孔，通常可冲打 $\phi 6 \sim \phi 16$ mm 的圆孔。冲击钻的外形及结构如图 2－21 所示。

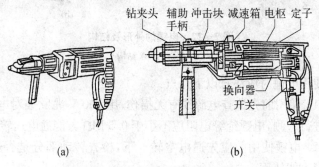

钻夹头　辅助　冲击块　减速箱　电枢　定子
手柄

换向器
开关

（a）　　　　　　　　　　（b）

图 2－21　冲击钻的外形及结构

（a）外形　（b）结构

使用冲击钻时应注意以下几点：

（1）长期搁置不用的冲击钻，使用前必须用 500 V 兆欧表测定其相对绝缘电阻，其值应不小于 0.5 MΩ（兆欧）。

（2）在使用金属外壳冲击钻时，必须佩戴绝缘手套，穿绝缘鞋并站在绝缘板上，以确保维修人员的人身安全。

（3）在调速或调档时，应该停转后再进行，避免打坏内部齿轮。

（4）在钢筋建筑物上冲孔时，遇到硬物时不应施加过大的压力，以免钻头退火或冲击钻因过载而损坏。冲击钻因故突然停转时应立即切断电源。

（5）在钻孔时应经常把钻头从钻孔中拔出以排除钻屑。

3. 电锤操作技术

电锤是装修工程常使用的一种工具,适用于混凝土、砖石等硬质建筑材料的钻孔,可替代手工进行凿孔工作,其外形及结构如图2-22所示。

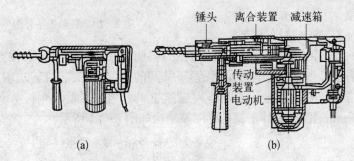

图 2-22　电锤的外形及结构

(a) 外形　(b) 结构

使用电锤时应注意以下几点:

（1）使用前先检查电源线有无损伤,用 500 V 兆欧表对电锤电源线进行检测,电锤绝缘电阻应不小于 0.5 MΩ 方能通电运转。

（2）电锤使用前应先通电空转一下,检查转动部分是否灵活,无故障方能使用。

（3）工作时先将钻头顶在工作面上,然后再启动开关,尽可能避免空转。在钻孔过程中若发现电锤突然停转应立即松开电源开关,待检查出原因后方可再次启动。

（4）在使用中若发现声音异常,要立即停止钻孔。若因连续工作时间过长造成电锤发烫,也应让电锤停止工作,使其自然冷却,切勿用水淋浇。

4. 电动螺钉旋具操作技术

在现代工厂生产中,特别是在一些装配流水线上,多采用电动螺钉旋具。它主要利用电力作为动力,使用时只要按动电源开关,旋具即可按预先选定的顺时针或逆时针方向旋动,完成旋紧或松脱螺钉的工作。其外形如图 2 – 23 所示。

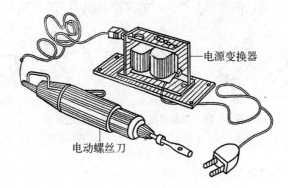

电源变换器

电动螺丝刀

图 2 – 23 电动螺钉旋具外形

三、电工焊接工具操作技术

（一）电烙铁操作技术

电烙铁是手工焊接的主要工具。常用的电烙铁一般为直热式，直热式中又分为外热式、内热式和恒温式三大类。

1. 电烙铁的外形及结构

电烙铁的外形及结构如图 2 – 24 所示。

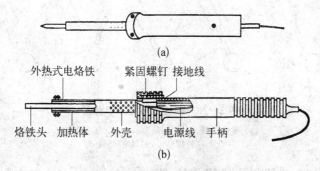

(a)

外热式电烙铁 紧固螺钉 接地线

烙铁头 加热体 外壳 电源线 手柄

(b)

图 2 – 24 电烙铁的外形及结构

（a）电烙铁的外形 （b）外热式电烙铁的结构

2. 电烙铁操作技术

(1)电烙铁的握法及焊锡丝的拿法如图 2-25 所示。

(a)   (b)   (c)   (d)   (e)

图 2-25　电烙铁的握法及焊锡丝的拿法

(a)反握法　(b)正握法　(c)握笔法　(d)连续焊接时的拿法
(e)断续焊接时的拿法

(2)电烙铁使用操作步骤

在手工使用电烙铁施焊时,特别对初学者,一般采用以下五步工序进行焊接,如图 2-26 所示。

1)按图 2-25 握好电烙铁(可根据自己的习惯采用何种握法),准备施焊;

2)将烙铁头接触焊点加热焊件;

3)数秒后将焊丝送入焊点;

4)当焊丝中的焊锡熔入焊点且恰好包满焊点时移开焊丝;

5)从焊点迅速移开电烙铁。

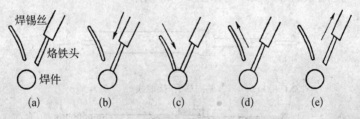

焊锡丝
烙铁头
焊件

(a)   (b)   (c)   (d)   (e)

图 2-26　焊接五步工序示意图

(a)准备施焊　(b)加热焊件　(c)送入焊丝
(d)移开焊丝　(e)移开烙铁

(二)吸锡电烙铁操作技术

吸锡电烙铁的外形和结构如图 2-27 所示。

吸锡电烙铁具有焊接和吸锡双重功能,其焊接时的操作方法和

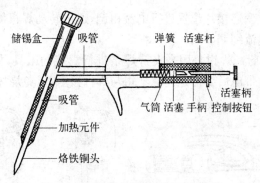

储锡盒　吸管　弹簧　活塞杆

吸管

气筒　活塞　手柄　控制按钮　活塞柄

加热元件

烙铁铜头

图 2-27　吸锡电烙铁的外形及结构

一般电烙铁完全相同,不再赘述。在需要拆卸元件时先将烙铁头接触元件焊点,待焊点融化后按下按钮,熔化后的液态焊锡即被吸入储锡盒子内,需要拆卸的元件便能从已没有焊锡的焊点取下。

（三）手工电弧焊设备及操作技术

1. 电焊工具

（1）电弧焊机　电弧焊是通过电弧对工件局部加热使连接处金属熔化,再加入填充金属而使工件结合的方法。电弧焊机实质上就是用来进行电弧放电的电源,电弧焊机有交流和直流两种。维修电工常用的焊机是交流焊机,又称为弧焊变压器。它是一种特殊的减压变压器。

弧焊变压器的外部接线及外形如图 2-28 所示。电流调节方式如图 2-29 所示。

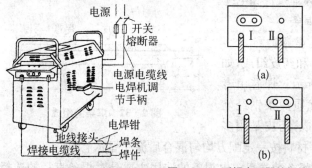

电源

开关
熔断器

电源电缆线
电焊机调节手柄

电焊钳
地线接头　焊条
焊接电缆线　焊件

Ⅰ　Ⅱ

(a)

Ⅰ　Ⅱ

(b)

图 2-28　弧焊变压器外形　图 2-29　弧焊变压器的焊接电流粗调节
**　　　及外部接线　　　　　（a）接法Ⅰ　（b）接法Ⅱ**

通过改变连接片位置进行电流粗调,通过转动焊机侧面的调节手柄进行电流细调。

(2)焊钳 焊钳是用来夹持焊条进行焊接的工具,如图2-30所示。焊钳带电后要特别注意不得与焊件接触,以免烧坏焊钳。

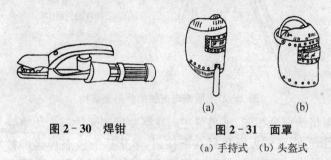

图2-30 焊钳

图2-31 面罩

(a)手持式 (b)头盔式

(3)面罩 面罩是用来防止焊接时的飞溅物、弧光及熔池和焊件的高温对焊工面部及颈部灼伤的一种遮蔽工具。用红色或褐色硬纸板压制而成,并配备有色玻璃观察窗口,有手持式和头盔式两种,如图2-31所示。

(4)焊接电缆 焊接电缆是用来传导焊接电流的。在实际工作中,导线截面积和焊接电流、导线长度要匹配,否则会烧毁电缆绝缘层。电缆要通过接线端子连接电焊机和焊件,以减小连接电阻,工作时要防止焊件压伤或折断电缆。切忌电缆与刚焊完的焊件接触,以防损坏焊接件和电缆。

2. 电焊条

(1)电焊条的组成 焊条由焊芯和药皮组成,如图2-32所示。焊芯由专门炼制的优质焊条钢经轧制、拉拔而成;药皮是用多

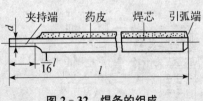

图2-32 焊条的组成

种矿石粉等材料按一定配方均匀混合后涂在焊芯上的。

(2)电焊条的选用 电焊条的选用主要是对焊条直径的选择,焊条直径主要取决于焊件的厚度和焊接位置。可参照以下几点进

行选择:

1) 一般焊条的直径应不超过焊件的厚度,焊条直径与焊接工件厚度之间的关系可参考表2-1。

表 2-1 焊条直径与焊接工件厚度之间的关系

焊件厚度(mm)	≤1.5	2	3	4~5	6~12	≥12
焊条直径(mm)	1.6	2	3.2	3.2~4	4~5	4~6

2) 平焊时采用的焊条直径应比其他位置焊接时大一些,立焊时焊条的最大直径不超过5mm,而仰焊、横焊时的最大直径不超过4mm,以便形成较小的熔池,减少熔化金属的下淌。

3) 进行多层焊接时,为了保证根部焊透,第一层焊道应采用较小直径的焊条,以后各层可根据焊件厚度选用较大直径的焊条。

4) 搭接接头、T形接头因不存在全焊透问题,应选用较大直径的焊条以提高生产率。

3. 焊接接头形式和焊接操作技术

(1) 焊接接头形式 焊接接头形式有对接接头、T形接头、角接接头和搭接接头等多种形式,如图2-33所示。

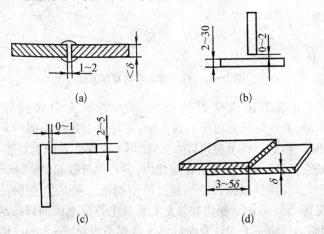

图 2-33 焊接接头形式
(a) 对接接头 (b) T形接头 (c) 角接接头 (d) 搭接接头

（2）焊接位置　焊接位置有平焊、立焊、横焊和仰焊等，如图2-34所示。

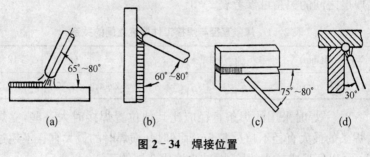

图 2-34　焊接位置

（a）平焊　（b）立焊　（c）横焊　（d）仰焊

（3）焊接操作技术

1）先将焊件用马板与铁锲等夹具实现临时定位，如图2-35所示。

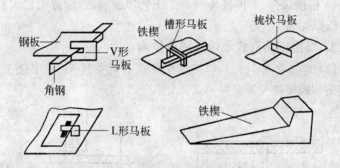

图 2-35　焊件常见临时定位方式

2）用划擦法或接触法引弧。① 划擦法引弧操作见图2-36（a）.操作要领是动作如划火柴，先将通上焊接电源的焊条末端对准焊缝，然后将手腕扭转一下，使焊条在焊件表面上划擦一下，划擦长度约20 mm，并应落在焊缝内，再将焊条提起2～3 mm。电弧引燃后，应保持电弧长度不超过所用焊条直径。② 接触法引弧操作见图2-36（b）。操作要领是先将通上焊接电流的焊条对准焊缝，用腕力轻碰一下焊件表面后迅速将焊条提起2～3 mm，电弧引燃后，应保持电弧长度不超过所用焊条直径。

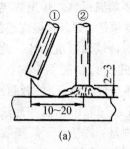 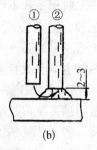

(a)　　　　　　　　　　(b)

图 2-36　电弧引燃方法

（a）划擦法　（b）接触法

引弧时焊条与焊件接触后焊条提起的时间要适当。焊条提起太快,气体电离差,难以形成稳定的电弧;焊条提起太慢,焊条与焊件易粘在一起造成短路,短路时间过长会烧坏焊机。

3）引弧后焊条要沿三个方向运动（称为运条）,① 朝熔池方向作逐渐送进动作,用来维持电弧的长度,焊条的送进速度要和焊条熔化速度相适应;② 作横向摆动动作;③ 沿焊接方向逐渐向前移动。三种运动的速度要配合得当,如图 2-37 所示。

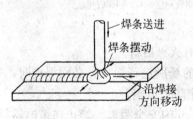 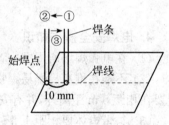

图 2-37　焊条运动方向　　**图 2-38　焊缝的起头**

4）焊缝的起头直接影响着焊接质量。焊缝起头是指刚开始焊接时的焊接部分,必须把握得当。具体操作方法是：从距离焊点 10 mm 左右处引弧,引弧后先将电弧稍拉长并迅速回到始焊点,给开始焊接的部位加热,然后将电弧长度缩短进行正常焊接,如图 2-38 所示。

5）焊道的收尾也直接影响焊接质量。焊道收尾是指焊接结束时的操作。收尾动作不仅是熄弧,还要填满弧坑。焊道收尾的常用方法有三种。① 反复断弧法。操作要领是:焊条移至焊道终点时,在弧坑上要反复熄弧——引弧,直到焊液填满弧坑为止。此方法适用于薄板焊接,但碱性焊条不适用此法。如图 2-39(a)所示。② 划圈收尾法。操作要领是:焊条移至焊道终点时,做圆圈摆动,直到焊液填满弧坑再拉断电弧。如图 2-39(b)所示。此法适用于厚板焊接。③ 回焊收尾法。操作要领是:焊条移至焊道收尾处即停止,但未熄弧,此时适当改变角度。焊条由位置 1 转到位置 2,待焊液填满弧坑再转到位置 3,然后慢慢拉断电弧,如图 2-39(c)所示。碱性焊条宜用此法。

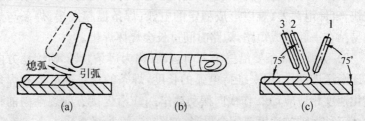

图 2-39 焊道常用收尾方法

(a)反复断弧法 (b)划圈收尾法 (c)回焊收尾法

4. 电焊安全操作知识

(1)在电弧焊场所周围应置有灭火器材。

(2)不准在堆有易燃易爆物的场所进行焊接。必须焊接时,一定要在相距 5 m 距离外,并有安全防护措施。

(3)与带电体要相距 1.5~3 m 的安全距离。禁止在带电器材上进行焊接。

(4)禁止在具有气、液体压力的容器上进行焊接。

(5)对密封的或盛装的物品性能不明的容器不准焊接。

(6)在有五级风力的环境中不准焊接,以防火星飞溅引起火灾。

(7)焊接需用局部照明时,均应用 12~36 V 的安全灯;在金属容器内焊接必须有人监护。

(8) 必须戴防护遮光面罩，以防电弧灼伤眼睛。

(9) 必须穿工作服、脚盖和手套等防护用品。在潮湿环境焊接时，要穿绝缘鞋。

(10) 电焊机外壳和接地线必须要有良好的接地；焊钳的绝缘手柄必须完整无缺。

第二节　电工常用测量仪表及操作技术

一、电工常用测量仪表概述

电工测量的主要对象是电流、电压、电功率、电能、相位、频率、功率因数、电阻等。测量各种电学量的仪器仪表统称为电工测量仪表。本节着重介绍常用电工测量仪表的基本知识以及基本电量的测量方法。

1. 电工常用测量仪表的分类

电工常用测量仪表的种类繁多且根据不同的概念可以有不同的分类方式，如按测量对象、工作原理、仪表的准确度、防护性能、使用方式等都可对常用电工测量仪表进行分类，如表 2-2 所示。

表 2-2　常用电工仪表的类别、符号、测量单位及功用

类　别	仪表名称	符　　号	测量单位符号或可测物理量
按测量对象	电流表	Ⓐ ⓜⒶ Ⓤ	安培 A、毫安 mA、微安 μA
	电压表	Ⓥ ⓜⓋ ⓚⓋ	伏特 V、毫伏 mV、千伏 kV
	功率表	Ⓦ ⓚⓌ	瓦特 W、千瓦 kW
	欧姆表	Ω ⓂΩ	欧姆 Ω、兆欧 MΩ
	电能表	kWh	度（千瓦小时）

（续　表）

类　别	仪表名称	符　　号	测量单位符号或可测物理量
按仪表的工作原理	磁电系	代号C	直流电流、电压、电阻
	电磁系	代号T	直流或交流电流、电压
	电动系	代号D	直流或交流电流、电压、电功率、电能量
	感应系	代号G	交流电能量
	整流系	代号L	交流电流、电压
按仪表准确度	0.1级	基本误差（%）±0.1	标准表计量用
	0.2级	基本误差（%）±0.2	副标准器用
	0.5级	基本误差（%）±0.5	精度测量用
	1.0级	基本误差（%）±1.0	大型配电盘用
	1.5级	基本误差（%）±1.5	配电盘、教师、工程技术人员用
	2.5级	基本误差（%）±2.5	小型配电盘用
	5.0级	基本误差（%）±5.0	学生实验用

注：

1. 测量不同电学量的表又可分为直流表（—）、交流表（～）和交直流两用表（ ），交流电表的刻度显示的是正弦交流电的有效值。

2. 电工仪表按防护性能可分为普通型、防尘型、防溅型、防水型、水密型、气密型、隔爆型；按使用方式可分为固定式（开关板式）和便携式。

2. 电工常用测量仪表的准确度

准确度是指仪表在正常工作条件下的最大误差占仪表表盘上满刻度的百分数。在表2-2的七个误差等级中，数字越小表示准确度越高，即基本误差越小，但价格也越高。0.1级到0.5级仪表准确度较高，多用于实验室作校验仪表；1.5级以上的仪表准确度较低,多用于工程上的检测及计量。

测量时仪表的指示值与被测量的实际值之间的差异,就是仪表的测量误差。测量误差是由仪表的基本误差和附加误差引起的。基本误差是指仪表在正常工作条件下(在规定温度、规定放置方式、没有外电场和外磁场干扰等),由于仪表制造工艺限制,造成仪表本身内部结构特性和质量等方面的缺陷所引起的误差。如摩擦误差、标尺刻度误差、轴承与轴尖间隙造成的倾斜误差等,都属于基本误差范围;附加误差是指仪表离开规定的工作条件(如环境温度的改变、外电场或外磁场的影响、被测正弦交流电波形失真等)而引起的误差。

例如 1.0 级电流表的基本误差是满刻度的±1.0%。在仪表规定的正常工作条件下若测得电流为 100 mA 时,则实际电流在 99～101 mA 之间。

3. 电工常用测量仪表的型号

电工仪表的产品型号可以反映出仪表的用途、工作原理。电工仪表的产品型号,是按主管部门制定的电工仪表型号编制法经生产单位申请,并由主管部门登记颁发的。对安装式和可携式指示仪表的型号,规定有不同的编号规则。

安装式指示仪表型号的组成如图 2-40 所示。形状第一位代号按仪表的面板形状最大尺寸编制;形状第二位代号按仪表的外壳尺寸编制;系列代号按仪表工作原理的系列编制,如磁电系代号为"C"、电磁系代号为"T"、电动系代号为"D"、感应系代号为"G"、整流系代号为"L"、静电系代号为"Q"、电子系代号为"Z"等。

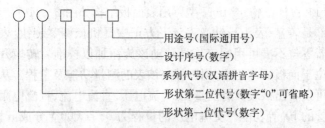

图 2-40 安装式仪表型号的编制规则

例如：44C2－A型电流表，其中"44"为形状代号，"C"表示磁电系仪表，"2"为设计序号，"A"表示用于电流测量。对于可携式指示仪表不用形状代号，其他部分则与安装式指示仪表完全相同。例如：T62－V型电压表，其中"T"表示电磁系仪表，"62"为设计序号，"V"则表示用于电压测量。

电能表的型号编制规则基本上与可携式指示仪表相同，只是在组别号前再加上一个"D"字表示电能表，如"DD"表示单相、"DS"表示三相有功、"DT"表示三相四线、"DX"表示无功等。

二、万用电表操作技术

"万用电表"是一种多功能、多量程的测量仪表。能测量直流电流、交直流电压、电阻、音频电平等。档次稍高的还可测量交流电流、电容器的电容量、绕组的电感量以及晶体管共发射极直流电流放大系数 $h_{FE}(\beta)$。由于其具有测量种类多，量程范围宽，价格低以及使用和携带方便等特点，被广泛应用于电气维修和测试中。万用表基本上分为指针式和数字式两大类。

本节以使用广泛的 MF47 型指针式万用表及 DT－890B$^+$ 型数字万用表为例，介绍其操作方法。

（一）MF47 型指针式万用表

MF47 型万用表体积小巧、重量轻、便于携带、设计制造精密、测量准确度高、价格低且使用寿命长，受到使用单位及个人的普遍欢迎。

1. MF47 型万用表面板介绍

（1）面板结构　MF47 型万用表面板结构如图 2－41 所示。面板上部是表盘、表头指针。表盘下方正中是机械调零旋钮，表在使用前若零位不准可用螺钉旋具转动该旋钮加以校准。转换开关大旋钮位于面板下部正中，周围标有该表的测量功能及量程。从面板图中可以看出该表具有测量交、直流电压、直流电流、直流电阻以及晶体管的 h_{FE} 等功能。交流电压的量程为 0～1 000 V分成五档；直流电压的量程为 0～1 000 V 分成八档，另有一档单独测量 2 500 V

直流高电压的插孔在面板右下角,测量直流高电压时只要将红表笔直接插入该插孔即可;直流电流的量程从 0～500 mA 分成五档;直流电阻的量程从×1～×10 k 分成五档。转换开关左上角是测 PNP 和 NPN 型晶体三极管的 h$_{FE}$ 的插孔。右上角是零欧姆调整旋钮,当电阻档红、黑表笔短接(即为零 Ω)但指示针未显示零值时,旋转此钮可调整到零 Ω 位。转换开关左下角标有"+"和"$\overline{COM}$"的插孔分别为红、黑表笔插孔。右下角除测 2 500 V 直流高电压的专用插孔外,还有一个测 5 A 直流大电流的专用插孔,测量时只要将红表笔插入该插孔即可。

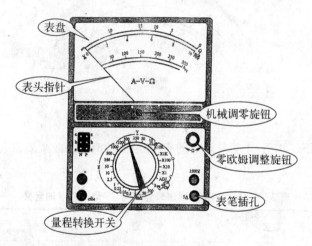

图 2-41   MF47 型万用表面板结构

(2) 表头与表盘　表头是一只高灵敏度的磁电式直流电流表,万用表的主要性能指标就取决于表头灵敏度。表盘除了有与各种测量项目相对应的 6 条标度尺外,还有各种符号。正确识读刻度标尺和理解表盘符号、字母、数字的含义,是使用万用表的基础。

MF47 型万用表表盘有六条标度尺:最上面的是电阻刻度标度尺,用"Ω"表示;从上到下依次为第二条是直流电压、交流电压及直流电流共享刻度尺,用"$\underline{V}$"和"$\underline{mA}$"表示;第三条是晶体管共发射极直流电流放大系数刻度标尺,用"h$_{FE}$"表示;第四条是测电容器容量的刻度标尺,用"C(μF)50 Hz"表示;第五条是测电感量的刻度标尺,用"L(H)50 Hz"表示;最后一条是测音频电平的刻度标尺,用"dB"表示。刻度标尺上装有反光镜,测量时可调整视觉位置使指针与反光镜中的影子重合,用以消除视觉误差。MF47型万用表表盘如图2-42所示。

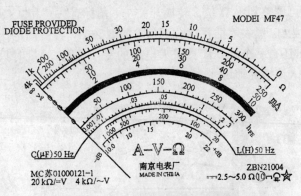

图2-42 MF47型万用表表盘

MF47型万用表表盘中的符号、字母和数字的含义如表2-3所示。

表2-3 MF47型万用表表盘符号、字母和数字的含义

符号、字母、数字	意　　义
MF47	M—仪表,F—多用式,47—型号
⏄2.5~5.0	测量直流电压、直流电流时精确度是标尺满刻度偏转的2.5% 测量交流电压时精确度是标尺满刻度偏转的5%
⎍	水平放置
⏚	磁电系整流式仪表
☆6	绝缘强度试压6 kV
苏01000121-1	江苏省仪表生产批准文号

符号、字母、数字	意　　义
20 kΩ/V	测量直流电压时输入电阻为每伏 20 kΩ,相应灵敏度为 1 V/20 kΩ=50 μA
4 kΩ/～V	测量交流电压时输入电阻为每伏 4 kΩ,相应灵敏度为 1 V/4 kΩ=250 μA

2. MF47 型万用表测量操作技术

(1) 测量前的准备　万用表测量操作前的准备工作如图 2-43 所示。

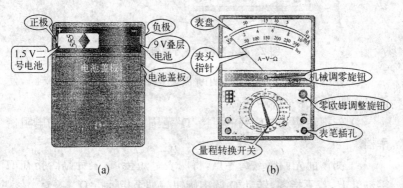

图 2-43　MF47 型万用表测量前的准备

图(a)所示为打开万用表背面电池盖板,将一节 1.5 V 二号电池和一节 9 V 叠层电池装入电池盒内。

图(b)所示为准备步骤:

1) 熟悉表盘上各符号的意义及各个旋钮和选择开关的作用;

2) 把万用表水平放置好看表针是否指在零刻度处,若不指零,则应旋动机械调零旋钮将指针校准至零点;

3) 选择好表笔插孔位置,除测直流高电压与大电流外,其他测量都应将红表笔插入左下方的"+"插孔内,黑表笔插入"COM"插孔内。

(2) 测量电阻　图 2-44 所示为测量电阻的方法,具体操作步骤如下：

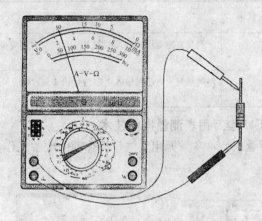

图 2-44 MF47 型万用表测电阻

1）在线测量电阻时首先切断被测电路的电源和迂回支路，使该电阻所在支路呈开路状态。

2）先把转换开关旋到电阻档"Ω"范围内，再选择适当的电阻倍率档。

3）测量前先调整欧姆零点，将两表笔短接，看表针是否指在 Ω 零刻度上，若不指零，转动 Ω 调零旋钮校准至指针指 Ω 零。

4）将表笔分别和被测电阻两端相连，此时指针将偏转，若指针未停留在刻度尺的 1/3～2/3 范围内，应变换倍率档，使指针落在该范围内。须注意的是，每次变换倍率后，都须重新校准 Ω 零位，然后才能测量。

5）按指针停留位置读取读数，电阻值=指针读数×倍率。

（3）测量直流电压 图 2-45 所示为测量直流电压的方法，具体操作步骤如下：

1）将转换开关先拨到直流电压"V"范围内，然后选择适当的量程，若不知道被测电压的大致值，应先用电压最高档测出大致值后再选择合适的量程来测量，以免表针偏转过度而损坏表头。

2）测量时应将万用表并联在被测电路中进行，正负极必须正

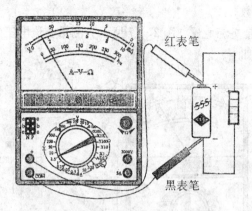

图 2 - 45 MF47 型万用表测量直流电压

确,即红表笔接被测电路高电位端,黑表笔接低电位端。

3) 选择合适的量程是指测量时应使指针停留在刻度尺的 1/2～2/3 处。

4) 按指针停留位置读取读数。电压值＝V(mV)/格×格数。

(4) 测量直流电流 图 2 - 46 所示为测量直流电流的方法。具体操作步骤如下:

1) 将转换开关先拨到直流电流 mA 范围内,然后选择适当的量程,若不知道被测电流的大致值应先用最高档测出大致值后再选择合适的量程来测量。

2) 测量时应将万用表串联在被测电路中进行,正负极必须正确,红表笔接电流流入端,黑表笔接电流流出端。

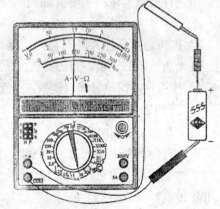

图 2 - 46 MF47 型万用电表测量直流电流

3) 选择适当量程后按指针停留位置读取读数,电流值＝

mA/格×格数。

(5) 测量交流电压 图2-47所示为测量交流电压的方法。具体操作步骤如下：

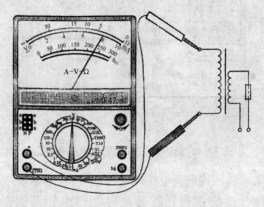

图2-47 MF47型万用表测量交流电压

1) 将转换开关先拨到交流电压"V"范围内，然后选择适当的量程，若不知道被测交流电压的大致值，同样应先用最高档测出大致值后再选择合适的量程来测量，最终应使指针指在刻度尺的1/2～2/3处。

2) 将两表笔分别并联到被测电路的两端，与测直流电压不同的是红黑表笔不分正负，可任意接。

3) 按指针停留位置读取读数：交流电压值=V/格×格数。

3. 万用表使用注意事项

(1) 万用表不用时转换开关不要放在电阻档，因表内有电池，如果不小心使两根表棒相碰短路(相当于被测电阻为零)，不仅会使表内电池很快耗完，严重时甚至会损坏表头。应将转换开关调到交流电压最高档位或空档上。

(2) 电阻档若无法调至Ω零位，说明表内电池电压已明显不足，需要更换新电池。其中×1～×1 k档应更换1.5 V电池，×10 k档应更换9 V叠层电池。

（3）不能带电测量电阻。因为测电阻时由万用表内部电池供电，如果带电测量就相当于接入一个额外电源，可能损坏表头。

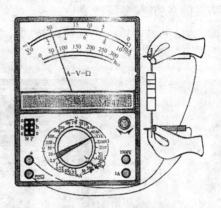

（4）测电阻时，不要用手触及元件裸露的两端（或两支表笔的金属部分），以免人体电阻与被测电阻并联，使测量结果不正确，如图 2- 48 所示。

图 2-48　错误的测量电阻方法

（5）在测量电流电压时，不能带电更换量程，也不能旋错档位，如误用电阻档或电流档去测电压，就极易烧坏电表。

（6）测量直流电压和直流电流时，注意"＋"、"－"极性，不要接错，如发现指针反偏，应立即调换表笔，以免损坏指针及表头，如图 2- 49 所示。

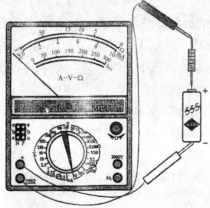

图 2-49　测直流电压、电流时正、负极性接错

（二）DT-890B⁺型数字万用表

1. 测量范围

DT-890B⁺系列数字万用表是性能稳定、可靠性高且具有高度防振的多功能、多量程测量仪表。它可用于测量交直流电压、交直流电流、电阻、电容、二极管、三极管、音频信号频率等,其面板结构如图 2 - 50 所示。

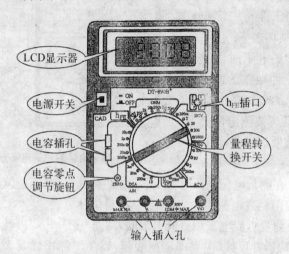

图 2 - 50　DT - 890B⁺ 数字万用表面板结构

2. 使用前的检查与注意事项

(1) 将电源开关置于"ON(开机)"状态,显示器应有数字或符号显示。若显示器出现低电压符号,说明内置 9 V 电池电压已不足,需要更换新电池才能使用。

(2) 表笔插孔旁的△符号,表示测量时输入电流、电压不得超过量程规定值,否则将损坏内部测量线路。

(3) 测量前旋转开关应置于所需量程。测量交、直流电压,电流时,若不知被测数值的高低,可先将转换开关置于最大量程档,在测量中按需要逐步下调。

(4) 显示器只显示"1",表示被测量超出所选量程范围,应选择更高的量程。

(5) 在高压线路上测量电流、电压时,应注意人身安全。当转换开关置于"OHM"、"⊣⊢"范围时,不得引入电压。

3. DT-890B⁺数字万用表基本操作技术

（1）测量直流电压 图2-51所示为DT-890B⁺测量直流电压的方法，具体操作步骤如下：

1）将黑表笔插入COM（公共）插孔，红表笔插入V/Ω插孔；

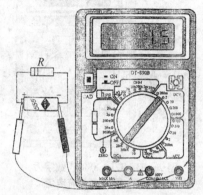

2）将功能转换开关置于"DCV"范围内的适当量程。其中"DC"表示直流，"V"表示电压；

3）表笔与被测电路并联，红表笔接被测电路高电位端，黑表笔接低电位端；

图2-51 DT-890B⁺数字万用表测直流电压

4）直流电压量程为20 mV～1 000 V共分五档。

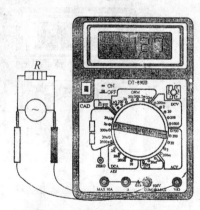

图2-52 DT-890B⁺数字万用表测交流电压

（2）测量交流电压 图2-52为DT-890B⁺测量交流电压的方法，具体操作步骤如下：

1）表笔插法同"测量直流电压"；

2）将功能转换开关置于"ACV"范围内的适当量程。其中"AC"表示交流；

3）两表笔与被测电路并联，黑红表笔接法可不考虑极性；

4）交流电压量程为200 mV～700 V共分五档。

（3）测量直流电流 图2-53所示为DT-890B⁺测量直流电流的方法，具体操作步骤如下：

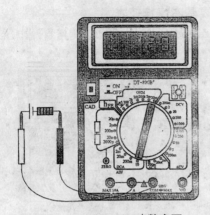

图 2 - 53　DT - 890B⁺ 数字万用表测直流电流

1) 将黑表笔插入 COM 插孔，测量最大值不超过 200 mA 电流时，红表笔插入 "A" 插孔；测量 200 mA～10 A 范围电流时，红表笔应插在 "MA×10 A" 插孔；

2) 将功能转换开关置于 "DCA" 范围内的适当量程，其中 "A" 表示电流档；

3) 将万用表串入被测线路且红表笔接高电位端（电流流入红表笔），黑表笔接低电位端（电流流出黑表笔）；

4) 如果量程不对，过量程电流会烧坏熔丝。直流电流量程为 2 mA～10 A 共分四档。

（4）测量交流电流　图 2-54 所示为 DT - 890B⁺ 测量交流电流的方法，具体操作步骤如下：

1) 将黑表笔插入 "COM" 插孔，红表笔插入 "A" 插孔；

2) 将转换开关置于 "ACA" 范围内的适当量程；

3) 将万用表串入被测线路，红、黑表笔不分极性；

4) 交流电流量程为 2 mA～200 mA 分三档。

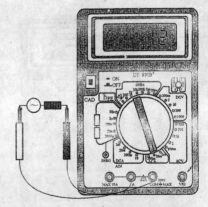

图 2 - 54　DT - 890B⁺ 数字万用表测交流电流

（5）测量电阻　图 2-55 所示为 DT - 890B⁺ 测量电阻的方法，具体操作步骤如下：

1) 将黑表笔插入 "COM" 插孔，红表笔插入 "V/Ω" 插孔，注意与模拟万用表不同的是数字万用表电阻档红表笔是"＋"而不是"－"；

2) 将转换开关置于"OHM"范围内的适当量程；

3) 万用表与被测电阻并联。注意必须事先断开被测电阻的一端或与被测电阻相并联的所有电路、切断电源；

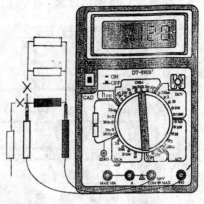

图 2-55　DT-890B⁺数字万用表测电阻

4) 数字万用表测电阻各档量程没有倍率关系所以按所选量程及单位读取的数字即为电阻值；

5) 表笔开路状态显示为"1"并非故障,所测电阻大于 1 MΩ 时,显示读数要几秒钟后方可稳定；

6) 电阻档量程为 200 Ω～20 MΩ 共分六档。

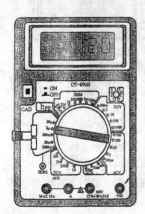

图 2-56　DT-890B⁺数字万用表测电容

(6) 测量电容　图 2-56 所示为 DT-890B⁺测量电容器容量的方法,具体操作步骤如下：

1) 将转换开关置于"F"范围内的适当量程,注意每次转换量程时需要时间,才能稳定漂移数字；

2) 待稳定后调节"ZERO"电容调零旋钮使显示为零；

3) 将待测电容两脚插入电容插孔即可读数,插入电容时不需考虑极性,测大容量电容时,需要一定时间方能使读数稳定；

4) 电容档量程为 2 000 p(皮法)～20 μ(微法)共分五档。

(7) 测量二极管正向电阻　图 2-57 所示为 DT-890B⁺测量

晶体二极管正向电阻的方法,具体操作步骤如下:

1) 将黑表笔插入"COM"插孔,红表笔插入"V/Ω"插孔(红表笔极性为"＋");

2) 将转换开关置于"⟶⊢"位置;

3) 红表笔接二极管正极,黑表笔接二极管负极,此时显示窗显示值即为二极管正向导通时的电阻值。

注意:二极管的正向电阻与它的工作电流有关,而在具体电路中二极管的工作电流

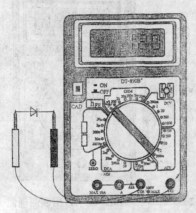

图 2 - 57 DT - 890B⁺ 数字万用表测二极管正向电阻

一般与万用表测试电流都不会相同,故万用表显示的仅为参考值。

(8) 测量三极管 h_{FE} 图 2 - 58 所示为 DT - 890B⁺ 测量晶体三极管共发射极直流电流放大系数 h_{FE} 的方法,具体操作步骤如下:

1) 将转换开关置于"h_{FE}"位置;

2) 将已知 PNP 型或 NPN 型晶体三极管的三只引出脚分别插入万用表面板右上方的对应插孔,显示窗显示值即为 h_{FE} 的近似值,注意三极管 h_{FE} 的大小也与它的工作点有一定联系,故万用表给出的也是参考值。

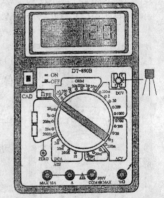

图 2 - 58 DT - 890B⁺ 数字万用表测三极管 h_{FE}

三、兆欧表操作技术

兆欧表又称摇表,是用来测量大电阻和电气设备、供电线路的绝缘电阻的;它的计量单位是兆欧,用"MΩ"符号表示。

兆欧表的种类很多,但其作用大致相同,常用的 ZC11 型兆欧表的外形如图 2-59 所示。

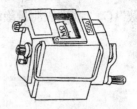

图 2-59　兆欧表外形

1. 兆欧表的选择

选择兆欧表时,其额定电压一定要与被测电气设备或线路的工作绝缘电压相适应,测量范围也要与被测设备或线路的绝缘电阻的范围相吻合,具体测量时可参照表 2-4 所示。

表 2-4　兆欧表的额定电压和量程选择

被 测 对 象	被测设备的 绝缘电压(V)	兆欧表的额定 电压(V)	兆欧表的 量程(MΩ)
普通线圈的绝缘电阻	≤500	500	0~200
变压器、电动机绕组的绝缘电阻	>500	1 000~2 500	0~200
发电机绕组的绝缘电阻	<500	1 000	0~200
低压电气设备的绝缘电阻	≤500	500~1 000	0~200
高压电气设备的绝缘电阻	>500	2 500	0~2 000
瓷瓶、高压电缆、隔离开关(刀闸)	—	2 500~5 000	0~2 000

2. 使用前的准备

1) 测量前须先校表,将兆欧表水平放置,未接线前先使 L、E 两端开路,摇动手柄使发电机逐渐达到额定转速,这时表头指针应指在"∞"处;然后将 L、E 两端短接,缓慢摇动手柄,指针应指在"0"处。若指示值不对,则应先行检修。

2) 用兆欧表测量线路或设备的绝缘电阻,必须在不带电的情况下进行,绝对不允许带电测量。

3) 测量前应先断开被测线路或设备的电源,并对被测设备进行充分放电,清除残存静电,以保证人身安全和测量准确。

3. 兆欧表测量技术

兆欧表有三个接线柱,其中两个较大的接线柱上分别标有"接地"(E)和"线路"(L),另一个较小的接线柱上标有"保护环"或"屏蔽"(G)。兆欧表测量绝缘电阻时的接线方法如图 2-60 所示。

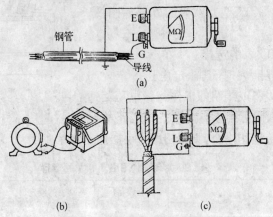

图 2-60 兆欧表的接线方法

（a）测量照明或动力线路绝缘电阻　（b）测量电机绝缘电阻
（c）测量电缆绝缘电阻

（1）测量照明或电力线路对地绝缘电阻的接线方法。将兆欧表接线柱的(E)可靠接地,(L)接到被测线路上,如图 2-60(a)所示。

（2）测量电机绝缘电阻的接线方法。将兆欧表接线柱的(E)接机壳,(L)接到电机绕组上,如图 2-60(b)所示。

（3）测量电缆绝缘电阻的接线方法。测量电缆的导电线芯与电缆外壳的绝缘电阻时,将(E)接电缆外壳,(L)接电缆芯线,(G)接电缆外壳与芯线线间的绝缘层,如图 2-60(c)所示。

（4）测量操作方法。接好线后,按顺时针方向摇动手柄,速度由慢渐快,并稳定在 120 r/min,允许有±20% 的变化,最多不应超过 25%。摇动 1 分钟待兆欧表的发电机转速稳定,此时表针也稳定下来,所指示的读数值就是所测得的绝缘电阻。如被测电路中有电容,则应先持续摇动一段时间,让兆欧表中的直流发电机对电容充电,待充电结束指针稳定后再读数。

4. 兆欧表使用注意事项

1）测量带有电容的设备的绝缘电阻时,测定后应先拆去接线再停止摇动,以免设备电容对发电机绕组放电造成损坏。

2) 兆欧表接线柱上引出线应用多股软线,且要有良好的绝缘,两根引线切忌绞在一起,以免造成测量数据的不准确。

3) 兆欧表测量完后应立即使被测物放电,在兆欧表的摇把未停止转动和被测物未放电前,不可用手去触及被测物的测量部分或拆除导线,以防触电。

四、钳形电流表操作技术

钳形电流表主要用于在不断开线路的情况下直接测量线路电流,其工作部分主要由一只电磁式电流表和穿心式电流互感器组成,其外形与结构如图 2-61 所示。

1. 使用前准备

1) 测量前应检查电流表指针是否指在零位,否则应进行机械调零。

2) 测量前还应检查钳口的开合情况,要求钳口可动部分开合自如、两边钳口接合面接触紧密。如钳口上有油污和杂物,应用熔剂洗净;如有锈斑,应轻轻擦去。

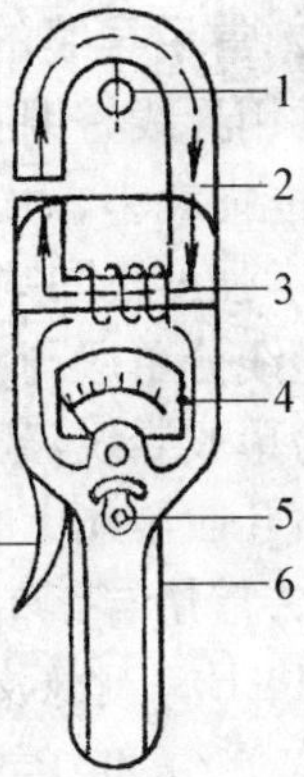

2. 钳形电流表操作技术

1) 测量电流时按动扳手打开钳口,将被测载流导线置于钳口内空间(导线应尽量置于钳口内中心位置,以减小测量误差),在表盘标度尺上即显示出被测电流。

图 2-61　钳形表外形与结构

1—被测导线;2—铁芯;
3—二次绕组;4—表头;
5—量程调节开关;
6—胶杆柄;7—铁芯开关

2) 钳形电流表在测小电流时读数误差较大,难以保证准确度。此时可把被测载流导线绕成 N 圈然后置于钳口内(圈数以使指针尽量指在刻度中心位置为宜),此时将指针指示值除以 N 即可得被测电流值。

3. 钳形电流表使用注意事项

1) 测量时务必使钳口处接合紧密,以保证测量的准确度。

2) 钳形表不得去测量高压线路的电流,被测电路的电压不能超过钳形表所规定的使用电压,以防击穿造成人身触电。

3）测量前应估计被测电流的大小，选择适当的量程，不可用小量程档去测量大电流。若测前电流大小范围不可知，则应先选择最大量程档初测，测得电流的大致范围后再选择适当的量程进行测量。

4）测量结束后应将量程选择钮旋至最高量程档，以便下次安全使用。

第三节　导线及其连接操作技术

一、常用导线的分类与应用

1. 常用导线的类型

常用导线有铜芯线和铝芯线两种。铜芯线电阻率小、导电性能强、电能损耗小、力学强度大但价格较高；铝芯线电阻率稍大于铜芯线，力学强度不如铜导线但价格低，故也被广泛应用。

导线分单股与多股，电力工程上一般截面面积在 6 mm^2 及以下的为单股导线，截面面积在 10 mm^2 及以上的为多股导线。多股线可由几股至几十股线芯绞合在一起形成一根。

2. 常用导线的型号及应用

（1）B 系列橡皮塑料电线　B 的含义是硬线。B 系列的电线结构简单，电气和力学性能好，广泛用作动力、照明及大中型电气设备的安装线，交流工作电压为 500 V 以下。

（2）R 系列橡皮塑料软线　R 的含义是软线。这种系列软线的线芯由多根细铜丝绞合而成，除具有 B 系列电线的特点外，还比较柔软，广泛应用于家用电器、小型电气设备、仪器仪表及照明灯线等。

（3）Y 系列通用橡套电缆　Y 的含义是移动电缆。广泛应用于移动电气设备、移动电动工具等。

（4）J 系列机电电器引接线　J 的含义是电机引接线。

（5）YH 系列电焊机用电缆　YH 的含义是电焊机用的移动电缆。

（6）YHS 系列潜水电机用防水橡套电缆　YHS 的含义是有防水橡套的移动电缆。

表 2-5 所示为几种最常用导线的名称、结构、型号及使用场合。

表 2 - 5　几种常用导线的名称、型号、结构及使用

型 号	BV BLV	BVV BLVV	RVS RVB	RXF RX
名 称	聚氯乙烯绝缘铜芯线 聚氯乙烯绝缘铝芯线	聚氯乙烯绝缘铜芯护套线 聚氯乙烯绝缘铝芯护套线	聚氯乙烯绝缘绞合软线 聚氯乙烯绝缘平行软线	氯丁橡套软线 橡套软线
结 构				
使 用	用于 500 V 以下动力和照明线路的固定敷设	用于 500 V 以下照明和小容量动力线路固定敷设	用于 250 V 及以下移动电器和仪表及吊灯的电源连接导线	用于安装时要求柔软的场合及移动电器电源线

上表型号中,V 表示聚氯乙烯绝缘,L 表示铝芯,不带 L 的都为铜芯,X 表示橡皮绝缘,XF 表示氯丁橡胶绝缘。

二、常用导线的连接操作技术

导线长度不够或线路需要分支时,就要进行导线之间的连接。导线的连接是线芯之间的连接,其连接方式很多,常用的有绞接、缠绕连接、焊接、管压接等。对导线连接的基本要求是:连接可靠美观,机械强度高,耐腐蚀且绝缘性能好。

(一)剥离与剖削导线连接部分绝缘层

1. 塑料硬线绝缘层剥离与剖削操作技术

(1)线芯≤4 mm² 用钢丝钳剥离。根据所需线头长度用钳头刀口轻轻切割绝缘层至导线表面,然后右手握住钳头左手握紧电线两手反方向用力勒去绝缘层。切割绝缘层时应注意刀口不能切入线芯,若线芯损伤较大,应剪去线头重剥,如图 2-62 所示。

图 2-62 钢丝钳剥离绝缘层

(2)线芯>4 mm² 用电工刀剖削。根据所需线头长度,用电工刀口以 45°倾斜角切入绝缘层,接着刀面与线芯保持 15°～25°倾斜角用力向线端推削,削去上面一层绝缘,将剩余绝缘层剥离线芯向后扳翻,用电工刀齐根削去。注意刀口不可切入线芯,如图 2-63 所示。

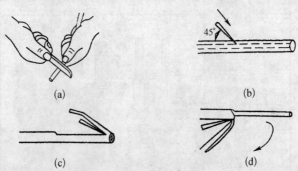

(a)　　　　　　　　　　(b)

(c)　　　　　　　　　　(d)

图 2-63 电工刀剖削绝缘层

（3）线芯≤6 mm² 对于线芯≤6 mm² 的塑料硬线，更方便且不易造成线芯损伤的方法是采用剥线钳剥离绝缘。根据所需线头长度将导线置于略大于导线直径的刀口上切剥，如图 2-64 所示。

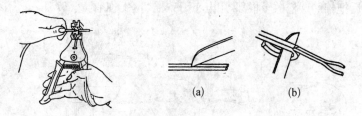

图 2-64 剥线钳剥离绝缘层　图 2-65 电工刀剥离塑料护套线绝缘层

2. 塑料软线绝缘层剥离与剖削操作技术

塑料软线绝缘层的剥离与剖削可用钢丝钳或剥线钳，操作方法同上。注意操作时不得损伤多股线芯。

3. 塑料护套线绝缘层剥离与剖削操作技术

塑料护套线同样可用电工刀、钢丝钳及剥线钳来去除线头绝缘层。用电工刀时首先按所需线头长度用刀尖对准两线芯缝隙划开护套层；向后翻扳护套层后用刀口齐根削去，然后在距护套层 5～10 mm 处剥离或剖削绝缘层，方法同塑料硬线。剖削时要注意刀口向外保证自身安全。如图 2-65 所示。

4. 花线绝缘层剥离与剖削操作技术

花线可用电工刀、钢丝钳来去除线头绝缘层。用电工刀时首先用刀口在棉织物四周切割一圈后拉去棉织物，再用剥削塑料线的方法剥去橡胶层，最后把裹住芯线的棉纱松散开来，用电工刀齐根切断。若用钢丝钳勒去橡胶层时注意不得损伤线芯。如图 2-66 所示。

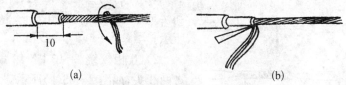

图 2-66 电工刀剥离花线绝缘层

（a）将棉纱线与芯线分开　（b）将拉开的棉纱线切除

5. 橡套(皮)软线(橡套电缆)绝缘层剥离与剖削技术

橡套电缆可用电工刀、钢丝钳去除线头绝缘层。先用电工刀按切除塑料层的方法切除外护套层,再用剥削塑料绝缘的方法剥去橡胶层。最后把棉纱层松散至根部,用电工刀齐根切除。如图 2-67 所示。

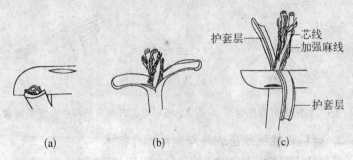

护套层 —— 芯线
—— 加强麻线
护套层

(a)　　　　　(b)　　　　　(c)

图 2-67　橡套软电缆绝缘层剥削

6. 漆包线

漆包线可用刀片或砂纸去除线头绝缘层。根据直径不同,用刀片刮或砂纸磨去绝缘漆。对于直径 <0.1 mm 的漆包线要注意刮、磨断线。

(二)导线连接操作技术

1. 铜芯导线的连接

常用绝缘导线的线芯有单股、7 股、19 股等多种,其连接方法随芯线股数的不同而异,以下以单股和 7 股铜芯线的连接为例,其他股数铜芯线可参照执行。

(1)单股直线连接　具体操作步骤如下:

1)将已剥去绝缘层的两导线互接成 X 形相交,如图 2-68(a)所示。

2)互相绞绕 2～3 圈,然后扳直两线头,如图 2-68(b)所示。

3)将每个线头在另一导线上

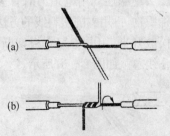

图 2-68　单股直线连接

紧贴并绕 6 圈。如图 2－68(c)所示。

4）用钢丝钳剪去多余线头、钳平芯线末端及毛刺。

（2）单股 T 形连接　具体操作步骤如下：

1）将干线连接处剥去绝缘层，露出 40 mm 左右铜芯线，如图 2－69(a)所示。

2）将支路芯线的线头与干线芯线十字相交，在支路芯线根部留出约 3～5 mm 裸线，如图 2－69(b)所示。

3）将支线芯线紧贴干线线芯密绕 6～8 圈，如图 2－69(c)所示。

4）同上 4）。

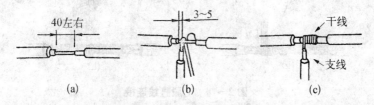

图 2－69　单股 T 形连接

（3）七股直线连接　具体操作步骤如下：

1）先将剖去绝缘层的芯线头散开并拉直，接着把靠近绝缘层 1/3 处的芯线绞紧，然后把余下的 2/3 芯线分散成伞状，如图 2－70(a)所示。

2）把两个伞状芯线线头隔根对叉，待两线绞紧段靠紧后将伞状线头紧贴芯线拉平，如图 2－70(b)、(c)所示。

3）把一端的七股芯线按 2、2、3 根分成三组，接着把第一组 2 根芯垂直于芯线扳起，按顺时针方向缠绕 2 圈，将余下的线芯向右与其他线芯平行方向扳直，如图 2－70(d)、(e)所示。

4）将第二组 2 根芯线垂直扳起按顺时针方向绕 2 圈，也将余下的芯线向右与其他芯线平行方向扳直，如图 2－70(f)所示。

5）将第三组 3 根芯线垂直扳起按顺时针方向绕 3 圈后，切去每组多余的线芯，钳平线端，如图 2－70(g)、(h)所示。

6）用同样方法完成另一边芯线的缠绕。

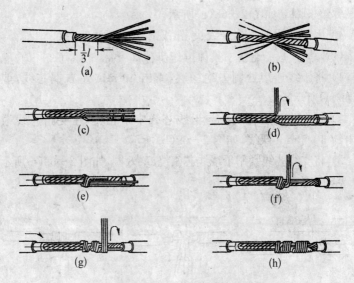

图 2-70 七股直线连接

(4) 七股 T 形连接技术　具体操作步骤如下：

1) 把分支芯线散开钳直，接着把近绝缘层 1/8 线长段的芯线绞紧，把余下 7/8 线长的芯线按 4 根、3 根分成两组排齐，如图 2-71(a)所示。

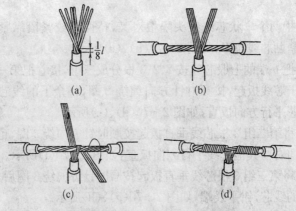

图 2-71 七股 T 形连接

2) 用一字形螺钉旋具把已除去绝缘层的干线线芯撬分成两组,再把支线中4根芯线的一组插入被撬开的干线两组芯线中间,而把3根芯线的一组放在干线芯线的前面。如图2-71(b)、(c)所示。

3) 把右边3根芯线在干线上顺时针紧绕3~4圈,然后钳平线端。

4) 把穿越干线的4根芯线在左边按逆时针紧绕4~5圈,然后钳平线端,如图2-71(d)所示。

2. 软线与单股硬导线的连接

将多股软导线拧紧成单股导线,再在单股硬导线上紧绕7~8圈,最后将单股硬导线向后弯180°,用钢丝钳钳紧。

3. 铝芯导线连接

由于铝极易氧化,且氧化铝的电阻率很高,所以铝芯导线不宜采用铜芯导线的方法进行连接,铝芯导线常采用螺钉压接法和压接管压接法连接。

(1) 螺钉压接法连接技术 适用于负荷较小的单股铝芯导线的连接。具体操作步骤如下:

1) 把剥去绝缘层的铝芯线头用钢丝刷刷去表面的铝氧化膜并涂上中性凡士林,如图2-72(a)所示。

2) 将线头直接插入瓷接头或熔断器、插座、开关等的接线柱上,然后旋紧压接螺钉,使接触面与空气隔绝,如图2-72(b)所示。

3) 若要作分支连接,必须通过瓷接头连接。

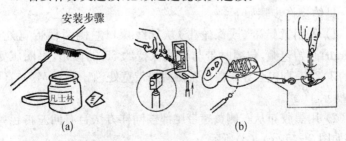

图2-72 铝导线的螺钉压接法连接

（2）压接管压接法连接技术　适用于较大负载的多股铝芯导线的直线连接。具体操作步骤如下：

1）根据多股铝芯规格选择合适的铝压接管。

2）剥去需连接的两根多股铝芯导线的绝缘层，用钢丝刷清除铝芯线头和压接管内部的铝氧化层，然后涂上一层中性凡士林。

3）将两根铝芯线头相对穿入压接管，并使线端穿出压接管25～30 mm。

4）压接时第一道压坑应在铝芯线头一侧，不可压反，如图2-73所示。

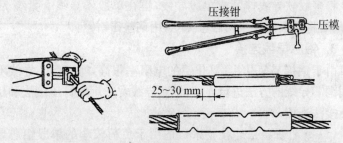

图 2-73　铝导线的压接管压接法连接

三、导线绝缘恢复操作技术

导线绝缘层破损处及导线连接的裸露处，都必须恢复绝缘。恢复后的绝缘强度不应低于原有绝缘层。恢复绝缘层的材料一般用黄蜡带，涤纶薄膜带和黑胶布等，带宽一般选择 20 mm 包缠较方便。具体操作步骤如下：

1）先用黄蜡带（或涤纶带）从导线裸口左侧两根带宽处（约40 mm）开始包缠，包缠时带与导线保持约 55°的倾角，每圈压叠带宽的1/2，一直包至导线裸口右侧两根带宽处，如图 2-74(a)、(b)、(c)所示。

2）用黑胶布从右侧黄蜡带尾部按同样方法自右向左再包缠一层，如图 2-74(c)、(d)所示。

3）包缠结束时将绝缘带拉紧。

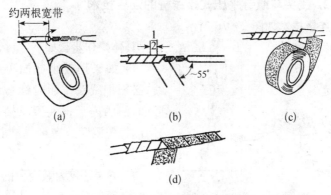

约两根宽带

~55°

(a)   (b)   (c)

(d)

图 2 - 74　导线绝缘的恢复

380 V 电压的线路恢复绝缘时先用黄蜡带用斜叠法缠绕两层，再用黑胶带缠绕一层。

四、导线与电气设备接线桩的连接操作技术

在各种电器或电气装置上，都有接线桩供连接导线用。常用的接线桩有针孔式和螺钉平压式两种。

1. 线头与针孔式接线桩的连接技术

具体操作步骤如下：

1）如果单股芯线线径与接线桩头的插孔大小适宜，可将芯线插入针孔，然后旋紧螺钉。

2）如果单股芯线线径远小于针孔直径，可将芯线折成双根甚至三根再插入针孔，然后旋紧螺钉。

3）如果是多股软芯线，必须先尽量绞紧似硬线，再按上述插入针孔旋紧螺丝。

如图 2 - 75 所示。

需要注意的是：① 裸线不能

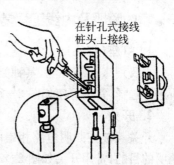

在针孔式接线桩头上接线

图 2 - 75　针孔接线桩接线

暴露在桩孔外；② 多股软芯线不可有线丝露在针孔外。

2. 线头与螺钉平压式接线桩的连接技术

连接技术如图 2-76 所示。

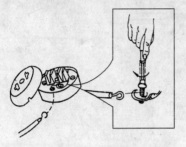

图 2-76　螺钉平压式接线桩连接

具体操作步骤如下：

1）如果是较小截面单股芯线，必须把线头按顺时针弯成羊眼圈，圈的内径稍大于压接螺钉外径，把羊眼圈放在接线桩上，然后旋紧螺钉。

2）如果是较大截面积的单股导线，必须先在线头上装上接线端子，由接线端子与接线桩连接。

需要注意的是：因接线桩螺纹牙数有限，螺钉既要旋紧又要防止滑牙。

第四节　室内工程安装及其检修技术

室内照明线路、室内电力线路以及进户装置与配电板的安装、维护与检修是一个电工的必备知识与技能。本节将作较完整的介绍。

一、室内照明及内线工程常用器材

1. 灯座(灯头)

主要用来安装灯泡，其种类很多，要根据所用白炽灯及使用场所进行选择，常用灯座如图 2-77 所示。

2. 开关

开关与被控照明电路相串联，用来控制电路的通断，达到控制照明的目的，常用开关如图 2-78 所示。

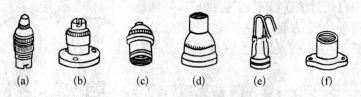

图 2-77 常用灯座

(a) 插口吊灯座　(b) 插口平灯座　(c) 螺口吊灯座
(d) 螺口平灯座　(e) 防水螺口吊灯座　(f) 防水螺口平灯座

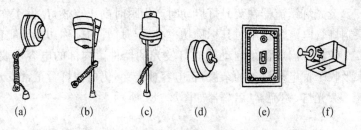

图 2-78 常用开关

(a) 拉线开关　(b) 顶装式拉线开关　(c) 防水式拉线开关
(d) 平开关　(e) 暗装开关　(f) 台灯开关

3. 插座

插座专给移动式电气设备如台灯、台扇、电烙铁、电熨斗、电吹风等提供电源。常用插座如图 2-79 所示。

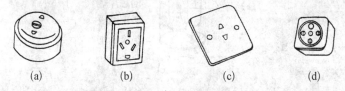

图 2-79 常用插座

(a) 圆扁通用双极插座　(b) 暗式圆扁通用双极插座
(c) 扁式单相三极插座　(d) 圆式三相四极插座

4. 白炽灯

有插口和螺口两种形式,使用时要与相应的灯座配套。民用照

明白炽灯的工作电压为 220 V,其结构
简单,安装方便,价格低廉。但发光效率
低、寿命短。常见白炽灯如图 2-80
所示。

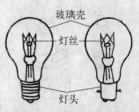

图 2-80　螺口式和插口式白炽灯

5. 荧光灯管、镇流器及启辉器

荧光灯管是荧光灯照明电路的发光
体,使用寿命为白炽灯的 2~3 倍,发光
效率高,但价格高,功率因数低(0.5 左右)。

荧光灯镇流器在荧光灯启动时产生瞬时高压点燃灯管;工作时
限制灯管电流。选用时其标称功率必须与灯管的标称功率相配套。

荧光灯启辉器是启动荧光灯发光的器件。内部的电容主要用
来吸收干扰电子设备的杂波,若电容被击穿,仍可使灯管正常发光。

荧光灯、镇流器、启辉器如图 2-81 所示。

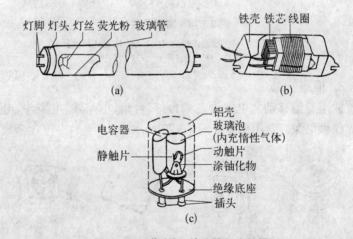

图 2-81　荧光灯、镇流器与启辉器

(a) 荧光灯管　(b) 镇流器　(c) 起辉器

6. 高压汞灯

高压汞灯安装在需要高亮度的场合,光线近似日光,故又有小
太阳之称。高压汞灯的外形、结构及接线原理如图 2-82 所示。

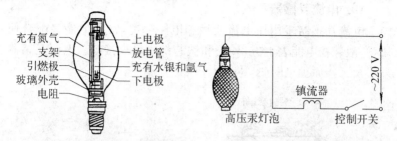

图 2-82　高压水银荧光灯　　高压水银荧光灯接线原理图

7. 瓷底胶盒刀开关

瓷底胶盒刀开关用于控制电路的接通与断开,安装时手柄要朝上,不能倒装,其外形如图 2-83 所示。

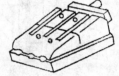

图 2-83　瓷底胶盒刀开关外形

8. 瓷瓶

瓷瓶用于固定导线,机械强度大,适用于用电量较大而又比较潮湿的场合,其外形如图 2-84 所示。

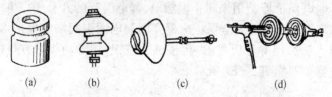

(a)　　　　　(b)　　　　　(c)　　　　　(d)

图 2-84　瓷瓶的外形

(a) 鼓形瓷瓶　(b) 蝶形瓷瓶　(c) 针式瓷瓶　(d) 悬式瓷瓶

9. 熔断器

熔断器在电路中起短路和过载保护作用,若熔丝熔断,要查明原因解决故障后才能换上同规格熔丝,不准随意加粗,更不准用其他金属丝代替。熔断器外形如图 2-85 所示。

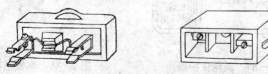

图 2-85　熔断器外形

10. 电流互感器

电流互感器多用作电流变换和电路隔离,常和电能表配合使用,一般装在电能表上方,外壳和铁芯都要可靠接地。电流互感器外形及工作原理见图 2-86。

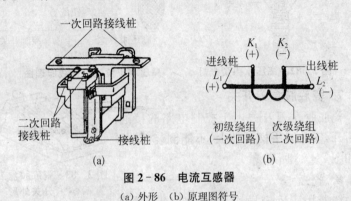

(a)   (b)

图 2-86　电流互感器

(a) 外形　(b) 原理图符号

11. 漏电保护器

漏电保护器是用来防止因触电、漏电引起的人身伤亡事故、设备损坏等而使用的安全保护电器。因漏电而引起漏电保护器动作后应查明原因并予以排除,再按试验按钮,正常动作后方可使用。漏电保护器如图 2-87 所示。

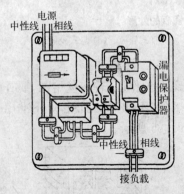

图 2-87　漏电保护器

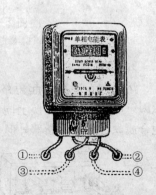

图 2-88　单相电能表

12. 单相电能表

单相电能表主要用于家用配电线路中,当用户用电设备工作时,其计数窗口即显示出消耗电能的读数,外形如图2-88所示。

13. 三相电能表

三相电能表主要用于动力配电线路中,对容量较小的电路,常直接接入电路。对容量较大的电路,需与电流互感器配套使用。其外形如图2-89所示。

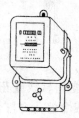

图2-89 三相电能表

二、常用照明灯具、开关及插座安装技术

（一）白炽灯照明电路安装技术

1. 单联开关控制白炽灯照明电路的安装

一只单联开关控制一只白炽灯的电路原理图如图2-90所示。

2. 单联开关控制一只白炽灯照明电路的安装操作步骤

（1）安装灯座

1）安装平灯座：插口平灯座

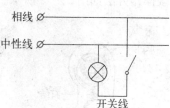

图2-90 单联开关控制白炽灯接线原理图

上有两个接线桩,将其中任一个与电源中性线(零线)连接,另一个与来自开关的一根线(开关线)连接;螺口平灯座上两个接线桩,为使用安全,必须把电源中性线连接在连通螺纹的接线桩上,把来自开关的电源相线连接在连通中心簧片的接线桩上,如图2-91所示。

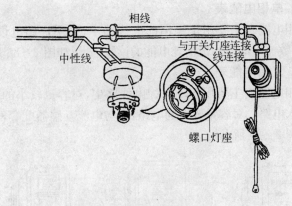

图 2-91　螺口平灯座安装

2) 安装吊灯座：吊灯座必须用两根绞合的塑料软线或花线作为与挂线盒的连接线。将上端塑料软线穿入挂线盒盖孔内打个结，使其能承受吊灯的重量，然后把软线上端两个线头分别穿入挂线盒底座正中凸起部分的两个侧孔里，再分别接到两个接线桩上，然后罩上挂线盒盖。接着将下端塑料软线穿入吊灯座盖孔内也打个结，再把两个线头接到吊灯座上的两个接线桩上，罩上吊灯座盖即可，安装操作方法如图 2-92 所示。

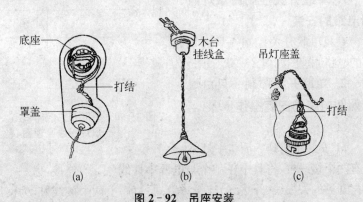

图 2-92　吊座安装

(a) 挂线盒内接线　(b) 装成的吊灯　(c) 吊灯座安装

(2) 安装开关　先在墙上准备装单联开关的地方安装木榫，将一根相线和一根开关线穿过木台两孔,然后将木台固定在墙上的木楔上,再将两根导线穿进开关两孔眼,接着固定开关并进行接线,装上开关盖子,如图 2 - 93 所示。

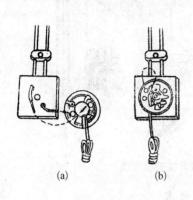

图 2 - 93　单联开关安装

(a)装上木台　(b)装上开关并接线

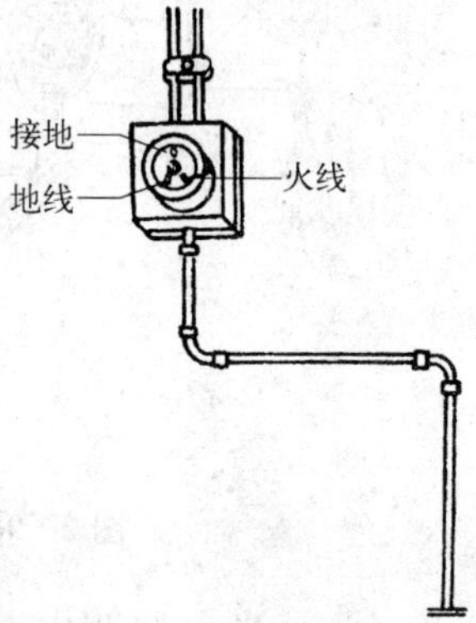

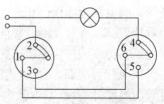

图 2 - 94　单相三极插座的安装

（3）安装插座　先在墙上准备安装插座的地方安装木楔,将相线、接地线和零线穿过木台后将木台固定在墙上,然后将三根线穿进插座三眼孔按"左零右相上接地"原则接好,最后装上插座盖子,如图 2 - 94 所示。

3. 双联开关控制一只白炽灯照明电路的安装操作步骤

两只双联开关控制一只白炽灯的电原理图如图 2 - 95 所示。其灯座与插座的安装方法与单联开关控制电路相同,仅是双联开关的安装接线有所区别,双联开关一般用于两处控制一盏灯,如走廊两头,楼梯的上下二层等。其安装方法如图 2 - 96 所示。图中号码 1 和 6 分别为两只双联开关中连铜片的桩头,这两个线头不能接错,否则易发生短路事故,所以接好后要按线路图仔细检查无误后方可通电使用。

图 2 - 95　双联开关控制白炽灯接线原理图

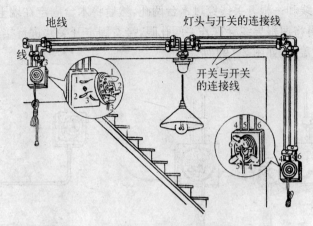

地线

灯头与开关的连接线

线

开关与开关
的连接线

图 2-96 双联开关安装方法

（二）荧光灯照明电路安装技术

荧光灯照明电路原理图如图 2-97 所示。

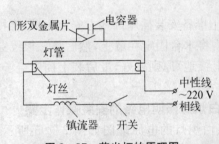

图 2-97 荧光灯的原理图

当荧光灯接通电源后,电源电压经过镇流器、灯丝,加在启辉器的∩形动触片和静触片之间,引起辉光放电。放电时产生的热量使双金属∩形动触片膨胀并向外伸胀,与静触片接触,接通电路,使灯丝预热并发射电子。与此同时,由于∩形动触片与静触片相接触,使两片间电压为零而停止辉光放电,使∩形动触片冷却并复原脱离静触片,在动、静触片断开瞬间,在镇流器两端立即产生了一个比电源电压高得多的感应电压,这个感应电压与 220 V 电源电压叠加在一起加在灯管两端,使灯管内的氩气被电离而产生弧光放电。随着灯管内温度升高,液态汞就汽化游离成汞蒸汽,最后汞蒸汽也被电离导电,辐射出紫外线,紫外线激发灯管内壁的荧光粉后,发出近似日光的光线。

荧光灯照明电路的安装操作如图2-98所示。其安装操作步骤如下：

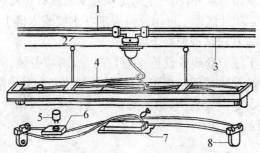

图2-98　荧光灯照明电路的安装

1—火线；2—地线；3—灯管与开关的连接线；4—木架；
5—启辉器；6—启辉器座；7—镇流器；8—灯座

1）启辉器座上的两个接线桩分别与两个灯座中的一个接线桩相连。

2）一个灯座中余下的那个接线桩与电源的中性线连接，另一个灯座中余下的那个接线桩与镇流器的一个线头相连。

3）镇流器的另一个接头与开关的一个接线桩连接，而开关另一个接线桩与电源相线连接。

三、照明电气线路的明、暗线敷设操作技术

（一）明线敷设安装技术

明线敷设安装使用的导线通常是塑料护套线，一种具有塑料保护层的双芯或多芯绝缘导线，具有防潮、耐酸和耐腐蚀、线路造价较低和安装方便等优点。可以直接敷设在空心板、墙壁以及其他建筑的表面，用铝片线卡（俗称钢精夹头）或尼龙线卡作为导线的支持物。但由于导线的截面积较小，大容量电路不能采用。导线明敷设安装的操作步骤如下：

1. 配线

（1）先确定线路的走向与各个电器的安装位置，然后用弹线袋画线，每隔15～30 cm（厘米）画出固定线卡的位置，距开关、插座和

灯具的木台 5 cm 处都要设置线卡固定点。

（2）除木结构墙外，在每个固定点处凿眼然后安装木榫。

（3）固定铝片线卡。可用铁钉固定在木墙或木榫上，也可用黏结剂直接固定在砖墙或混凝土墙上。

（4）为了使护套线敷设得平直，在直线两端各装一副瓷夹，敷线时先把护套线一端固定在瓷夹内，然后勒直并在另一端收紧护套线后固定在另一副瓷夹中，最后把护套线依次夹入铝片线夹中，如图 2-99 所示。

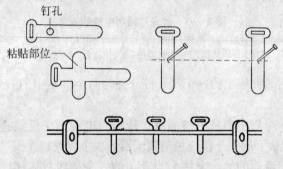

图 2-99　铝片线卡敷设护套线

（5）若使用尼龙线卡，只要在装好瓷夹并收紧线后，将线卡在固定点用铁钉钉上即可。

2. 铝片线卡的夹持

（1）铝片线卡的规格有 0、1、2、3 和 4 号等，号码越大，长度越长。首先根据护套线的粗细选择合适的铝片线卡，照明电路中通常使用 0 号和 1 号。

（2）按图 2-100 中 1、2、3、4 步骤将铝片线卡收紧夹持护套线。

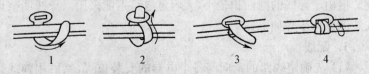

图 2-100　铝片线卡夹持护套线

3. 瓷瓶绑扎

（1）瓷瓶的定位、画线、凿孔、安装木榫头方法同配线。

（2）在瓷瓶上敷设导线,首先将一端的导线绑扎在瓷瓶的颈部,然后将导线的另一端收紧绑扎固定,最后绑扎中间瓷瓶。

（3）导线的终端在瓷瓶上采用回头线绑扎。

（4）直线段导线在瓷瓶上的绑扎常用单绑法和双绑法,截面$\leqslant$6 mm^2 导线采用单绑法,截面$\geqslant$10 mm^2 导线采用双绑法。瓷瓶绑扎如图 2‐101 所示。

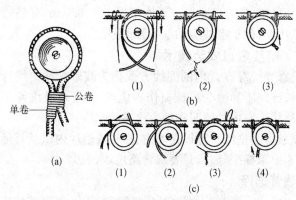

图 2‐101　瓷瓶绑扎法

（a）终端导线的绑扎　（b）直线段导线的单一绑扎　（c）直线段导线的双重绑扎

4. 护套线转角、进木台及相互交叉

（1）护套线转弯时,转弯圆度要大,以免损伤导线,转弯前后应各用一个线卡夹住,如图 2‐102(a)所示。

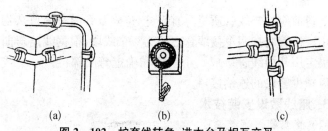

图 2‐102　护套线转角、进木台及相互交叉

（a）转角部分　（b）进入木台　（c）十字交叉

（2）护套线进入木台前应安装一个线卡，如图2-102(b)所示。

（3）两根护套线相交时，交叉处要用四个线卡夹住，如图2-102(c)所示。

5. 护套线配线注意事项

（1）室内配线规定铜芯不得小于0.5 mm²，铝芯不得小于1.5 mm²。

（2）护套线不可在线路上直接连接，必须通过瓷接头、接线盒或借用其他电器的接线桩来连接接头。

（3）护套线路的离地最小距离不得小于0.5 m，穿越楼板及离地低于0.15 m的护套线应加电线管保护。

（二）暗线敷设安装技术

把绝缘导线穿在管内的配线方式称为线管配线。线管配线有耐潮耐腐、导线不易遭受机械损伤等优点，但安装及维修不便且造价较高，适用于室内外照明和动力线路的配线。

暗线敷设是把线管埋设在墙内、楼板或地坪内以及其他看不见的地方，不要求横平竖直，只要求管路短，弯头少。

1. 线管选择

（1）潮湿和有腐蚀气体的场所内暗敷一般采用管壁较厚的白铁管。

（2）干燥场所内一般采用管壁较薄的电线管或软塑料管。

（3）腐蚀性较大的场所内一般采用硬塑料管。

（4）穿管导线的总截面（包括绝缘层）不应超过线管内截面的40%。

2. 落料

落料前应检查线管质量。有裂缝、瘪陷及管内有锋口杂物等都不能用。接着应按两个接线盒之间为一个线段，根据线路弯曲转角情况决定用几根线管接成一个线段和确定弯曲部位。一个线段内应尽量减少管口的连接接口。

3. 暗线敷设安装技术

（1）管弯管器弯管

1）根据所要穿越的导线数和导线直径，选择与其匹配的线管。

2) 直径在 50 mm 以下的线管,在用弯管器进行弯曲时,要逐渐移动弯管器棒,且一次弯曲的弧度不可过大,否则易弯裂或弯瘪线管。

3) 为便于电线穿越线管,管子的弯曲角度一般不应小于 90°。

管弯管器弯管如图 2 - 103 所示。

图 2 - 103　管弯管器弯管

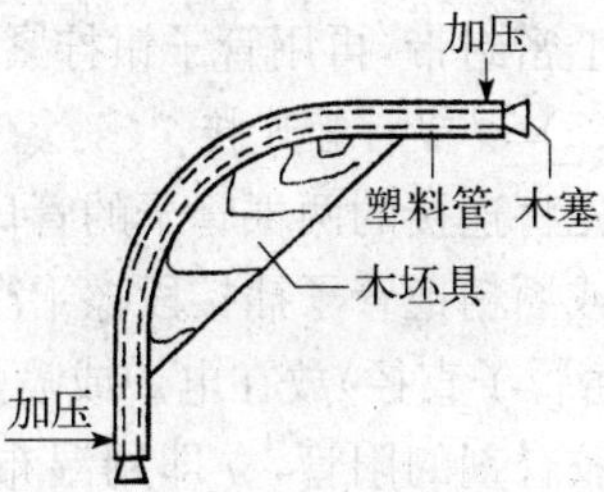

图 2 - 104　木坯模具弯硬塑料管

(2) 硬塑料线管弯管

1) 用电炉或喷灯对硬塑料管加热。

2) 将已加热的硬塑料管放到木坯模具上弯曲成形。如图 2 - 104 所示。

3) 也可直接用专用塑料管弯管加热工具成形。

(3) 金属、塑料线管与接线盒连接

1) 钢管的端部与各种接线盒连接时,先对钢管端部套丝,套丝后的螺纹长度要大于两只螺母与接线盒壁的总厚度。安装时先在线管管口拧入一个螺母,管口穿入接线盒后,在盒内再拧入一个螺母,然后用两把扳手把两个螺母反方向拧紧。如图 2 - 105(a)

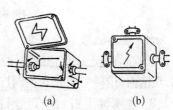

图 2 - 105　金属、塑料线管与接线盒连接

(a) 螺纹连接　(b) 黏合连接

所示。

2) 塑料管头与线盒采用黏合剂连接。如图2-105(b)所示。

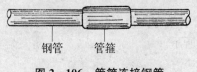

图 2-106　管箍连接钢管

(4) 管箍连接钢管

钢管与钢管之间的连接，采用管箍连接。埋地或防爆管为了保证管接口的严密性，管子的螺纹部分应顺螺纹方向缠上密封带，再用管子钳拧紧。如图2-106所示。

(5) 硬塑料管连接

先将连接的两根管子的管口分别倒成内侧角和外侧角，然后用汽油或酒精把管子插接段擦干净，接着将阴管插接段(长度为1.2～1.5倍管子直径)放在电炉或喷灯上加热至呈柔软状态后迅速插入涂有胶合剂的阳管，立即用湿布冷却，使管子恢复原来硬度。如图2-107所示。

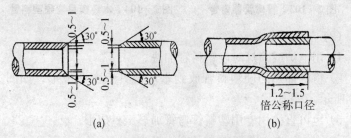

(a)　　　　　　　　(b)

图 2-107　硬塑料管的插入法连接

(a) 管口倒角　(b) 插入法连接

(6) 塑料线管墙内暗敷

1) 在墙上走线部位画线，然后按线开槽，在槽内每隔一定距离再凿洞打木榫。

2) 在木榫上钉钉子，然后把线管绑扎在钉子上，再进一步将钉子钉入木榫。

3) 用石膏、混凝土封槽。如图2-108所示。

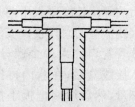

图 2-108　塑料线管的暗敷

(7) 线管穿线

1) 用压缩空气或在钢丝上绑上擦布,清除管内杂物和水分。

2) 选用 φ1.2 mm 的钢丝做引线,当线管较短且弯头较少时可直接把钢丝引线从管子一端送向另一端。如线管较长或弯头较多,可从管的两端同时穿入引线,引线端弯成小钩,当两根钢丝引线在管中相遇时,用手转动引线使其钩在一起,然后把一根引线拉出,即可将导线牵引入管。如图 2-109(a)所示。

3) 将所有要一次穿越的导线按图 2-109(b)所示方法与钢丝引线缠绕,然后由一人将导线理成平行束往线管内送,另一个人在另一端慢慢抽拉钢丝引线,如图 2-109(c)所示。

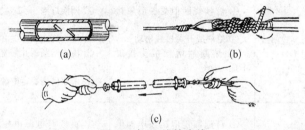

(a)   (b)

(c)

图 2-109　线管穿线

(a) 管两端穿入钢丝引线　(b) 导线与引线的缠绕　(c) 导线穿入管内的方法

四、常见照明线路故障及检修技术

(一)白炽灯照明线路常见故障及检修技术

白炽灯照明线路常见故障及一般检修方法如表 2-6 所示。

表 2-6　白炽灯线路的常见故障及其处理方法

故障现象	故障产生的原因	检修及排除故障的方法
灯泡不亮	① 灯泡钨丝烧断 ② 电源熔断器的熔丝烧断 ③ 灯座或开关接线松动或接触不良 ④ 线路中有断路故障	① 调换灯泡 ② 检查熔丝烧断的原因并更换熔丝 ③ 检查灯座及开关的接线处并修复 ④ 用试电笔或校火灯头检查线路的断路处并修复

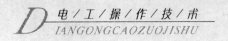
（续　表）

故　障　现　象	故障产生的原因	检修及排除故障的方法
开关合上后熔断器熔丝烧断	① 灯座内两线头短路 ② 螺口灯座内中心铜片与螺旋铜圈相碰短路 ③ 线路中发生短路 ④ 用电器发生短路 ⑤ 用电量超过熔丝容量	① 检查灯座内两接线头并修复 ② 检查灯座并扳正中心铜片 ③ 检查导线绝缘是否老化或损坏并修复 ④ 检查用电器并修复 ⑤ 减小负荷或更换熔断器熔丝
灯泡忽亮忽暗或忽亮忽熄	① 灯丝烧断但受振后忽接忽离 ② 灯座或开关接线松动 ③ 熔断器熔丝接头接触不良 ④ 电源电压不稳	① 调换灯泡 ② 检查灯座和开关并修复 ③ 检查熔断器并修复 ④ 采取措施稳定电源电压
灯泡发强烈白光并瞬间或短时烧坏	① 灯泡额定电压与电源电压不符 ② 灯泡钨丝有搭丝,从而使电阻减小,电流增大	① 更换与电源电压相符的灯泡 ② 更换新灯泡
灯光暗淡	① 灯泡内钨丝挥发积聚在玻璃壳内表面使透光度降低,同时由于钨丝挥发后变细,电阻增大,电流减小,光通量减小 ② 电源电压过低 ③ 线路因年久老化或绝缘损坏有漏电现象	① 正常现象,不必修理 ② 调高电源电压 ③ 检查线路,更换导线

（二）荧光灯照明电路常见故障及检修技术

荧光灯照明线路的常见故障及一般检修方法如表 2 - 7 所示。

表 2-7 荧光灯照明线路常见故障分析

故 障 现 象	产 生 原 因	检 修 方 法
日光灯管不能发光	① 灯座或启辉器底座接触不良 ② 灯管漏气或灯丝断 ③ 镇流器线圈断路 ④ 电源电压过低 ⑤ 新装荧光灯接线错误	① 转动灯管,使灯管四极和灯座四夹座接触,使启辉器两极与底座二铜片接触,找出原因并修复 ② 用万用表检查或观察荧光粉是否变色,确认灯管坏,可换新灯管 ③ 修理或调换镇流器 ④ 不必修理 ⑤ 检查线路
日光灯抖动或两头发光	① 接线错误或灯座灯脚松动 ② 启辉器氖泡内动、静触片不能分开或电容器击穿 ③ 镇流器配用规格不合适或接头松动 ④ 灯管陈旧,灯丝上电子发射物质放电作用降低 ⑤ 电源电压过低或线路电压降过大 ⑥ 气压过低	① 检查线路或修理灯座 ② 将启辉器取下,用两把螺丝刀的金属头分别触及启辉器底座两块铜片,然后将两根金属杆相碰,并立即分开,如灯管能跳亮,则启辉器是坏了,应更换启辉器 ③ 调换适当镇流器或加固接头 ④ 调换灯管 ⑤ 如有条件升高电压或加粗导线 ⑥ 用热毛巾对灯管加热
灯管两端发黑或生黑斑	① 灯管陈旧,寿命将终的现象 ② 如果新灯管,可能因启辉器损坏使灯丝发射物质加速挥发 ③ 灯管内水银凝结是细灯管常见现象 ④ 电源电压太高或镇流器配用不当	① 调换灯管 ② 调换启辉器 ③ 灯管工作后即能蒸发或灯管旋转 $180°$ ④ 调整电源电压或调换适当的镇流器

（续　表）

故障现象	产生原因	检修方法
灯光闪烁或光在管内滚动	① 新灯管暂时现象 ② 灯管质量不好 ③ 镇流器配用规格不符或接线松动 ④ 启辉器损坏或接触不好	① 开用几次或对调灯管两端 ② 换一根灯管试一试有无闪烁 ③ 调换合适的镇流器或加固接线 ④ 调换启辉器或加固启辉器
灯管光度减低或色彩转差	① 灯管陈旧的必然现象 ② 灯管上积垢太多 ③ 电源电压太低或线路电压降太大 ④ 气温过低或冷风直吹灯管	① 调换灯管 ② 消除灯管积垢 ③ 调整电压或加粗导线 ④ 加防护罩或避开冷风
灯管寿命短或发光后立即熄灭	① 镇流器配用规格不合或质量较差，或镇流器内部线圈短路，致使灯管电压过高 ② 受到剧震，将使灯丝震断 ③ 新装灯管因接线错误将灯管烧坏	① 调换或修理镇流器 ② 调换安装位置或更换灯管 ③ 检修线路
镇流器有杂音或电磁声	① 镇流器质量较差或其铁芯的硅钢片未夹紧 ② 镇流器过载或其内部短路 ③ 镇流器受热过度 ④ 电源电压过高引起镇流器发出声音 ⑤ 启辉器不好引起开启时辉光杂音 ⑥ 镇流器有微弱声，但影响不大	① 调换镇流器 ② 调换镇流器 ③ 检查受热原因 ④ 如有条件设法降压 ⑤ 调换启辉器 ⑥ 是正常现象，可用橡皮垫衬，以减少震动
镇流器过热或冒烟	① 电源电压过高，或容量过低 ② 镇流器内线圈短路 ③ 灯管闪烁时间长或使用时间太长	① 有条件可调低电压或换用容量较大的镇流器 ② 调换镇流器 ③ 检查闪烁原因或减少连续使用的时间

五、有线电视连接与卫星接收安装技术

目前我国城市电视用户已基本告别了依靠室内、外天线接收电视台天线发射信号的时代,有线方式接收已基本普及。随着我国新一代通信卫星的发射,利用卫星天线直接接收卫星电视信号的日子也已指日可待,由此而带来的安装和维修工作将是大量的,下面简单介绍与有线电视及卫星接收有关的器材和安装技术。

1. 75 Ω 同轴电缆

目前电视室内天线引线、有线电视及有线电视引线都采用 75 Ω 同轴电缆。如图 2-110 所示。

同轴电缆安装步骤如下:

1)根据电视机位置确定用线总长度。

2)根据前述线材的明敷或暗敷方式敷线。

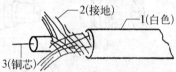

图 2-110 75 Ω 同轴电缆结构
1—外皮;2—屏蔽线;3—信号线

3)安装连接插座,屏蔽线接"地"。

2. 分配器与分支器

1)图 2-111(a)所示为室外总线分支器,图中线 1 为来自上一用户的有线总线,线 3 为送至下一用户的总线,线 2 为送至用户室内的有线总线。

2)图 2-111(b)所示为室内两台电视机的分配器。图中线 4 连接(a)图中线 2,线 5、线 6 分别连接宅内 A 电视机和 B 电视机。

3)选择相应的针式螺纹连接头进行连接。

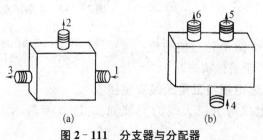

(a)   (b)

图 2-111 分支器与分配器
(a)分支器 (b)分配器

3. 连接插头插座

1）图 2-112 所示器件 1 为全金属针式螺纹连接头,与分配器、放大器进行第一次连接。

2）图 2-112 所示器件 2 为塑料插头式连接头,一般与壁座和电视机进行第一次连接。

3）图 2-112 所示器件 3 为室内总线终端的接线壁座,信号线接座芯,屏蔽线接座芯"地"。

其中件 2 也可与件 1 进行第二次连接。

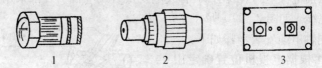

1   2   3

图 2-112 连接插头插座

4. 卫星接收天线

使用卫星解调器 AV 输出的效果,取决于伞形卫星接收天线的调整水平。卫星接收天线的安装如图 2-113 所示。

1）先固定好支架 6。

2）将 75 Ω 同轴电缆线 7 与高频头 3 连接。

3）将馈源 2、高频头 3 装在伞形天线 1 中心反射支架上。

4）调试仰角和方位角将接收效果调至最佳状态。

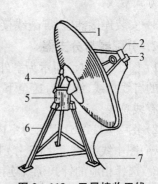

图 2-113 卫星接收天线

1—伞形天线;2—馈源;3—高频头;
4—仰角调整器;5—方位角调整器;
6—支架;7—同轴电缆线

5. 有线电视与卫星天线安装接收

有线电视与卫星天线的安装如图 2-114 所示。安装步骤如下:

1) 进户处安装好分支器"1"。

2) 在屋顶、阳台、晒台等处安装固定好卫星接收天线"2"。

3) 将卫星天线 75 Ω 输出电缆与解调器"3"连接。

4) 用解调器 AV 输出调整天线仰度与方位使图像、声音最佳。

5) 将分支器提供的有线电视信号与卫星解调器提供的 AF 信号送入混合器 4。

6) 将混合器 4 输出的 AF 信号经分配器输出,供 A、B 电视机使用。

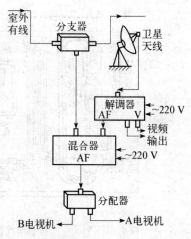

图 2 - 114   有线与卫星电视安装接收

需要指出的是:卫星天线接收解调器也可直接使用 AV 输出供电视机接收,而解调器、混合器、电视机三者则应放在同一位置。

六、配电板安装技术

配电板是连接在电源和多个用电设备之间的电气装置。它主要用来测量用户在某一时间段所耗的电能量,以及分配电能和控制、测量、保护用电电器等。配电板一般由进户总熔丝盒、电能表、电流互感器、控制开关、过载或短路保护电器、漏电保护器等组成,容量较大的还装有隔离开关。总熔丝盒一般装在进户管的户内侧墙上,电能表、电流互感器、仪表、控制开关、保护电器等均装在同一块电板上。通常的配电板组成如图 2 - 115 所示。

1. 总熔丝盒安装

常用的熔丝盒分铁皮盒式和铸铁壳式。铁皮盒式分 1 型～4型四个规格,1 型最大,盒内能装三只 200 A 熔断器;4 型最小,盒内能装三只 10 A 或一只 30 A 熔断器及一只接线桥。铸铁壳式分 10 A、30 A、60 A、100 A 和 200 A 五个规格,每只内都只能单独装一只熔断器。总熔丝盒的安装步骤如下:

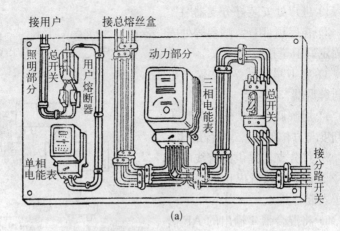

(a)

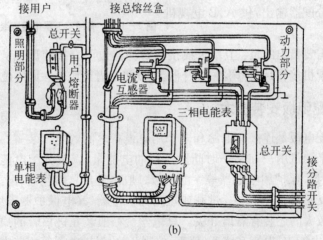

(b)

图 2 - 115 配电板的组成

(a) 小容量配电板 (b) 大容量配电板

1) 总熔丝盒应安装在进户管的户内侧。安装方法如图 2 - 116 所示。

2) 总熔丝盒必须安装在实心木板上,木板表面及四沿必须涂防火漆。

3) 总熔丝盒内熔断器的上接线桩应分别与进户线的电源相线

连接,接线桥的上接线桩应与进户线的电源中性线连接。

4)总熔丝盒后如安装多具电能表,则在每具电能表前级应分别安装总熔丝盒。

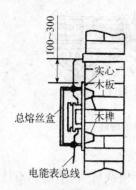

图2-116　总熔丝盒的安装

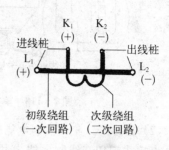

图2-117　电流互感器的连接方法

2. 电流互感器安装

1)电流互感器二次回路绕组标有"K_1"或"+"的接线桩要与电能表电流线圈的进线桩连接,标有"K_2"或"-"的接线桩要与电能表的出线桩连接,不可接反。电流互感器的一次回路绕组标有"L_1"或"+"的接线桩,应接电源进线,标有"L_2"或"-"的接线桩应接出线,如图2-117所示。

2)电流互感器二次绕组的"K_2"或"-"接线桩外壳和铁芯都必须可靠的接地。

3. 电能表安装

电能表有单相和三相两种。三相电能表又有三相三线制和三相四线制两种。按接线方式不同,又各分为直接式和间接式两种,直接式三相电能表常用的规格有 10 A、20 A、30 A、50 A、75 A 和 100 A 等多种,一般用于电流较小的电路上。间接式三相电能表常用的规格是 5 A,与电流互感器连接后,用于电流较大的电路上。

单、三相电能表的接线方式和操作步骤如下:

(1)单相电能表接线技术

单相电能表共有四个接线桩头,从左到右按 1、2、3、4 编号。按号码 1、3 接电源进线，2、4 接出线（至用电设备）的方法进行接线。如图 2-118 所示。

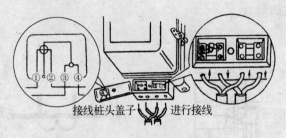

接线桩头盖子　　进行接线

图 2-118　单相电能表的接线

（2）直接式三相三线制电能表接线技术

直接式三相三线制电能表共有八个接线桩头，从左到右按 1、2、3、4、5、6、7、8 编号。其中 1、4、6 是电源相线进线桩头，接电源进线，3、5、8 是相线出线桩头，2、7 两个接线端子空着不接（内部已接好）。如图 2-119 所示。

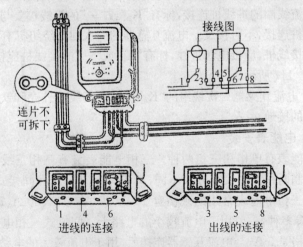

图 2-119　直接式三相三线制电能表的接线

（3）间接式三相三线制电能表接线技术

间接式三相三线制电能表也有八个接线桩头，从左到右按 1～

8依次排列,其接线方式如图2-120所示。

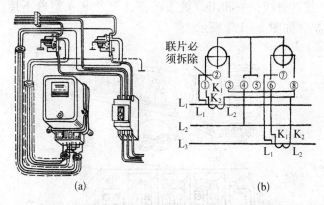

(a)   (b)

图2-120 三相三线制电能表间接接线外形图

1) 配用两只同规格的电流互感器。

2) 把总熔丝盒下接线桩头引出的三根相线中的两根分别与两只电流互感器一次绕组"+"接线桩头连接。同时从该两个接线桩头用铜芯塑料硬线引出,并穿过钢管分别接到电能表2、7接线桩头上。

3) 从两只电流互感器二次绕组的"+"接线桩用两根铜芯塑料硬线引出,并穿过另一根钢管分别接到电能表1、6接线桩头上。

4) 用一根导线从两只电流互感器二次绕组的"-"接线桩头引出,穿过后一根钢管接到电能表的3、8接线桩头上,并把这根导线接地。

5) 将总熔丝盒下桩头余下的一根相线和从两只电流互感器一次绕组的"-"接线桩头引出的两根绝缘导线,接到总开关的三个进线桩头上,同时从总开关的一个进线桩头(总熔丝盒引入的相线桩头)引出一根绝缘导线,穿过前一根钢管,接到电能表4接线桩上。

6) 将三相电能表接线盒内的两块连片都卸下。

(4) 直接式三相四线制电能表接线技术

直接式三相四线制电能表共有十一个接线桩头,从左至右按1~11编号,其中1、4、7是电源相线的进线桩头,用来连接总熔丝盒下桩头引出来的三根相线;3、6、9是相线的出线桩头;10、11是电源中性线的进线桩头和出线桩头;2、5、8三个桩头空着不接(内部已连接)。如图 2 - 121 所示。

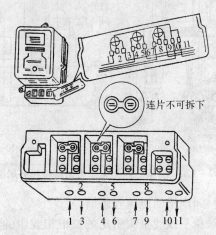

图 2 - 121　直接式三相四线制电能表的接线

(5) 间接式三相四线制电能表接线技术

间接式三相四线制电能表也有十一个接线桩头,从左至右按1~11编号,其接线方式如图 2 - 122 所示。

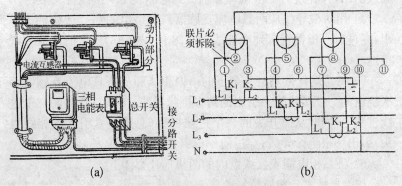

(a)　　　　　　　　　　　(b)

图 2 - 122　三相四线制电能表间接接线图

(a) 接线外形图　(b) 接线原理图

1）配用三只同规格的电流互感器。

2）从总熔丝盒下接线桩头引来的三根相线分别与三只电流互感器一次绕组的"+"接线桩头连接,同时从这三个"+"接线桩引出三根绝缘导线,穿过钢管后分别与电能表 2、5、8 三个接线桩连接。

3）从三只电流互感器二次绕组的"+"接线桩头引出三根绝缘导线,穿过另一根钢管与电能表 1、4、7 三个进线桩头连接。

4）用一根绝缘导线穿过后一根保护钢管,一端连接三只电流互感器二次绕组的"-"接线桩头,另一端连接电能表的 3、6、9 三个出线桩头,并把这根导线接地。

5）用三根绝缘导线把三只电流互感器一次绕组的"-"接线桩头分别与总开关三个进线桩头连接起来,并把电源中性线穿过前一根钢管与电能表 10 进线桩连接,接线桩 11 用来连接中性线的出线。

6）接线时先将电能表接线盒内的三块连片都拆下。

（6）电能表安装注意事项

1）电能表总线必须采用铜芯塑料硬线,其最小截面不得小于 $1.5 \ mm^2$,中间不准有接头,自总熔丝盒至电能表之间线路敷设长度不宜超过 10 m。

2）电能表总线必须明线敷设,采用线管安装时,线管也必须明装,在进入电能表时,一般以"左进右出"原则接线。

3）电能表必须安装得垂直于地面,表的中心离地面高度应在 1.4～1.5 m 之间。

4. 配电板各器件排列间距的一般要求

配电板各器件排列间距的一般要求见表 2-8 所示。

表 2-8　配电板各器件排列间距的一般要求　　　　　　(mm)

相邻设备名称	上下距离	左右距离	相邻设备名称	上下距离	左右距离
仪表与线孔	80		指示灯与设备	30	30
仪表与仪表	60		熔断器与设备	40	30

(续　表)

相邻设备名称	上下距离	左右距离	相邻设备名称	上下距离	左右距离
开关与仪表		60	设备与板边	50	50
仪表与开关		50	线孔与板边	30	30
开关与线孔	30		线孔与线孔	40	

5. 配电板安装要求

（1）电源连接　垂直装设的开关或熔断器上端接电源，下端接负载。横装的器件左侧接电源，右侧接负载（面对配电板）。

（2）相序分色　三相电源 L_1、L_2、L_3 分别用黄、绿、红色线，中性线用紫色线，接地线用黑色线。

··[··· 复 习 思 考 题 ···]··

一、选择题

1. 用电笔测试电气设备是否带电时，氖管发光即表示电气设备与大地之间的电压达到了（　　）。

（A）安全电压 36 V

（B）氖管发光电压 60 V

（C）市电 220 V

2. 电工剥线钳剥线适用范围是（　　）。

（A）线径≤4 mm² 　　（B）线径≤6 mm² 　　（C）线径≤10 mm²

3. 手枪式手电钻加工孔径的范围是（　　）。

（A）$\phi0.3\sim\phi6.3$ mm （B）$\phi6\sim\phi13$ mm 　　（C）$\phi6\sim\phi16$ mm

4. 电焊时当焊接件厚度为 4～5 mm 时，应选择的焊条直径为（　　）。

（A）2 mm 　　　　　（B）3.2 mm 　　　　（C）3.2～4 mm

5. 仪表的测量误差由基本误差和附加误差两部分组成，其中（　　）所造成的误差属于基本误差。

（A）被测正弦交流电波形失真

（B）环境温度不在仪表规定的使用温度内

（C）标尺刻度无法做到十分精确

6. 机械指针式万用表的表头灵敏度可从表盘中看出。MF47型万用表的表头灵敏度可从（　　）看出。

（A）20 kΩ/= V　　　（B）4 kΩ/～V　　　（C）=== 2.5～5.0 Ω

7. 万用表的表头灵敏度对该万用表的测量精度（　　）。

（A）没有影响

（B）表头灵敏度高，测量精度高

（C）表头灵敏度高，测量精度低

8. 在测量额定绝缘电压≤500 V 的普通线圈的绝缘电阻时，应选择（　　）的兆欧表。

（A）额定电压 500 V，量程为 0～200 MΩ

（B）额定电压 1 000 V，量程为 0～200 MΩ

（C）额定电压 500～1 000 V，量程为 0～200 MΩ

9. 使用钳形电流表测量线路电流的优点是（　　）。

（A）测量精度高

（B）可测量小电流

（C）测量方便，测量时不用断开被测线路

10. 铝芯线不能采用铜芯线连接方法连接的原因是（　　）。

（A）铝芯线较硬，不易绞接

（B）铝芯线较脆弱，绞接时易断裂

（C）铝芯线表面极易氧化，且氧化层电阻很大，绞接处的电阻率将大大超过铝的电阻率

11. 荧光灯镇流器的作用是（　　）。

（A）启动时产生瞬间高压点燃灯管

（B）工作时限制灯管电流，延长灯管使用寿命

（C）启动时产生瞬间高压点燃灯管，启动后维持灯管正常工作电流

12. 目前我国连接有线电视信号与电视接收机的馈线通常

是( )。

(A) 75 Ω 同轴电缆

(B) 300 Ω 等距平行扁馈线

(C) 高纯度铜芯线

13. 从进户总熔丝盒接至电能表的总线( )。

(A) 必须明线敷设

(B) 为了美观及安全,必须暗线敷设

(C) 没有明确规定如何敷设

14. 配电板中熔断器与其他设备之间的间隔应保持在( )。

(A) 上下间隔 50 mm,左右间隔 50 mm

(B) 上下间隔 30 mm,左右间隔 30 mm

(C) 上下间隔 40 mm,左右间隔 30 mm

15. 配电板中三相电源线 L_1、L_2、L_3 分别用( )色线。

(A) 黄、紫、黑   (B) 黄、绿、红   (C) 绿、紫、黑

二、问答题

1. 简述用电烙铁焊接时的操作工序。

2. 简述活动扳手的使用方法。

3. 简述手电钻操作技术。

4. 简述冲击钻操作技术。

5. 简述电锤操作技术。

6. 电焊操作时,必须掌握哪些安全操作知识?

7. 使用指针式万用表时有哪些注意事项?

8. 兆欧表在使用前有哪些准备工作?

9. 兆欧表使用时有哪些注意事项?

10. 钳形电流表使用前有哪些准备工作?

11. 钳形电流表使用时有哪些注意事项?

12. 单股铜芯线 T 形连接有哪些操作步骤?

13. 七股铜芯线直线连接有哪些操作步骤?

14. 七股铜芯线 T 形连接有哪些操作步骤?

15. 多股铝芯导线采用压接法连接时有哪些操作步骤?

16. 室内照明及内线工程有哪些常用器材?

17. 简述荧光灯照明电路的工作原理。

18. 安装荧光灯照明电路有哪些操作步骤?

19. 明线敷设时如何配线?

20. 明线敷设时瓷瓶如何绑扎?

21. 护套线配线有哪些注意事项?

22. 暗线敷设时如何选择线管?

23. 采用暗线敷设时,如何弯管?

24. 硬塑料管之间如何连接?

25. 采用暗线敷设时,塑料线管如何在墙内敷设?

26. 有线电视与卫星天线如何安装接收?

27. 配电板由哪些元器件组成,它们各司何职?

28. 配电板安装有哪些要求?

29. 电能表安装时有哪些注意事项?

30. 安装电流互感器如何接线?

三、计算题

1. MF47 型万用表的表盘上印有 20 kΩ/⊨ V、4 kΩ/∼ V,它的表头灵敏度是多少? 直流灵敏度是多少? 交流灵敏度是多少?

2. 某用户有空调器一台(功率 800 W)、电扇一台(功率 60 W)、电冰箱一台(功率 100 W)、音响设备一套(功率 300 W)、电脑一台(功率 100 W)。该用户配电板上应安装什么规格的电能表(供电电压为 220 V)?

第3章　常用低压电器应用及故障处理技术

本章着重讲述：1. 如何识别常用低压电器

　　2. 常用低压开关的选用、安装、拆装及故障检修技术

　　3. 常用熔断器的选用、安装及故障检修技术

　　4. 常用按钮、行程开关的选用、安装及故障检修技术

　　5. 常用交流接触器的选用、安装、拆装及故障检修技术

　　6. 常用继电器的选用、安装、常见故障及处理技术

　　低压电器是组成电动机基本控制线路的控制电器。而电动机的基本控制线路又是组成各种机床及机械设备的电气控制线路的基本环节。因此，掌握好本章的内容和要求，对掌握各种机床及机械设备的电气控制线路的安装、调试与维修具有很重要的作用。

第一节　常用低压电器的识别和分类

　　低压电器广泛应用于电力输配系统、电力拖动系统和自动控制设备中,它对电能的产生、输送、分配与应用起着开关、控制、保护与调节作用。

正常识别常用低压电器,是电工在日常维修工作中进行选用、更换、购置和领用低压电器的基本要求。

一、低压电器型号组成形式

我国编制的低压电器产品型号适用于下列 12 大类产品:刀开关和转换开关、熔断器、断路器、控制器、接触器、启动器、控制继电器、主令电器、电阻器、变阻器、调整器、电磁铁。

低压电器产品型号组成形式及含义如下:

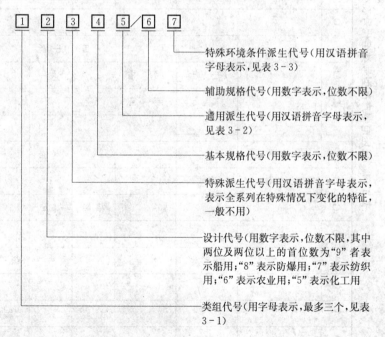

低压电器产品型号类组代号见表 3-1。

表3-1 低压电器产品型号类组代号表

代号	名称	A	B	C	D	G	H	J	K	L	M	P	Q	R	S	T	U	W	X	Y	Z
H	刀开关和转换开关				刀开关		封闭式负荷开关		开启式负荷开关					熔断器式刀开关	刀形转换开关					其他	组合开关
R	熔断器			插入式			汇流排式			螺旋式	密闭管式				快速	有填料管式			限流	其他	
D	断路器									照明	灭磁				快速			框架式	限流	其他	塑料外壳式
K	控制器					鼓形						平面				凸轮				其他	
C	接触器					高压		交流				中频			时间		油浸			其他	直流
Q	启动器	按钮式		磁力				减压							手动				星三角	其他	综合

（续 表）

代号	名称	A	B	C	D	G	H	J	K	L	M	P	Q	R	S	T	U	W	X	Y	Z
J	控制继电器									电流				热	时间	通用		温度		其他	中间
L	主令电器	按钮							主令控制器						主令开关	足踏开关	旋钮	万能转换开关	行程开关	其他	
Z	电阻器		板形元件	冲片元件		管形元件									烧结元件	铸铁元件			电阻器	其他	
B	变阻器			旋臂式	电压					励磁		频敏	启动		石墨	启动调速	油浸启动	液体启动	滑线式	其他	
T	调整器																				
M	电磁铁												牵引					起重			制动
A	其他		保护器	插销	灯		接线盒			铃											

低压电器产品型号通用派生代号见表 3-2。

表 3-2　通用派生代号

派生字母	代 表 意 义
A、B、C、D、……	结构设计稍有改进或变化
J	交流、防溅式
Z	直流、自动复位、防振、重任务
W	无灭弧装置
N	可逆
S	有锁住机构、手动复位、防水式、三相、三个电源、双线圈
P	电磁复位、防滴式、单相、两个电源、电压
K	开启式
H	保护式、带缓冲装置
M	密封式、灭磁
Q	防尘式、手牵式
L	电流的
F	高返回、带分励脱扣

特殊环境条件派生代号见表 3-3。

表 3-3　特殊环境条件派生代号

派生字母	说 明	备 注
T	按湿热带临时措施制造	
TH	湿热带	
TA	干热带	此项派生代号加注在产品全型
G	高 原	号后
H	船 用	
Y	化工防腐用	

二、常用低压电器的分类和用途

常用低压电器按作用分,可分为控制电器和保护电器两大类。

（一）控制电器

1. 刀开关

（1）开启式负荷开关 适用于照明、电热设备及小容量电动机控制线路中，供手动不频繁地接通和分断电路，并起短路保护。

（2）封闭式负荷开关（铁壳开关） 灭弧性能、操作性能、通断能力和安全防护性能都优于开启式负荷开关。用于手动不频繁地接通和断开带负载的电路以及作为线路末端的短路保护，也可用于15 kW 以下的交流电动机不频繁地直接启动和停止。

2. 组合开关

用于交流 50 Hz、380 V 以下及直流 220 V 以下的电气线路中，供手动不频繁地接通和断开电路，换接电源和负载以及控制 5 kW以下小容量电动机的启动、停止和反转。

3. 低压断路器（又称自动空气开关或自动空气断路器）

低压断路器有塑壳式、框架式、限流式、直流快速式、灭磁式和漏电保护式等多种，是低压配电网络和电力拖动系统中常用的一种配电电器，可用于不频繁地接通和断开电路以及控制电动机的运行。当电路中发生短路、过载和失压等故障时，能自动切断故障电路，保护线路和电气设备，且动作后不需要更换元件。

4. 接触器

接触器是一种自动的电磁式开关，适用于远距离频繁地接通和断开交直流主电路及大容量控制电路。主要控制对象是电动机。能实现远距离自动操作并具有欠压保护功能。

5. 继电器

（1）中间继电器 能增加控制电路中的信号数量或将信号放大，可以用来控制多个元件或回路。

（2）时间继电器 广泛用于需要按时间顺序进行控制的电气控制线路中。

（3）速度继电器 以旋转速度的快慢作为指令信号，与接触器配合实现对电动机的反接制动控制。

6. 主令电器

（1）按钮　一般情况下不直接控制主电路的通断，而是在控制电路中发出指令或信号去控制接触器、继电器等电器，再由它们去控制主电路的通断、功能转换或电气联锁。

（2）行程开关　又称限位开关，用于限制机械运动的位置或行程，使运动机械按一定的位置或行程实现自动停止、反向运动、变速运动或自动往返等运动等。

（3）万能转换开关　主要用作控制线路的转换及电气测量仪表的转换，也可以用于控制小容量异步电动机的启动、换向及变速。

（4）主令控制器　主要用于电力拖动系统中，按照预定的程序分合触头，向控制系统发出指令，通过接触器以达到控制电动机的启动、制动、调速及反转的目的，也可实现控制线路的联锁作用。

（二）保护电器

1. 熔断器

熔断器有无填料、有填料、快速、自动熔断器等多种。主要用于电气线路或电器设备的过载和短路保护。

2. 热继电器

热继电器主要用于电动机的过载保护、断相保护、电流不平衡运行的保护及其他电气设备发热状态的控制。

第二节　常用低压开关

一、刀开关

（一）常用刀开关认识、使用及故障处理技术

1. 开启式负荷开关

开启式负荷开关外形与结构如图 3-1、3-2 所示。型号及含义

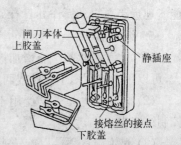

图 3-1　开启式三极闸刀负荷开关

闸刀本体
上胶盖
静插座
接熔丝的接点
下胶盖

如图3-3所示。在电气线路中的图形符号与文字符号如图3-4所示。

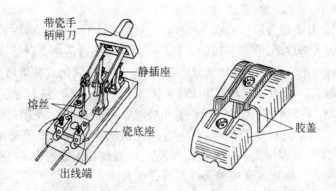

图 3-2　开启式二极闸刀负荷开关

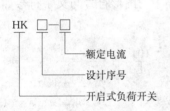

**图 3-3　开启式负荷开关
型号及含义**

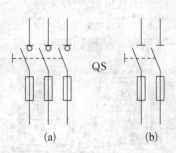

**图 3-4　开启式负荷开关图形
符号与文字符号**

(a) 三极开关　(b) 二极开关

（1）选用

1）用于照明和电热负载时，选用额定电压220 V或250 V，额定电流不小于电路所有负载额定电流之和的两极开关。

2）用于控制电动机的直接启动和停止时，选用额定电压380 V或500 V，额定电流不小于电动机额定电流三倍的三极开关。

（2）安装与使用

1）必须垂直安装，且合闸状态时手柄朝上。

2) 更换熔体时,必须在刀开关断开的情况下按原规格更换。

3) 在断开和闭合操作时,应动作迅速,使电弧尽快熄灭。

(3) 常见故障、原因及排除方法

1) 开关闭合后一相或二相开始。可能是:① 静触头弹性消失,开口过大造成动、静触头接触不良——修整或更换静触头。② 熔丝熔断或虚连——更换熔丝或紧固。③ 动、静触头氧化或有尘污——清洁触头。④ 开关进线或出线线头接触不良——重新连接接线。

2) 开关闭合后熔丝熔断、触头烧坏。可能是:① 外接负载短路——排除负载短路故障。② 熔体规格偏小——按要求更换熔体。③ 开关容量太小——更换开关。④ 通断动作过慢造成电弧烧坏触头——修正或更换触头并改善操作方法。

2. 封闭式负荷开关

封闭式负荷开关又称铁壳开关,其外形如图 3-5 所示。型号及含义如图 3-6 所示。在电气线路中的图形符号与文字符号如图 3-7 所示。结构如图 3-8 所示。

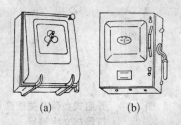

(a)　　　　　(b)

图 3-5　封闭式负荷开关外形

(a) 60 A 及以下外形图　(b) 60 A 以上外形图

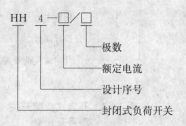

**图 3-6　封闭式负荷开关
型号及含义**

(1) 选用

1) 封闭式负荷开关的额定电压应不小于线路工作电压。

2) 用于控制照明、电热负载时,开关的额定电流不小于所有负载的额定电流之和。

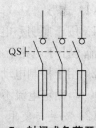

**图 3-7　封闭式负荷开关图
形符号与文字符号**

3) 用于控制电动机时,开关的额定电流不小于电动机额定电流的 3 倍。

（2）安装与使用

1) 必须垂直安装,高度一般离地不低于 1.3～1.5 m。

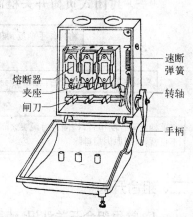

速断弹簧
熔断器
夹座
闸刀
转轴
手柄

2) 外壳必须可靠接地。

3) 进出线都必须穿过开关的进出线孔。

4) 通断操作时,人应站在开关的手柄侧,不准面对开关,以免因意外故障电流使开关爆炸,铁壳飞出伤人。

图 3‑8　封闭式负荷开关结构

（3）常见故障、原因及排除方法

1) 操作手柄带电。可能是：① 外壳未接地或接地线松脱——检查后,安装或加固接地体。② 电源进出线绝缘损坏、碰外壳——更换导线或恢复绝缘。

2) 夹座（静触头）过热或烧坏。可能是：① 夹座表面烧毛——用细锉修整夹座。② 动触刀与夹座压力不足——调整夹座压力。③ 负载过大——减轻负载或更换大容量开关。

（二）开启式负荷开关的拆装、检修技术

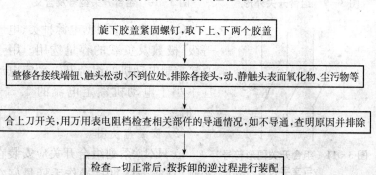

旋下胶盖紧固螺钉,取下上、下两个胶盖

整修各接线端钮、触头松动、不到位处。排除各接头,动、静触头表面氧化物、尘污物等

合上刀开关,用万用表电阻档检查相关部件的导通情况,如不导通,查明原因并排除

检查一切正常后,按拆卸的逆过程进行装配

（三）封闭式负荷开关检测技术

将操作手柄扳到断开位置,打开开关盖

察看夹座表面是否烧毛,动触刀与夹座压力是否足够,若有问题及时排除

将手柄扳至合闸位置,检测各对触头之间的接触情况及两相触头间绝缘电阻,若结果不正常,查明原因后排除

二、组合开关

1. 常用组合开关认识、使用及故障处理技术

组合开关外形如图 3-9 所示。型号及含义如图 3-10 所示。在电气线路中的图形符号与文字符号如图 3-11 所示。结构如图 3-12 所示。

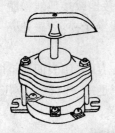

图 3-9　组合开关外形

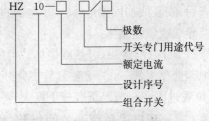

图 3-10　组合开关型号及含义

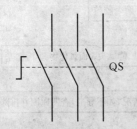

图 3-11　组合开关图形符号
与文字符号

（1）选用　应根据电源种类、电压等级、极数及负载的容量选用。用于直接控制电动机的组合开关额定电流应不小于电动机额定电流的 1.5～2.5 倍。

（2）安装与使用

1）HZ10 系列组合开关应安装在控制箱（或壳体）内,操作手柄最好在控制箱的前面或侧面。开关断开状态应使手柄在水平旋转位置,外壳上的接地螺钉应可靠接地。

2) 若需在箱内操作,开关最好装在箱内右上方,在它上方不装其他电器,否则应采取隔离或绝缘措施。

3) 由于通断能力较低,不能用来分断故障电流。控制电动机正反转时,必须在电动机完全停止转动后才能反向启动,且每小时通断次数不能超过 15~20 次。

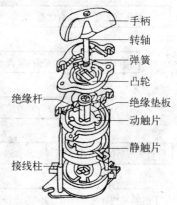

手柄
转轴
弹簧
凸轮
绝缘杆
绝缘垫板
动触片
静触片
接线柱

图 3 - 12 组合开关结构

4) 当操作频率过高或负载功率因数较低时,应降低开关的容量使用,以延长使用寿命。

(3) 常见故障、原因及排除方法

手柄转动后,内部触头未动。可能是:① 手柄上的轴孔磨损变形——调换手柄。② 绝缘杆变形——更换绝缘杆。③ 手柄与轴或轴与绝缘杆配合松动——紧固松动部件。④ 操作机构损坏——修理更换。

2. 组合开关拆装、检修技术

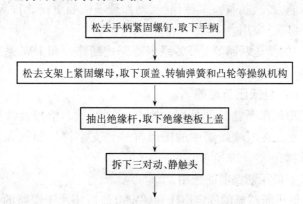

松去手柄紧固螺钉,取下手柄

↓

松去支架上紧固螺母,取下顶盖、转轴弹簧和凸轮等操纵机构

↓

抽出绝缘杆,取下绝缘垫板上盖

↓

拆下三对动、静触头

↓

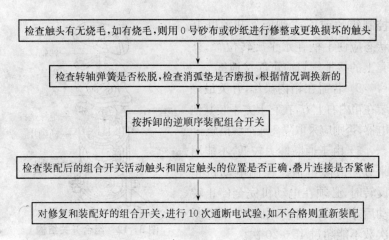

检查触头有无烧毛,如有烧毛,则用 0 号砂布或砂纸进行修整或更换损坏的触头

检查转轴弹簧是否松脱,检查消弧垫是否磨损,根据情况调换新的

按拆卸的逆顺序装配组合开关

检查装配后的组合开关活动触头和固定触头的位置是否正确,叠片连接是否紧密

对修复和装配好的组合开关,进行 10 次通断电试验,如不合格则重新装配

三、低压断路器

低压断路器又称自动空气开关或自动空气断路器,简称断路器,是低压配电网络和电力拖动系统中常用的一种配电电器。它集控制与多种保护功能于一体,在正常情况下可用于不频繁地接通和断开电路以及控制电动机的运行。当电路中发生短路、过载或失压故障时,能自动切断故障电路,保护线路和电气设备。

低压断路器具有操作安全、安装使用方便、工作可靠、动作值可调、分断能力较强、兼顾多种保护、动作后不需要更换元件等优点,因此得到广泛应用。

常用的低压断路器是 DZ 系列塑壳式断路器和 DW 系列框架式断路器。

1. DZ 型低压断路器

DZ 型低压断路器的外形如图 3 - 13 所示。型号及含义如图 3-14 所示。在电气线路中的图形符号和文字符号如图 3 - 15 所示。结构如图 3 - 16 所示。

DZ 型低压断路器的选用

1) 低压断路器的额定电压和额定电流应不小于线路的正常工作电压和计算负载电流。

DZ5型外形

DZ10型外形

DZ12型外形

图 3 - 13 DZ 型低压断路器外形

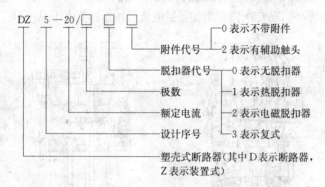

图 3 - 14 DZ 型低压断路器型号与含义

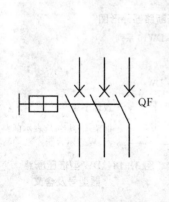

**图 3 - 15 DZ 型低压断路器图形
符号与文字符号**

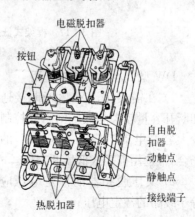

图 3 - 16 DZ5 型内部结构

2) 热脱扣器的整定电流应等于控制负载的额定电流。

3）电磁脱扣器的瞬时脱扣整定电流应大于负载正常工作时可能出现的峰值电流即 $I_z \geqslant (1.5 \sim 1.7)I_s$，其中 I_s 为电动机启动电流。

4）极限通断能力应不小于电路最大短路电流。

2. DW 型低压断路器

DW 型低压断路器的外形如图 3-17 所示。型号及含义如图 3-18 所示。在电气线路中的图形符号和文字符号同图 3-15。其结构有一个钢制或压塑的框架，断路器的所有部件都装在框架内，导电部分加以绝缘，比 DZ 型断路器增加了过电流脱扣器和欠电压脱扣器。

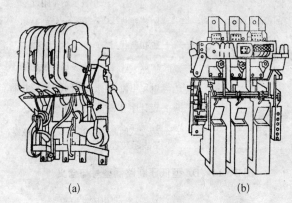

(a)   (b)

图 3-17　框架式低压断路器外形图

(a) DW10 系列   (b) DW16 系列

DW 型低压断路器的选用

1）在需要手动不频繁地接通和断开容量较大的低压网络或控制较大容量电动机（40～100 kW）的场合，常选用框架式低压断路器。

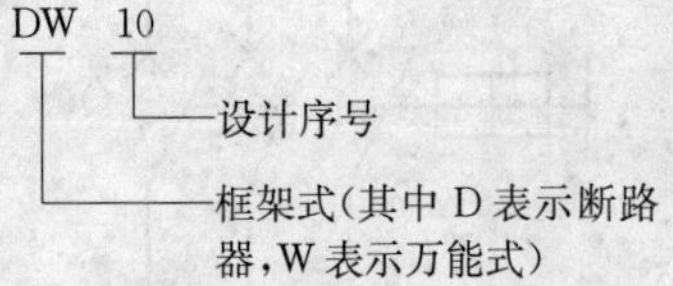

2）欠压脱扣器的额定电压应等于线路的额定电压。

3）同 DZ 型低压断路器选用原则。

DW　10

└──────设计序号

└──────框架式（其中 D 表示断路器，W 表示万能式）

图 3-18　DW 型低压断路器型号及含义

3. 低压断路器的安装与使用技术

（1）安装　应垂直于配电板安装；使用前应将脱扣器工作面的

防锈油脂擦干净;电源引线应接到上端,负载引线应接到下端,用作电源总开关或电动机的控制开关时,在电源进线侧必须加装刀开关或熔断器等,以形成明显的断开点。

(2) 使用和维护　各脱扣器动作值一经调好,不允许随意变动,以免影响其动作;要定期清除低压断路器上的积尘、定期检查各脱扣器动作值,及时给操作机构添加润滑剂;若遇分断短路电流,要及时检查触头系统,若发现电灼烧痕,应及时修理或更换。

4. 低压断路器常见故障、原因及排除方法

1) 断路器不能闭合。可能是:① 欠压脱扣器无电压或线圈损坏——检查施加电压或更换线圈。② 储能弹簧变形——更换储能弹簧。③ 反作用弹簧力过大——重新调整。④ 机构不能复位再扣——调整再扣接触面至规定值。

2) 电流达到整定值后断路器不动作。可能是:① 热脱扣器双金属片损坏——更换双金属片。② 电磁脱扣器的衔铁与铁芯距离太大或电磁线圈损坏——调整衔铁和铁芯间距离或更换电磁线圈。③ 主触头熔粘——检查原因并更换主触头。

3) 启动电动机时低压断路器立即分断。可能是:① 电磁脱扣器瞬动整定值过小——调高整定值至规定值。② 电磁脱扣器某些零件损坏——更换脱扣器。

4) 低压断路器闭合后,经一定时间自行分断。可能是热脱扣器整定值过小——调高整定值至规定值。

5) 低压断路器温升过高。可能是:① 触头压力过小造成触头表面接触不良——调整触头压力或更换弹簧。② 触头表面过分磨损或接触不良——更换触头或修整接触面。③ 两个导电零件连接螺钉松动——重新拧紧。

第三节　熔　断　器

电路在工作过程中经常会发生短路事故,发生短路时,电路中的电阻很小,电流会比正常电流大几十甚至几百倍,如此大的电流流过电路会产生大量热量,使导线温度迅速升高,很快就会使导线绝缘熔化,电源和电气设备受损,严重时还会引起火灾。为避免电路因短路而造成的损坏,各种电路中都必须加装各种短路保护装置,熔断器是其中最常用的一种。

一、常用熔断器的识别、使用及故障处理技术

1. RC1A 系列插入式熔断器

RC1A 系列插入式熔断器的外形如图 3-19 所示。型号及含义如图 3-20 所示。在电气线路中的图形符号与文字符号如图 3-21 所示。结构如图 3-22 所示。

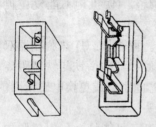

图 3-19　RC1A 系列熔断器外形　　图 3-20　RC1A 系列熔断器型号及含义

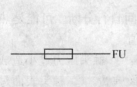

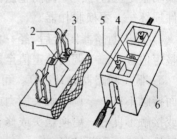

图 3-21　RC1A 系列熔
断器图形符号
与文字符号

图 3-22　RC1A 系列熔断器结构
1—熔丝;2—动触头;3—瓷盖;
4—空腔;5—静触头;6—瓷座

RC1A 系列插入式熔断器常用于交流 50 Hz、额定电压 380 V 及以下、额定电流 200 A 及以下的低压线路末端或分支电路中,作为电气设备的短路保护及一定程度的过载保护。

2. RM10 系列封闭管式熔断器

RM10 系列封闭管式熔断器的外形如图 3-23 所示。型号及含义如图 3-24 所示。在电气线路中的图形与文字符号同图 3-21。结构如图 3-25 所示。

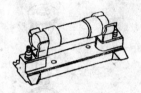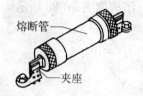

图 3-23　RM10 系列熔断器外形

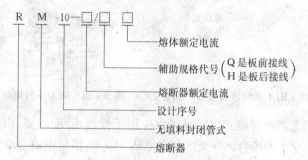

图 3-24　RM10 系列熔断器型号及含义

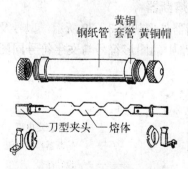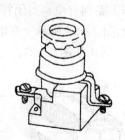

图 3-25　RM10 系列熔断器结构　　图 3-26　RL1 系列螺旋式熔断器外形

RM10 系列封闭管式熔断器适用于交流 50 Hz、额定电压380 V 或直流额定电压 440 V 及以下电压等级的动力网络和成套配电设备中,作为导线电缆及较大容量电气设备的短路和连续过载保护。

3. RL1 系列螺旋式熔断器

RL1 系列螺旋式熔断器的外形如图 3-26 所示。型号及含义如图 3-27 所示。在电气线路中的图形符号与文字符号同图 3-21。结构如图 3-28 所示。

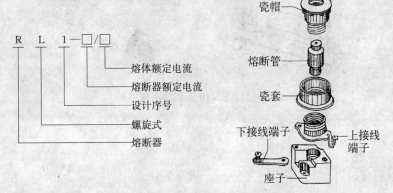

图 3-27 RL1 系列熔断器型号及含义　　图 3-28 RL1 系列熔断器构造

RL1 系列螺旋式熔断器广泛应用于控制箱、配电屏、机床设备及振动较大的场合。在交流额定电压 500 V、额定电流 200 A 及以下的电路中作短路保护器件。

4. RT 系列有填料封闭管式熔断器

RT 系列有填料封闭管式熔断器外形如图 3-29 所示。型号及含义如图 3-30 所示。在电气线路中的图形符号与文字符号同图 3-21。结构如图 3-31。

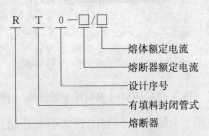

图 3-29 RT 系列熔断器外形　　图 3-30 RT 系列熔断器型号及含义

RT系列有填料封闭管式熔断器由于分断能力大,广泛用于短路电流较大的电力输配电系统中,作为电缆、导线和电气设备的短路保护及导线、电缆的过载保护。

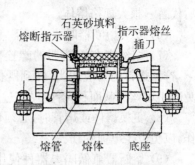

图3-31 RT系列熔断器结构

5. 常用熔断器的选用

(1) 照明、电热等电流较平稳、无冲击电流的阻性负载,选熔体额定电流大于或等于负载额定电流的1.1倍。

(2) 单台不经常启动且启动时间不长的电动机负载,选熔体额定电流大于或等于电动机额定电流的1.5~2.5倍;对于频繁启动或启动时间较长的电动机,熔体额定电流应大于或等于电动机额定电流的3~3.5倍。

(3) 多台电动机的短路保护,熔体额定电流应大于或等于其中最大容量电动机额定电流的1.5~2.5倍加上其余电动机额定电流的总和。

(4) 熔断器的额定电压必须等于或大于线路的额定电压;熔断器的额定电流必须等于或大于所装熔体的额定电流。

(5) 熔断器的分断能力应大于电路中可能出现的最大短路电流。

6. 熔断器的安装与使用技术

(1) RC1A系列插入式熔断器应垂直安装。

(2) RM10系列封闭管式熔断器在切断过三次相当于分断能力的电流后,必须更换熔断管,以保证能可靠地切断所规定分断能力的电流。

(3) RL1系列螺旋式熔断器的电源线应接在瓷底座的下接线座上,负载线应接在螺纹壳的上接线座上,以保证操作者安全。

(4) 熔断器安装时应完整无损,保证熔体和夹头以及夹头和夹座接触良好,并具有额定电压、额定电流值标志。

(5) 熔断器内要安装合格的熔体,不能用多根小规格熔体并联后代替一根大规格熔体。

（6）安装熔断器时要做到下一级熔体规格比上一级小。

（7）熔丝应在熔断器的螺栓上顺时针方向缠绕，并压在垫圈下，拧紧螺钉的力应适当，做到既保证接触良好，又不损伤熔丝，以免减小熔丝的截面积，产生局部过热而引发误动作。

（8）更换熔体或熔管时，必须切断电源。尤其不允许带负荷操作，以免发生电弧灼伤。

（9）熔断器兼做隔离器件使用时应安装在控制开关的电源进线端；若仅作短路保护用，应装在控制开关的出线端。

7. 熔断器常见故障、原因及故障排除技术

（1）电路接通瞬间熔体熔断。可能是：① 熔体额定电流等级选择过小——更换符合电流要求的熔体。② 负载侧短路或接地——排除负载故障。③ 熔体安装时受机械损伤，伤处截面大大减小——更换熔体。

（2）熔体未熔断但电路不通。可能是熔体或接线座接触不良——重新连接。

二、其他熔断器

1. 快速熔断器

快速熔断器又称半导体器件保护用熔断器，主要用于半导体功率元件的过电流保护。由于半导体元件承受过电流的能力很差（如70 A 的晶闸管能承受 6 倍额定电流的时间仅为 10 ms），要求短路保护元件具有快速熔断特征，快速熔断器就能满足这一要求。

目前常用的快速熔断器有 RS0、RS3、RLS2 等系列，RLS2 系列的结构与 RL1 系列相似，适用于小容量硅元件及成套装置的短路和过载保护；RS0 和 RS3 系列适用于半导体整流元件和晶闸管的短路和过载保护，它们的结构相同，但 RS3 系列的动作更快，分断能力更强。

2. 自复式熔断器

近年来，可重复使用一定次数的自复式熔断器开始在电力网络的输配电系统中得到应用。

自复式熔断器的基本工作原理是：其熔体是应用非线性电阻元件制成，在特大短路电流产生的高温下，熔体熔化，阻值剧增，瞬间呈现高阻状态从而将故障电流限制在一个较小的数值，保护了用电设备。自复式熔断器由于具有限流作用显著、动作时间短、动作后不需更换熔体等优点，在生产中的应用范围正在不断扩大，常与断路器配合使用，以提高组合分断性能。其产品有 RZ1 系列等。

三、低压熔断器检修技术

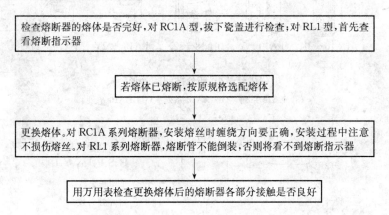

检查熔断器的熔体是否完好，对 RC1A 型，拔下瓷盖进行检查；对 RL1 型，首先查看熔断指示器

若熔体已熔断，按原规格选配熔体

更换熔体。对 RC1A 系列熔断器，安装熔丝时缠绕方向要正确，安装过程中注意不损伤熔丝。对 RL1 系列熔断器，熔断管不能倒装，否则将看不到熔断指示器

用万用表检查更换熔体后的熔断器各部分接触是否良好

第四节 主 令 电 器

主令电器是用作接通或断开控制电路，以发出指令或作程序控制的开关电器。常用的主令电器有按钮、行程开关（限位开关、位置开关）、万能转换开关和主令控制器等。面对入门电工操作本节仅介绍按钮与行程开关。

一、常用按钮的识别、使用及故障处理技术

1. 按钮

部分按钮的外形如图 3 - 32 所示。型号及含义如图 3 - 33 所

示。在电气线路中的图形符号与文字符号如图 3-34 所示。结构如图 3-35 所示。

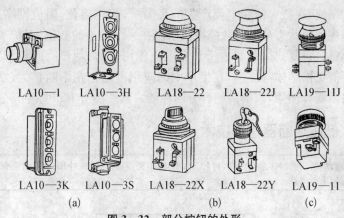

图 3-32　部分按钮的外形

(a) LA10 系列　(b) LA18 系列　(C) LA19 系列

```
        L  A  □ □ □ □
```

结构形式代号(K、H、S、F、J、X、Y、D)

主令电器

按钮

设计序号

常闭触头数

常开触头数

其中,结构形式代号的含义为:

K—开启式,适用于嵌装在操作面板上;H—保护式,带保护外壳;S—防水式,具有密封外壳;F—防腐式,能防止腐蚀性气体进入;J—紧急式,带有红色大蘑菇钮头,作紧急切断电源用;X—旋钮式,有通、断两个位置;Y—钥匙操作式,用钥匙插入进行操作,可防止误操作或供专人操作;D—光标按钮,按钮内装有信号灯,兼作信号指示。

图 3-33　按钮的型号及含义

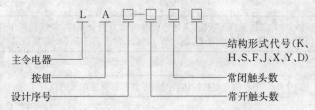

名称	常闭按钮(停止按钮)	常开按钮(启动按钮)	复合按钮
符号			

图 3-34　按钮的图形符号与文字符号

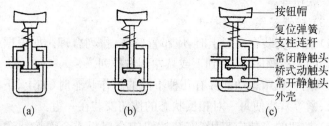

图 3-35 按钮的结构

(a) 常闭按钮 (b) 常开按钮 (c) 复合按钮

(1) 按钮的动作过程 按钮的动作过程如表 3-4 所示。

表 3-4 按钮的动作过程

		常 闭 按 钮	常 开 按 钮	复 合 按 钮
动作过程	自然状态	触头闭合	触头断开	常闭触头闭合 常开触头断开
	按下	触头断开	触头闭合	常闭触头先断开 常开触头后闭合
	松开	在复位弹簧作用下 复位闭合	在复位弹簧作用下 复位断开	在复位弹簧作用下, 常开触头先复位断开, 常闭触头后复位闭合

(2) 按钮的选用

1) 根据使用场合和具体用途选择按钮的种类。例如:嵌装在操作面板上可选开启式;需显示工作状态选光标式;在非常重要处,为防止无关人员误操作宜用钥匙操作式;在有腐蚀气体处选防腐式等。

2) 根据工作状态指示和工作情况要求,选择按钮或指示灯的颜色。例如:启动按钮可选白色,急停按钮选择红色,停止按钮选择黑色等。

3) 根据具体用途选择按钮的形式。例如:一般式、旋钮式或紧急式等。

4) 根据控制回路的需要选择按钮的数量。例如:单联钮、双联钮和三联钮等。

(3) 按钮安装、使用技术

1) 按钮安装在面板上时,应布置整齐,排列合理。如根据电动机启动的先后顺序,从上到下或从左到右排列。

2) 同一机床运动部件有几种不同的工作状态时(如上、下、前、后、松、紧等),应使每一对相反状态的按钮安装在一组。

3) 按钮的安装应牢固,安装按钮的金属板或金属按钮盒必须可靠接地。

4) 由于按钮的触头间距较小,如有油污等极易发生短路故障,所以应保持触头间的清洁。

5) 光标按钮一般不宜用在需长期通电显示处,以免塑料外壳过度受热而变形,使更换灯泡困难。

(4) 按钮常见故障、原因及处理技术

1) 触头接触不良。可能是:① 触头烧坏——修整触头或更换触头。② 触头表面有尘垢——清洁触头表面。③ 触头弹簧失效——重绕弹簧或更换弹簧。

2) 触头间短路。可能是:① 塑料受热变形,导致接线螺钉相碰短路——更换按钮,并查明发热原因。② 杂物或油污在触头间形成通路——清洁按钮内部及触头。

2. 常用按钮的主要技术数据及颜色含义

常用按钮的主要技术数据见表 3-5。

表 3-5 常用按钮的主要技术数据

型　号	形式	触头数量		信　号　灯		额定电压、电流和控制容量	按　　钮	
		常开	常闭	电压(V)	功率(W)		钮数	颜　色
LA10—1	元件	1	1				1	黑、绿、红
LA10—1K	开启式	1	1				1	黑、绿、红
LA10—2K	开启式	2	2				2	黑、红或绿、红
LA10—3K	开启式	3	3				3	黑、绿、红
LA10—1H	保护式	1	1				1	黑、绿或红

(续 表)

型 号	形 式	触头数量		信 号 灯		额定电压、电流和控制容量	按 钮	
		常开	常闭	电压(V)	功率(W)		钮数	颜 色
LA10—2H	保护式	2	2				2	黑、红或绿、红
LA10—3H	保护式	3	3				3	黑、绿、红
LA10—1S	防水式	1	1				1	黑、绿或红
LA10—2S	防水式	2	2				2	黑、红或绿、红
LA10—3S	防水式	3	3				3	黑、绿、红
LA10—2F	防腐式	2	2				2	黑、红或绿、红
LA18—22	一般式	2	2				1	红、绿、黄、白、黑
LA18—44	一般式	4	4				1	红、绿、黄、白、黑
LA18—66	一般式	6	6				1	红、绿、黄、白、黑
LA18—22J	紧急式	2	2				1	红
LA18—44J	紧急式	4	4				1	红
LA18—66J	紧急式	6	6				1	红
LA18—22X$_2$	旋钮式	2	2				1	黑
LA18—22X$_3$	旋钮式	2	2				1	黑
LA18—44X	旋钮式	4	4				1	黑
LA18—66X	旋钮式	6	6				1	黑
LA18—22Y	钥匙式	2	2				1	锁芯本色
LA18—44Y	钥匙式	4	4				1	锁芯本色
LA18—66Y	钥匙式	6	6				1	锁芯本色
LA19—11A	一般式	1	1			电压：	1	红、绿、蓝、黄、白、黑
LA19—11J	紧急式	1	1		<1	AC380 V	1	红
LA19—11D	带指示灯式	1	1	6	<1	DC220 V	1	红、绿、蓝、白、黑
LA19—11DJ	紧急带指示灯式	1	1	6			1	红
LA20—11	一般式	1	1				1	红、绿、黄、蓝、白
LA20—11J	紧急式	1	1			电流：5 A	1	红
LA20—11D	带指示灯式	1	1	6	<1		1	红、绿、黄、蓝、白
LA20—11DJ	带灯紧急式	1	1	6	<1	容量：	1	红
LA20—22	一般式	2	2			AC300 VA	1	红、绿、黄、蓝、白
LA20—22J	紧急式	2	2			DC60 W	1	红
LA20—22D	带指示灯式			6	<1		1	红、黄、绿、蓝、白
LA20—2K	开启式	2	2				2	白、红或绿、红
LA20—3K	开启式	3	3				3	白、绿、红
LA20—2H	保护式	2	2				2	白、红或绿、红
LA20—3H	保护式	3	3				3	白、绿、红

常用按钮颜色的含义见表3-6。

表3-6 按钮颜色的含义

颜色	含义	说　　明	应用示例
红	紧急	危险或紧急情况时操作	急　停
黄	异常	异常情况时操作	干预、制止异常情况 干预、重新启动中断了的自动循环
绿	安全	安全情况或为正常情况准备时操作	启动/接通
蓝	强制性的	要求强制动作情况下的操作	复位功能
白			启动/接通(优先) 停止/断开
灰	未赋予特定含义	除急停以外的一般功能的启动(也见注)	启动/接通 停止/断开
黑			启动/接通 停止/断开(优先)

　　注：如果用代码的辅助手段(如标记、形状、位置)来识别按钮操作件，则白、灰或黑同一颜色可用于标注各种不同功能(如白色用于标注启动/接通和停止/断开)。

二、常用行程开关的识别、使用及故障处理技术

1. 行程开关

常用行程开关的外形如图3-36所示。

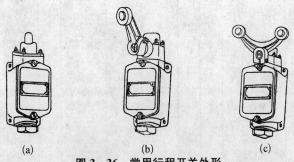

图3-36　常用行程开关外形

(a) JLXK1—311 按钮式　(b) JLXK1—111 单轮旋转式
(c) JLXK1—211 双轮旋转式

行程开关的型号及含义如图 3‒37 所示。

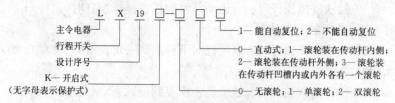

图 3‒37　行程开关的型号及含义

行程开关在电气线路中的图形符号与文字符号如图 3‒38 所示。

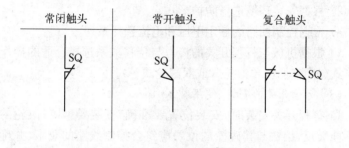

图 3‒38　行程开关的图形符号及文字符号

行程开关的结构如图 3‒39 所示。

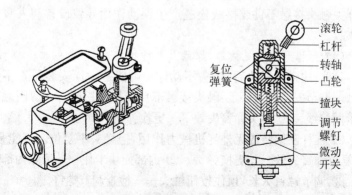

图 3‒39　行程开关的结构

(1) 行程开关的动作过程

1) 挡铁碰撞顶杆时：当运动部件的挡铁碰压顶杆时，顶杆向下移动，使常闭触头先分断。

2) 挡铁压住顶杆时：当顶杆向下移动到一定位置时，使常开触头闭合。

3) 挡铁离开顶杆时：触头迅速恢复到原状态，常开触头恢复到断开状态，常闭触头恢复到闭合状态。

(2) 行程开关的选用

1) 根据应用场合及控制对象选择种类。

2) 根据安装环境选择防护形式。

3) 根据控制回路的额定电压和电流选择系列。

4) 根据机械与行程开关的传力与位移关系选择合适的操作触头形式（如直动式、单滚轮式或双滚轮式等）。

(3) 行程开关的安装、使用技术

1) 行程开关安装时，安装位置要准确，安装要牢固；滚轮的方向不能装反，挡铁与其碰撞的位置应符合控制线路的要求，并确保能可靠的与挡铁碰撞。

2) 行程开关在使用中要定期检查和保养，除去油垢及粉尘，清理触头，经常检查其动作是否灵活、可靠，及时排除故障，防止因行程开关触头接触不良或接线松脱产生误动作而导致设备和人身安全事故。

(4) 行程开关常见故障、原因及处理技术

1) 挡铁碰撞开关后，触头不动作。可能是：① 安装位置不正确——调节安装位置。② 触头接触不良或接线松脱——清刷触头或紧固接线。③ 触头弹簧失效——更换弹簧。

2) 杠杆已偏转或无外界机械力作用，但触头不复位。可能是：① 复位弹簧失效——更换弹簧。② 内部撞块卡住——清除内部杂物。③ 调节螺钉太长，顶住按钮触头——检查调节螺钉。

2. 常用行程开关的主要技术数据

常用行程开关的主要技术数据见表 3-7。

表 3－7　LX19 和 JLXK1 系列行程开关的技术数据

型　号	额定电压、额定电流	结　构　特　点	触头对数 常开	触头对数 常闭	工作行程	超行程	触头转换时间
LX19		元件	1	1	3 mm	1 mm	
LX19－111		单轮，滚轮装在传动杆内侧，能自动复位	1	1	约 30°	约 20°	
LX19－121		单轮，滚轮装在传动杆外侧，能自动复位	1	1	约 30°	约 20°	
LX19－131		单轮，滚轮装在传动杆凹槽内，能自动复位	1	1	约 30°	约 20°	
LX19－212	380 V 5 A	双轮，滚轮装在 U 形传动杆内侧，不能自动复位	1	1	约 30°	约 15°	≤0.04 s
LX19－222		双轮，滚轮装在 U 形传动杆外侧，不能自动复位	1	1	约 30°	约 15°	
LX19－232		双轮，滚轮装在 U 形传动杆内外侧各一个，不能自动复位	1	1	约 30°	约 15°	
LX19－001		无滚轮，仅有径向传动杆，能自动复位	1	1	＜4 mm	3 mm	
JLXK1－111	500 V 5 A	单轮防护式	1	1	12～15°	≤30°	
JLXK1－211		双轮防护式	1	1	约 45°	≤45°	
LXK1－311		直动防护式	1	1	1～3 mm	2～4 mm	≤0.04 s
JLXK1－411		直动滚轮防护式	1	1	1～3 mm	2～4 mm	

第五节　交流接触器

接触器是一种自动的电磁式开关,适用于远距离频繁地接通或断开主电路及大容量控制电路。主要控制对象是电动机,也可用于控制其他负载,如电热设备、电焊机以及电容器组等。它不仅能实现远距离自动操作和具有欠电压释放保护功能,而且还具有控制容量大、工作可靠、操作频率高、使用寿命长等优点,因而得到了广泛应用。

交流接触器的外形如图3-40所示。

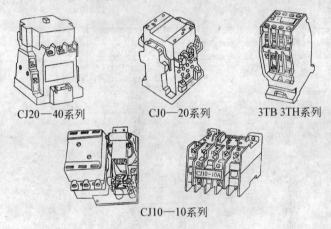

CJ20—40系列　　CJ0—20系列　　3TB 3TH系列

CJ10—10系列

图3-40　交流接触器外形

交流接触器的型号及含义如图3-41所示。

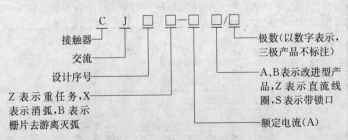

CJ□□—□□/□

接触器
交流
设计序号
Z表示重任务,X表示消弧,B表示栅片去游离灭弧
额定电流(A)
A、B表示改进型产品,Z表示直流线圈,S表示带锁口
极数(以数字表示,三极产品不标注)

图3-41　交流接触器的型号及含义

交流接触器在电气线路中的图形符号与文字符号如表 3 - 8 所示。

表 3 - 8   交流接触器的图形符号及文字符号

三对主触头	辅助常开触头	辅助常闭触头	线　圈
KM	KM	KM	KM

1. 交流接触器的结构

交流接触器主要由电磁系统、触头系统、灭弧装置及辅助部件等组成,常用的 CJ10—20 型交流接触器的结构如图 3 - 42 所示。

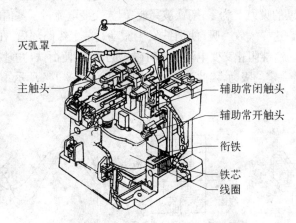

灭弧罩
主触头
辅助常闭触头
辅助常开触头
衔铁
铁芯
线圈

图 3 - 42   CJ10—20 型交流接触器结构

（1）电磁系统   交流接触器的电磁系统主要由线圈、铁芯(静铁芯)和衔铁(动铁芯)三部分组成。它是利用电磁线圈的通电和断电,使衔铁和铁芯吸合或释放,从而带动动触头和静触头闭合或分断,实现接通或断开电路的目的。

CJ10 系列交流接触器的衔铁运动方式有两种,对于额定电流≤40 A 的接触器,采用如图 3 - 43(a)所示的衔铁直线运动的螺管式;对于额定电流≥60 A 的接触器,采用如图 3 - 43(b)所示的衔铁绕轴转动的拍合式。

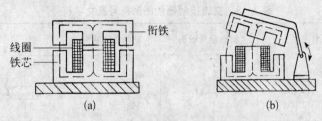

图 3 - 43　交流接触器电磁系统结构图

(a) 衔铁直线运动式　(b) 衔铁绕轴转动拍合式

在铁芯头部平面上装有短路环,目的是消除交流电磁铁在吸合时可能产生的衔铁振动。当交变电流过零时,所产生的交变磁通 Φ 也过零,电磁铁的吸力 F 为零,衔铁被释放;但当交变电流过了零值后,衔铁又被吸合;这样一放一吸,使衔铁发生振动。装上短路环后,在其中产生感应电流,能阻止交变电流过零时磁场的消失,使衔铁与静铁芯之间始终保持一定的吸力,因此消除了振动现象,如图 3 - 44 所示。

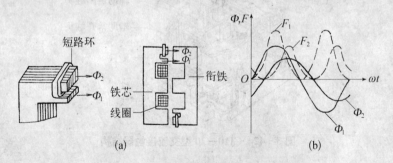

图 3 - 44　加短路环后的磁通和电磁吸力图

(a) 磁通 Φ 示意图　(b) 电磁吸力 F 图

1—短路环;2—铁芯;3—线圈;4—衔铁

(2) 触头系统　交流接触器的触头按接触情况可分为点接触式、线接触式和面接触式三种,如图 3 - 45 所示。按触头的结构形式划分,有桥式触头和指形触头两种,如图 3 - 46 所示。

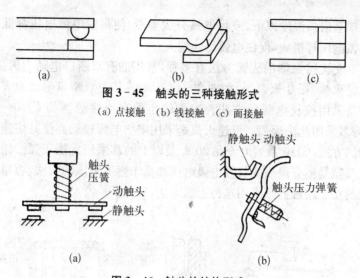

图 3 - 45　触头的三种接触形式

（a）点接触　（b）线接触　（c）面接触

图 3 - 46　触头的结构形式

（a）双断点桥式触头　（b）指形触头

　　按通电能力划分,交流接触器的触头分为主触头和辅助触头。主触头用以通断电流较大的主电路,一般由三对接触面较大的常开触头组成。辅助触头用以通断电流较小的控制电路,一般由两对常开和两对常闭触头组成。当线圈未通电时处在相互脱开状态的触头叫常开触头,又叫动合触头;处在相互接触状态的触头叫常闭触头,又叫动断触头。常开触头和常闭触头是联动的。当线圈通电时,常闭触头先断开,常开触头随后闭合。而线圈断电时,常开触头首先恢复断开,随后常闭触头恢复闭合。两种触头在改变工作状态时,先后有个时间差,尽管这个时间差很短,但对分析线路的控制原理却很重要。

　　（3）灭弧装置　交流接触器在断开大电流或高电压电路时,在动、静触头间会产生很强的电弧。电弧是触头间气体在强电场作用下产生的放电现象,它一方面会灼伤触头,降低触头的使用寿命;另一方面会使电路切断时间延长,甚至造成弧光短路或引起火灾事故。实验证明,触头开合过程中的电压越高、电流越大,弧区温度越高,电弧就越强。因此在低压电器中通常采用拉长电弧使电弧迅速冷却至启弧温度以下,或将电弧分成多段,使每段电弧电压都低于燃弧电压等措施,促使电弧尽快熄灭。

交流接触器的灭弧方法有多种,常用的有双断口电动力灭弧、纵缝灭弧、栅片灭弧等,如图 3 - 47 所示。其中双断口电动力灭弧即是采用拉长电弧的方法。容量较小的交流接触器如 CJ10—10 等,多采用此法灭弧。纵逢灭弧是采用增加电弧接触面使其快速冷却的方法,CJ10 系列电流在 20 A 及以上的都采用此法灭弧。栅片灭弧就是使分段后的每段电弧电压都低于燃弧电压的方法,容量较大的交流接触器多采用这种灭弧方法,如 CJ0—40 型。

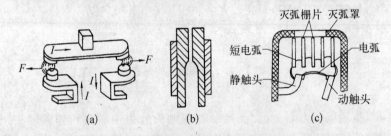

图 3 - 47　常用灭弧装置

(a) 双断口电动力灭弧　(b) 纵缝灭弧　(c) 栅片灭弧

(4) 辅助部件　交流接触器的辅助部件有反作用弹簧、缓冲弹簧、触头压力弹簧、传动机构及底座、接线柱等。

反作用弹簧的作用是当线圈断电时使衔铁和触头复位。缓冲弹簧可以吸收衔铁被吸合时产生的冲击力,起到保护底座的作用。触头压力弹簧的作用是增大触头闭合时的压力,从而增大触头接触面积,避免因接触电阻增大而产生的触头烧毛现象。传动机构的作用是在衔铁和反作用弹簧的作用下,带动动触头实现与静触头的接通与分断。

2. 交流接触器的工作过程

交流接触器的工作过程如图 3 - 48 所示。

当接触器的线圈通电后,线圈中流过的电流产生磁场,使铁芯产生足够大的吸力,克服反作用弹簧的反作用力,将衔铁吸合,通过

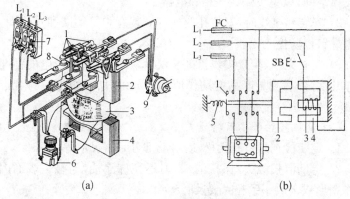

图 3－48　接触器的工作过程

（a）实物图　（b）原理图

1—桥式动触头；2—衔铁；3—线圈；4—静铁芯；5—复位弹簧；

6—按钮；7—熔断器；8—静触头；9—电动机

传动机构带动三对主触头和辅助常开触头闭合,辅助常闭触头断开。当接触器线圈断电或电压显著下降时,由于电磁吸力消失或过小,衔铁在反作用弹簧力的作用下复位,带动各触头恢复到原始状态。

3. 交流接触器安装、使用技术

（1）安装前的检查

1）检查接触器铭牌与线圈的技术数据是否符合实际使用要求。

2）检查接触器外观应无机械损伤;用手推动接触器可动部分时,接触器应动作灵活,无卡阻现象;灭弧罩应完整无损、固定牢固。

3）将铁芯极面上的防锈油脂或粘在极面上的铁垢用煤油擦净,以免多次使用后衔铁被粘住,造成断电后不能释放。

4）测量接触器的线圈电阻和绝缘电阻。

（2）交流接触器的安装

1）一般应安装在垂直面上,倾斜度不得超过 5°;若有散热孔,则应将有孔的一面放在垂直方向上,以利散热,并按规定留有适当的飞弧空间,以免飞弧烧坏相邻电器。

2) 安装和接线时,安装孔的螺钉应装有弹簧垫圈和平垫圈,并拧紧螺钉以防振动松脱。

3) 安装完毕,检查接线正确无误后,在主触头不带电的情况下操作几次,然后测量产品的动作值和释放值,所测数据应符合产品的规定要求。

(3) 交流接触器的日常维护

1) 定期检查螺钉有无松动,可动部分是否灵活等。

2) 定期清扫触头,保持清洁,但不允许涂油,当触头表面因电灼作用形成金属小颗粒时要及时清除。

3) 拆装时注意不要损坏灭弧罩,以免发生电弧短路故障。

4. 交流接触器的选用(见表3-9)

表3-9　交流接触器的选用

选　择		说　明
主触头额定电压		主触头额定电压应大于或等于负载回路的额定电压
主触头的额定电流	电阻性负载	主触头的额定电流应等于负载的工作电流
	控制电动机	主触头的额定电流应大于或稍大于电动机的额定电流。可根据经验公式选择(仅适用于 CJ0、CJ10 系列):$I_c = [P_N/(1\sim1.4)U_N]\times10^3$ 式中 P_N 为被控电动机的额定功率(kW);U_N 为电动机的额定电压(V);I_c 为接触器主触头的额定电流(A) 接触器若使用在频繁启动、制动及正反转的场合应将接触器主触头的额定电流降低一个等级使用
线圈的额定电压		交流接触器线圈额定电压有 36 V、110 V、127 V、220 V、380 V 等多种,使用时要根据实际电压或实际操作环境所要求的安全电压等级进行选用
触头数量及触头类型		通常选择接触器的触头数量应满足控制支路数的要求;触头的类型应满足控制线路的功能要求

为便于初学者选择接触器,将常用交流接触器的技术数据列表如表3-10。

表 3 - 10　CJ0 和 CJ10 系列交流接触器的技术数据

型号	主触头			辅助触头			线圈		可控制三相异步电动机的最大功率(kW)		额定操作频率(次/h)
	对数	额定电流(A)	额定电压(V)	对数	额定电流(A)	额定电压(V)	电压(V)	功率(V·A)	220 V	380 V	
CJ0—10	3	10	380	均为2常开、2常闭	5	380	可为 36 110 (127) 220 380	14	2.5	4	≤1 200
CJ0—20	3	20						33	5.5	10	
CJ0—40	3	40						33	11	20	
CJ0—75	3	75						55	22	40	
CJ10—10	3	10						11	2.2	4	≤600
CJ10—20	3	20						22	5.5	10	
CJ10—40	3	40						32	11	20	
CJ10—60	3	60						70	17	30	

表 3-11　CJ20 系列交流接触器的技术数据

型　号	极数	额定工作电压 U_N (V)	约定发热电流 I_{th} (A)	额定工作电流 I_N (A)	额定操作频率(AC—3)(次/h)	机械寿命(万次)	辅助触头 约定发热电流 I_{th} (A)	辅助触头 触头组合
CJ20—10	3	220	10	10	1 200	1 000	10	2 常开,2 常闭
		380		10	1 200			
		660		5.8	600			
CJ20—16		220	16	16	1 200			
		380		16	1 200			
		660		13	600			
CJ20—25		220	32	25	1 200			
		380		25	1 200			
		660		16	600			
CJ20—40		220	55	40	1 200			
		380		40	1 200			
		660		25	600			
CJ20—63	3	220	80	63	1 200			
		380		63	1 200			
		660		40	600			
CJ20—100		220	125	100	1 200			
		380		100	1 200			
		660		63	600			
CJ20—160		220	200	160	1 200			
		380		160	1 200			
		660		100	600			
CJ20—160/11		1 140	200	80	300			

5. 交流接触器常见故障、原因及处理技术

接触器在长期使用过程中,由于自然磨损或使用维护不当,会产生故障而影响正常工作。

(1) 触头的常见故障及其处理 触头的常见故障一般是过热、磨损、熔焊等,其故障原因和处理方法见表 3 - 12。

表 3 - 12 触头的常见故障及处理方法

故障现象	故 障 原 因	故 障 排 除 方 法
触头过热	通过动、静触头间的电流过大：1) 系统电压过高或过低 2) 设备超负荷运行 3) 触头容量选择过小 4) 故障运行	1) 调整系统电压或更换接触器 2) 检查超负荷原因,回复正常状态 3) 调触头或接触器,使容量匹配 4) 排除运行故障
	动、静触头间接触电阻过大：1) 触头压力减小使接触电阻增大 2) 由油污、灰尘、触头表面氧化或被电弧灼伤烧毛等造成触头表面接触不良	1) 调整压力弹簧或更换新触头 2) 清除触头灰尘和油污或用小刀刮去氧化层和毛刺
触头磨损	1) 触头金属汽化和蒸发 2) 触头闭合时撞击 3) 触头接触面相对滑动磨损	1) 更换大容量接触器 2) 更换触头及缓冲弹簧 3) 更换触头
触头熔焊	1) 触头压力弹簧损坏 2) 触头的初压力太小 3) 接触器容量过小	1) 更换压力弹簧 2) 调整压力弹簧初压力 3) 更换大容量接触器及触头
触头压力不足	1) 机械损伤使弹簧变软 2) 高温电弧使弹簧变形、变软 3) 触头磨损、变薄	1) 更换弹簧 2) 更换弹簧 3) 更换触头

(2) 电磁系统的常见故障及处理 接触器电磁系统的故障原因及处理方法见表 3 - 13。

表 3－13　接触器电磁系统的故障原因及处理方法

故障现象	故　障　原　因	故　障　排　除　方　法
接触器铁芯发出像变压器样噪声	1) 电源电压过低,触头、衔铁吸不牢 2) 衔铁与铁芯接触不良 3) 短路环损坏 4) 触头压力过大或因活动部分受到卡阻	1) 调整电源电压 2) 若由锈垢、油污、灰尘等引起应拆下清洗;若由端面变形或磨损引起,用细砂布将端面修平 3) 将断裂处焊牢或照原样更换,并用环氧树脂加固 4) 更换压力弹簧,清除卡阻
衔铁吸不上	1) 线圈引出线脱落,线圈断线或烧毁 2) 电源电压过低 3) 活动部分卡阻	1) 重新接好引出线或更换线圈 2) 调整电源电压 3) 排除卡阻
衔铁不释放	1) 触头熔焊 2) 机械部分卡阻 3) 反作用弹簧损坏 4) 铁芯端面有油垢 5) E 形铁芯剩磁过大	1) 更换触头 2) 排除卡阻 3) 更换反作用弹簧 4) 清除污垢 5) 更换铁芯
线圈过热或烧毁	1) 线圈匝间短路,产生短路电流 2) 接触器动作频率过高 3) 电源电压过高或过低 4) 线圈技术参数与使用条件不符	1) 更换线圈 2) 降低动作频率或更换更大容量的主触头 3) 调整电源电压 4) 选合适的线圈或接触器

6. 交流接触器的拆装与检修技术

（1）交流接触器拆卸技术

1）卸下灭弧罩紧固螺钉,取下灭弧罩;

2）拉紧主触头定位弹簧夹,取下主触头及主触头压力弹簧片。拆卸主触头时必须将主触头侧转 45°后取下;

3）松开辅助常开静触头的接线柱螺钉,取下常开静触头;

4）松开接触器底部的盖板螺钉,取下盖板;在松开盖板螺钉时要用手按住螺钉并慢慢放松;

5）取下静铁芯缓冲绝缘纸片及静铁芯;

6）取下静铁芯支架及缓冲弹簧;

7）拔出线圈接线端的弹簧夹片,取下线圈;

8）取下反作用弹簧;

9）取下衔铁和支架;

10）从支架上取下动铁芯定位销;

11）取下动铁芯及缓冲绝缘纸片。

（2）交流接触器拆卸后的检修

1）检查灭弧罩有无破裂或烧损,清除灭弧罩内的金属飞溅物和颗粒;

2）检查触头磨损程度,磨损严重时应更换触头。若不需更换,则清除触头表面烧毛的颗粒;

3）清除铁芯端面的油垢,检查铁芯有无变形及端面接触是否平整;

4）检查触头压力弹簧及反作用弹簧是否变形或弹力不足,如有需要则更换弹簧;

5）检查电磁线圈是否有短路、断路及发热变色现象。

（3）交流接触器拆卸后重新装配

按拆卸的逆顺序进行装配。

（4）交流接触器装配后自检

1）用万用表欧姆档检查线圈及触头是否良好;

2）用兆欧表测量各触头间及主触头对地电阻是否符合要求;

3）用手按动主触头检查运动部分是否灵活,以防产生接触不良、振动和噪声。

第六节　继　电　器

继电器是一种传递信号的电器。继电器的输入信号可以是电压、电流等电学量,也可以是热、速度和液体压力等非电学量。在这些信号作用下信号动作,输出信号,使其他电器通电或断电。因为继电器的电磁系统和触头的形状较小,所以虽然分断能力小,但却具有动作迅速准确、反应灵敏、工作可靠等特点。

一、中间继电器

中间继电器是用来增加控制电路中的信号数量或将信号放大的继电器。其输入信号是线圈的通电和断电,输出信号是触头的动作,其触头较多,但无主辅触头之分,各对触头允许通过的电流多为5 A,可用来控制多个元件或回路。

中间继电器的型号及含义如图 3-49 所示。

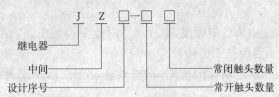

图 3-49 中间继电器的型号及含义

图 3-50 中间继电器图形符号与文字符号

中间继电器在电气线路中的图形符号与文字符号如图 3-50 所示。

中间继电器的结构如图 3-51 所示。其触头采用双断点桥式结构,上下两层各有四对触头,下层触头只能是常开触头。八对触头可按 8 常开、6 常开 2 常闭及 4 常开 4 常闭组合。

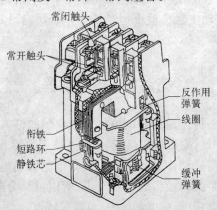

图 3-51 JZ7 系列中间继电器的结构

1. 中间继电器的工作过程

中间继电器的结构及工作原理都与接触器基本相同,只是触头电流大小及有无主、辅触头的区别。当主电路工作电流小于 5 A 时,甚至可用中间继电器来代替接触器,以降低成本。中间继电器的工作过程简单表述如下:

KA 线圈得电──→衔铁吸合┬─→常闭触头先分断(断开某电路)
　　　　　　　　　　　　└─→常开触头后闭合(接通另一电路)

KA 线圈失电──→衔铁释放──→各触头复位

2. 中间继电器的选用

中间继电器主要依据被控制电路的电压等级、所需触头数量、种类、容量等要求来选择。常用中间继电器的技术数据见表 3 - 14,以便初学者选择。

表 3 - 14　中间继电器的技术数据

型　号	电压种类	触头电压(V)	触头额定电流(A)	触头组合		通电持续率(%)	吸引线圈电压(V)	吸引线圈消耗功率	额定操作频率(次/h)
				常开	常闭				
JZ7—44 JZ7—62 JZ7—80	交流	380	5	4 6 8	4 2 0	40	12、24、36 48、110、 127、380、 420、440、 500	12 V · A	1 200
JZ14—□□J/□	交流	380	5	6 4	2 4	40	110、127 220、380 24、48	10 V · A	2 000
JZ14—□□Z/□	直流	220	5	2	6		110、220	7 W	
JZ15—□□J/□	交流	380	10	4	2	40	36、127 220、380 24、48、	11 V · A	1 200
JZ15—□□Z/□	直流	220		2	6		110、220	11 W	

3. 中间继电器的安装、使用、常见故障及处理技术

中间继电器的安装、使用、常见故障及处理方法都与接触器相

似,此处不再重复,可参照接触器处理。

二、热继电器

热继电器是利用流过继电器的电流所产生的热效应而反时限动作(即延时动作时间随通过电路的电流的增加而缩短)的继电器。主要用于电动机的过载保护、断相保护、电流不平衡运行的保护及其他电气设备发热状态的控制。

热继电器的形式有多种,其中双金属片式应用最多。其分类如下:

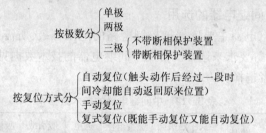

热继电器的型号及含义如图3-52所示。

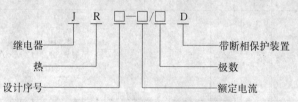

图3-52　热继电器的型号及含义

热继电器在电气线路中的图形符号与文字符号如图3-53所示。

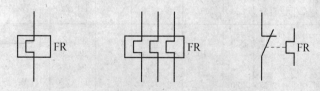

图3-53　热继电器图形符号与文字符号

图3-53中左面是热继电器热驱动器件符号,在元件符号"方

框"中间加上热效应符号"ᒣ"组成。右面是它的常闭触头符号,由一般的常闭触头符号加热执行操作符号"— ᒣ"组成。二者分别接在主电路和控制电路中,文字符号均为 FR。

1. 常用热继电器的结构

目前我国在生产中常用的热继电器有国产的 JR16、JR20 等系列及引进的 T 系列、3VA 系列等。以 JR16 系列为例作一简单介绍。

JR16 系列热继电器的外形及结构如图 3 - 54 所示。主要由热元件、动作机构、触头系统、电流整定装置、复位机构和温度补偿元件等部分组成。

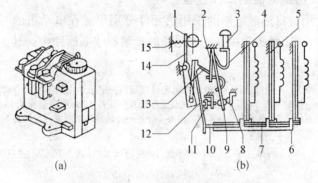

图 3 - 54 JR16 系列热继电器

(a) 外形   (b) 结构

1—电流调节凸轮;2—片簧;3—手动复位按钮;4—弓簧;5—主双金属片;
6—外导板;7—内导板;8—静触头;9—动触头;10—杠杆;11—复位调节螺钉;
12—温度补偿双金属片;13—推杆;14—连杆;15—压簧

热继电器各组成部分功能如下:

(1) 热元件   热继电器的主要组成部分,由主双金属片和绕在外面的电阻丝组成。其中主双金属片由两种热膨胀系数不同的金属片复合而成。

(2) 动作机构   利用杠杆传递及弓簧式瞬跳机构,保证触头动作的迅速、可靠。

（3）触头系统　为单断点弓簧式跳跃式动作，一般为一个常开触头，一个常闭触头。

（4）电流整定装置　通过旋钮和电流调节轮调节推杆间隙，改变推杆移动距离，达到调节整定电流值。

（5）温度补偿元件　双金属片，受热弯曲的方向与主双金属片一致，能保证热继电器的动作特性在$-30°\sim40℃$的环境温度范围内基本上不受周围介质温度的影响。

（6）复位机构　有手动和自动两种形式，可根据使用要求通过复位调节螺钉来自由调整选择。一般自动复位的时间不大于$5\ min$，手动复位时间不大于$2\ min$。

2. 热继电器的工作过程

使用时将热继电器的三相热元件分别串接在电动机的三相主电路中，常闭触头串接在控制电路的接触器线圈回路中。其工作过程如下：

（1）动作　电动机过载→主电路电流超过额定值→电阻丝发热→主双金属片受热向右弯曲→推动导板6和7向右移动→温度补偿双金属片12右移带动推杆13绕轴转动→触头系统动作，动触头9与常闭静触头8分开→接触器线圈断电→接触器主触头断开→电动机失电获保护。

（2）复位　热元件冷却　双金属片复原

　　　　→调节螺钉外旋，手动复位：按下手动复位按钮→触头复位
　　　　→调节螺钉内旋，自动复位

（3）温度补偿　环境温度变化

　　　　→主双金属片产生形变误差
　　　　→温度补偿金属片产生补偿形变误差
　　　　　　　　　　　　　　　　　消除温度影响

JR16系列热继电器有普通型和带断相保护装置型两类，三相异步电动机的电源或绕组断相是导致电动机过热烧毁的主要原因之一。绕组接成△形运行的电动机的断相保护只能使用带断相保护装置的热继电器而不能使用普通型。带断相保护装置的热继电器的热元件也是采用双金属片，保护原理相似，这里不再详述。

3. 热继电器的选用

热继电器可按照以下条件选用：

1) 热继电器的额定电流略大于电动机的额定电流。

2) 根据需要的整定电流值选择热元件的电流等级。一般情况下,热元件的整定电流值为电动机额定电流值的 0.95~1.05 倍。若电动机所带为冲击性负载或启动时间较长及拖动的设备不允许停电,则整定电流可取电动机额定电流的 1.1~1.5 倍。若电动机过载能力较差,则整定电流可取电动机额定电流的 0.6~0.8 倍。同时,整定电流应留有一定的上下限调整范围。

3) 定子绕组作 Y 形连接的电动机可选用普通型,而作 △ 形连接的电动机应选带断相保护装置的三相热继电器。

常用热继电器的主要技术规格见表 3-15。

表 3-15 常用热继电器的主要技术规格

| 型号 | 额定电压(V) | 额定电流(A) | 相数 | 热 元 件 | | | 断相保护 | 温度补偿 | 复位方式 | 动作灵活性检查装置 | 动作后的指示 | 触头数量 |
				最小规格(A)	最大规格(A)	挡数						
JR16 (JR0)		20	3	0.25~0.35	14~22	12	有					
		60	3	14~22	10~63	4						
		150	3	40~63	100~160	4		手动或自动	无	无	1常闭、1常开
JR15	380	10		0.25~0.35	6.8~11	10	有					
		40	2	6.8~11	30~45	5	无					
		100		32~50	60~100	3						
		150		68~110	100~150	2						
JR20	660	6.3	3	0.1~0.15	5~7.4	14	无					
		16		3.5~5.3	14~18	6						
		32		8~12	28~36	6						
		63		16~24	55~71	6	有	手动或自动	有	有	1常闭、1常开
		160		33~47	144~170	9						
		250		83~125	167~250	4						
		400		130~195	267~400	4						
		630		200~300	420~630	4						

JR16(JR0)系列热继电器热元件等级见表 3-16。

表 3-16　JR16 系列热继电器热元件的等级

型　　号	额定电流 (A)	热 元 件 等 级	
		额定电流(A)	刻度电流调节范围(A)
JR0—20/3 JR0—20/3D JR16—20/3 JR16—20/3D	20	0.35 0.5 0.72 1.1 1.6 2.4 3.5 5.0 7.2 11 16 22	0.25~0.3~0.35 0.32~0.4~0.5 0.45~0.6~0.72 0.68~0.9~1.1 1.0~1.3~1.6 1.5~2.0~2.4 2.2~2.8~3.5 3.2~4.0~5.0 4.5~6.0~7.2 6.8~9.0~11.0 10.0~13.0~16.0 14.0~18.0~22.0
JR0—40/3 JR16—40/3D	40	0.64 1.0 1.6	0.4~0.64 0.64~1.0 1~1.6

4. 热继电器安装、使用技术

热继电器的安装与使用见表 3-17。

表 3-17　热继电器的安装与使用

项　　目		要　　　　　求		
安装	按说明书规定的方式安装	安装处的环境温度应与电动机所处的环境温度基本相同。与其他电器安装在一起时,应注意将热继电器安装在其他电器的下方		
	清除尘污	安装时要清除触头表面尘污,以免因接触电阻过大或电路不通而影响动作性能		
	接线	发热元件串接在主电路中,常闭触头串接在控制电路中,导线选择要求如下: **热继电器导线选择要求**		
		热继电器额定电流(A)	连接导线截面积(mm²)	连接导线种类
		10	2.5	单股铜芯塑料线
		20	4	单股铜芯塑料线
		60	16	多股铜芯橡皮线

项　目		要　　　　求
使用	通电校验	1) 使用中的热继电器应定期通电校验 2) 发生短路故障后,检查热元件是否发生永久变形,若已变形,则需通电校验。因热元件变形或其他原因致使动作不准确时,只能调整其可调部分,严禁弯折热元件
	确定复位方式	热继电器出厂时均调整为手动复位方式,如需自动复位,将复位螺钉顺时针方向旋转 3~4 圈,并稍加拧紧
	保养	定期用布擦净尘埃和污垢,若发现双金属片上有锈斑,应用清洁棉布蘸汽油轻轻擦除,严禁用砂纸打磨

5. 热继电器常见故障、原因及处理技术

(1) 热元件烧断　可能是① 负载侧短路,电流过大——排除故障,更换热继电器。② 操作频率过高——更换参数合适的热继电器。

·　(2) 热继电器不动作　可能是① 热继电器的额定电流值选用不合适——按保护容量合理选用。② 整定电流值偏大——合理调整整定电流值。③ 动作触头接触不良——消除触头接触不良因素。④ 热元件烧断或脱焊——更换热继电器。⑤ 动作机构卡阻——消除卡阻因素。⑥ 导板脱出——将导板重新放入并调试。

(3) 热继电器动作不稳定,时快时慢　可能是① 热继电器内部机构某些部件松动——将这些部件加以紧固。② 在检修中弯折了双金属片——用两倍电流预试几次或将双金属片拆下热处理(一般约240℃)以去除内应力。③ 通电电流波动太大,或接线螺钉松动——检查电源电压或拧紧接线螺钉。

(4) 热继电器动作太快　可能是① 电流整定值偏小——合理调整整定电流值。② 电动机启动时间过长——按启动时间要求,选择具有合适的可返回时间的热继电器或在启动过程中将热继电器短接。③ 连接导线太细——选用符合标准的导线。④ 操作频率过高——更换合适的型号。⑤ 使用场合有强烈冲击和振动——选用带防振动冲击的热继电器、采取防振动措施。⑥ 可逆转换频

繁——改用其他保护方式。⑦ 安装热继电器处与电动机处环境温差太大——按两地温差情况配置适当的热继电器。

（5）主电路不通　可能是① 热元件烧断——更换热元件或热继电器。② 接线螺钉松动或脱落——紧固接线螺钉。

（6）控制电路不通　可能是① 触头烧坏或动触头片弹性消失——更换触头或簧片。② 可调整式旋钮转到不合适的位置——调整旋钮或螺钉。③ 热继电器动作后未复位——按动复位按钮。

6. 热继电器校验技术

热继电器在安装前、使用中及修理后都要进行校验,看其触头动作时间与电流整定值之间是否符合要求。若不符合要求则应通过校验调整至符合要求方可使用。图 3－55 所示即为热继电器校验电路。图中,调节 TC1 时,TC2 会输出不同电压,使通过热继电器 FR 的热元件上的电流发生变化。当通过 FR 热元件的电流小于其整定值时,FR 的触头不动作,指示灯 HL 亮;当通过 FR 热元件的电流大于整定值并经一段时间后,FR 的触头动作,指示灯 HL 熄灭;当通过 FR 热元件的电流为额定电流时,一小时内继电器应不动作,否则应将调节旋钮向整定值大的方向旋动。

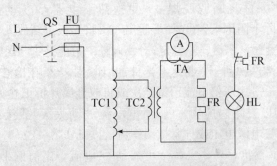

图 3－55　热继电器校验电路图

校验调整步骤如下:

1) 将调压变压器输出调至零位,热继电器置于手动复位状态并将整定值钮调整至额定值处。

2）合上电源开关 QS(指示灯 HL 亮)。

3）将调压变压器输出电压从零逐渐调高，使通过热继电器的电流升到额定值，此时热继电器应不会动作(至少 1 h 内不动作，否则调整整定值。

4）将电流升至 1.2 倍额定电流，热继电器应在 20 min 内动作，指示灯 HL 熄灭；若 20 min 内不动作，则将整定值调小。

5）将电流调至零，待热继电器冷却并手动复位后，再调升电流至 1.5 倍额定值，热继电器应在 2 min 内动作。

6）将电流调至零，待热继电器冷却并手动复位后，快速调升电流至 6 倍额定值，分断 QS 再随即合上，其动作时间应大于 5 s。

三、时间继电器

时间继电器是自得到动作信号起到触头动作有一定延时时间且符合延时时间准确度要求的继电器。它广泛应用于需要按时间顺序进行控制的电气控制线路中。

常用的时间继电器主要有电磁式、电动式、空气阻尼式和晶体管式等。其优劣比较如表 3-18 所示。

表 3-18 各类时间继电器比较

类 别	价格	体积	重量	结构	延 时 时 间	延时精度
电磁式	低	大	大	简单	短(0.3～5.5 s)	高
电动式	贵	大	大	复杂	可调范围大(几 min～几 h)	高
空气阻尼式	低	小	轻	简单	中等(0.4～180 s)	低
晶体管式	适中	小	轻	简单	可调范围较大(0.1 s～1 h)	高

目前在电力拖动系统中应用较多的是空气阻尼式时间继电器，而晶体管式时间继电器的应用正在后来居上，日益广泛。本节仅介绍目前应用广泛的 JS7—A 系列空气阻尼式时间继电器。

JS7—A 系列空气阻尼式时间继电器型号及含义如图 3-56

所示。

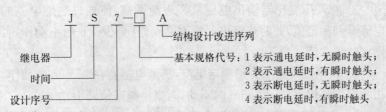

图 3-56 JS7—A 系列时间继电器型号及含义

时间继电器在电气线路中的图形符号及文字符号如图 3-57 所示。

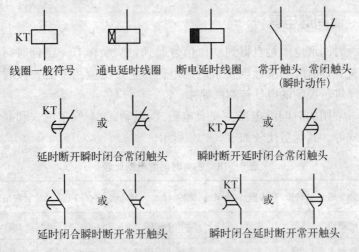

图 3-57 时间继电器的符号

1. JS7—A 系列空气阻尼式时间继电器的外形及结构

JS7—A 系列空气阻尼式时间继电器的外形和结构如图 3-58 所示。

时间继电器各组成部分功能如下：

（1）电磁系统 由线圈、铁芯和衔铁组成，提供电磁动力。

（2）触头系统 包括两对瞬时触头（一常开、一常闭）和两对延

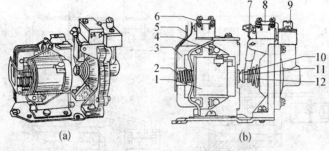

(a)   (b)

图 3 - 58 JS7—A 系列时间继电器的外形与结构

(a) 外形 (b) 结构

1—线圈；2—反力弹簧；3—衔铁；4—铁芯；5—弹簧片；6—瞬时触头；7—杠杆；
8—延时触头；9—调节螺钉；10—推杆；11—活塞杆；12—宝塔形弹簧

时触头(一常开、一常闭)，瞬时触头和延时触头分别是两个微动开关的触头，具有按顺序延时接通或断开电路的功能。

（3）空气室　为一空腔，由橡皮膜、活塞等组成。橡皮膜可随室内空气的增减而移动，顶部的调节螺钉可调节延时时间。

（4）传动机构　由推杆、活塞杆、杠杆及各种类型的弹簧等组成，用于传递动作信号。

（5）基座　用金属板制成，用以固定电磁系统和气室。

2. JS7—A 系列空气阻尼式时间继电器的工作过程

JS7—A 系列空气阻尼式时间继电器工作过程示意图如图 3 - 59 所示。其中(a)所示为通电延时型，(b)所示为断电延时型。

（1）通电延时型时间继电器的工作过程　当线圈 2 通电后，铁芯 1 产生电磁吸力，衔铁 3 克服反力弹簧 4 的阻力带动推板 5 立即与铁芯吸合，推板压合微动开关 SQ2，使其常闭触头瞬时断开，常开触头瞬时闭合。与此同时活塞杆 6 在宝塔形弹簧 7 的作用下向上移动，带动与活塞 13 相连的橡皮膜向上运动，运动速度受进气孔 12 进气速度的限制。这时橡皮膜下面形成空气较稀薄的空间，与橡皮膜上面的空气形成压力差，对活塞向上移动产生阻尼作用。活塞杆带动杠杆 15 只能缓慢地移动。经过一段时间后活塞才能完成全部

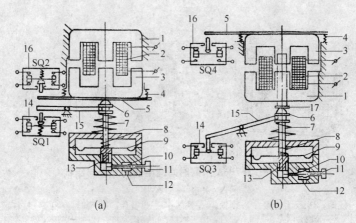

图 3-59 空气阻尼式时间继电器工作过程示意图

(a) 通电延时型　(b) 断电延时型

1—铁芯；2—线圈；3—衔铁；4—反力弹簧；5—推板；6—活塞杆；
7—宝塔形弹簧；8—弱弹簧；9—橡皮膜；10—螺旋；11—调节螺钉；
12—进气口；13—活塞；14、16—微动开关；15—杠杆；17—推杆

行程而压动微动开关 SQ1,使其常闭触头断开,常开触头闭合。由于从线圈得电到触头动作延时了一段时间,因此 SQ1 的两对触头分别被称为延时断开瞬时闭合的常闭触头和延时闭合瞬时断开的常开触头。其延时时间取决于进气的快慢,旋动调节螺钉 11 可调节进气孔的大小,从而达到调节延时时间长短的目的。

当线圈 2 断电时,衔铁 3 在反力弹簧 4 的作用下,通过活塞杆 6 将活塞推向下端,这时橡皮膜 9 下方腔内的空气通过橡皮膜 9、弱弹簧 8 和活塞 13 局部所形成的单向阀迅速从橡皮膜上方的气室缝隙中排掉,使微动开关 SQ1、SQ2 的各对触头均瞬时复位。

(2) 断电延时型时间继电器的工作过程　JS7—A 系列断电延时型和通电延时型时间继电器的组成元件是通用的。如果将通电延时型时间继电器的电磁机构翻转 180°安装即成为断电型时间继电器。工作过程不再详述,读者可根据图 3-59(b)自行分析。

3. 时间继电器的选用

(1) 在延时精度不高的场合,可选价格较低的 JS7—A 系列空

气阻尼式时间继电器。反之,在精度要求较高的场合,可选用晶体管式时间继电器。

(2) 根据控制电路的要求选择时间继电器的延时方式,还必须考虑线路对瞬时动作触头的要求。

(3) 根据控制线路的控制电压选择时间继电器吸引线圈的电压。

JS7—A 系列空气阻尼式时间继电器的技术数据见表 3 - 19,供初学者选用。

表 3 - 19　JS7—A 系列空气阻尼式时间继电器的技术数据

型　号	瞬时动作触头对数		有延时的触头对数				触头额定电压(V)	触头额定电流(A)	线圈电压(V)	延时范围(s)	额定操作频率(次/h)
			通电延时		断电延时						
	常开	常闭	常开	常闭	常开	常闭					
JS7—1A	—	—	1	1			380	5	24、36、110、127、220、380、420	0.4～60 及 0.4～180	600
JS7—2A	1	1	1	1							
JS7—3A	—	—			1	1					
JS7—4A	1	1			1	1					

4. 时间继电器的安装、使用技术

时间继电器的安装与使用方法见表 3 - 20。

表 3 - 20　时间继电器的安装与使用

项　目		要　　求
安装	按说明书规定的方式安装	无论是通电延时型还是断电延时型,都必须使继电器在断电释放时衔铁的运动方向垂直向下,其倾斜度不超过 5°
	接线	除按要求连接好线圈和触头的接线外,其金属板上的接地螺钉必须与接地线可靠连接,确保使用安全
使用	整定延时时间	在不通电时预先整定好,并在试车时校正
	延时形式	通电延时型和断电延时型可在整定时间内自行调换
	维护	要经常清除灰尘及油污,否则,延时误差将增大

5. JS7—A 系列空气阻尼式时间继电器常见故障、原因及处理技术

JS7—A 系列空气阻尼式时间继电器触头系统和电磁系统的故障及处理方法可参看第五节有关内容。其他常见故障、原因及处理方法如下：

（1）延时触头不动作　可能是① 电磁线圈断线——更换线圈。② 电源电压过低——调高电源电压。③ 传动机构卡住或损坏——排除卡住故障或更换部件。

（2）延时时间缩短　可能是① 气室装配不密封、漏气——修理或更换气室。② 橡皮膜损坏——更换橡皮膜。

（3）延时时间变长　可能是气室内有灰尘,使气道阻塞——清除气道内灰尘,使气道畅通。

6. 时间继电器的检修与校验技术

（1）JS7—2A 型时间继电器触头整修技术　按以下步骤对触头进行整修。

1）松下延时或瞬时微动开关的紧固螺钉,取下微动开关。

2）均匀用力慢慢撬开并取下微动开关盖板。

3）小心取下动触头及附件,防止用力过猛而弹失小弹簧和薄垫片。

4）进行触头修整,整修时不允许用砂纸或其他研磨材料,而应使用锋利的刀刃或细锉修平,然后用净布擦净,不得用手指直接接触触头或用油类润滑,以免沾污触头。整修后的触头应做到接触良好。若无法修复应掉换新触头。

5）按拆卸的逆顺序进行装配。

6）手动检查微动开关的分合是否瞬时动作,触头接触是否良好。

（2）JS7—2A 型改装成 JS7—4A 型（通电延时型改装成断电延时型）　按以下步骤进行改装。

1）松开线圈支架紧固螺钉,取下线圈和铁芯总成部件。

2）将总成部件沿水平方向旋转 180°后,重新旋上紧固螺钉。

3）观察延时和瞬时触头的动作情况,将其调整在最佳位置上。

调整延时触头时,可旋松线圈和铁芯总成部件的安装螺钉,向上或向下移动后再旋紧。调整瞬时触头时,可松开安装瞬时微动开关底板上的螺钉,将微动开关向上或向下移动后再旋紧。

4) 旋紧各安装螺钉,进行手动检查,若达不到要求须重新调整。

(3) 检修和改装后的通电校验 时间继电器经过检修或改装后,首先要进行手动检查与调整,还需经过通电校验,确认工作状态良好后方可投入使用。通电校验电路如图 3-60 所示。

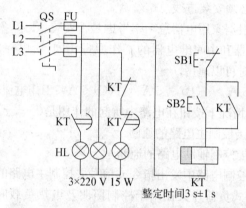

图 3-60 JS7—A 系列时间继电器校验电路图

校验步骤如下:

1) 首先将时间继电器紧固在控制板上并可靠接地,确保操作安全。

2) 将整修和装配好的时间继电器按图 3-60 所示连入线路,进行通电校验。

3) 在 1 min 内通电频率不少于 10 次,各触点工作良好,吸合时无噪声,铁芯释放无延缓,并且每次动作的延时时间一致,即为校验合格。

[⋯ 复 习 思 考 题 ⋯]

一、选择题

1. 开启式负荷开关、封闭式负荷开关、组合开关都可用于"供手动不频繁地接通和分断电路"。所以（　　）。

（A）可以通用

（B）不能通用

（C）在一定条件下可以通用

2. 由于低压断路器具有短路、过载和失压保护功能,故在安装家用配电线路时若安装了低压断路器（　　）。

（A）就可不安装进线总熔丝盒

（B）仍必须安装进线总熔丝盒

（C）可根据家用电器总功率考虑是否安装总熔丝盒

3. 接触器和中间继电器的工作原理相同,所以在主电路工作电流（　　）时可以通用。

（A）<5 A 　　（B）>5 A 　　（C）5 A$<$工作电流$<$10 A

4. 一般情况下按钮在电路中所起的作用是（　　）。

（A）直接控制主电路的通断

（B）直接控制辅助电路的通断

（C）在控制电路中发出指令或信号去控制主电路的通断

5. 封闭式负荷开关在用于控制照明及电热负载时,开关额定电流选用原则是（　　）。

（A）不小于功率最大的电热负载的额定电流

（B）不小于所有负载的额定电流之和

（C）不小于最大电热负载额定电流的 3 倍

6. 组合开关在控制小功率电动机正反转时,应（　　）。

（A）直接从正转位置拨向反转位置

（B）每小时通断次数不超过 15～20 次

（C）可频繁进行通断操作

7. 低压断路器在控制电动机电路时,其瞬时脱扣整定电流应（　　）。

（A）略大于电动机启动电流

（B）应$\geqslant(1.5～1.7)$电动机启动电流

（C）应$\geqslant$3 倍电动机启动电流

8. 对于单台频繁启动或启动时间较长的电动机,选择熔体额定电流应≥( )倍电动机额定电流。

(A) 1.1　　　　　　(B) 1.5～2.5　　　　　(C) 3～3.5

9. 快速熔断器的主要作用是( )。

(A) 保护半导体功率元件

(B) 保护小功率电动机

(C) 保护人身安全

10. 某机械设备具有上、下、左、右、松、紧等工作状态,六个按钮应如下分组安装( )。

(A) 上、下;左、右;松、紧三组

(B) 上、前、松;下、后、紧二组

(C) 上、下、前;后、松、紧二组

11. 能远距离频繁地接通或断开主电路的器件是( )。

(A) 行程开关　　　　(B) 按钮　　　　　　(C) 交流接触器

12. 某些交流接触器采用栅片灭弧方法,其原理是( )。

(A) 拉长电弧使其迅速冷却

(B) 增加电弧接触面使其快速冷却

(C) 使分段后的每段电压低于燃弧电压

13. 带有断相保护装置的热继电器主要用于( )。

(A) 保护 Y 形接法的电动机

(B) 保护△形接法的电动机

(C) 两种接法的电动机都必须用它来进行保护

14. 一般情况下,热继电器热元件的整定电流值应选择为电动机额定电流值的( )倍。

(A) 0.95～1.05　　(B) 1.1～1.5　　　　(C) 0.6～0.8

15. 目前广泛使用的 JS7—A 系列空气阻尼式时间继电器的最大优点是( )。

(A) 价格低、体积小、重量轻、结构简单

(B) 延时精度高

(C) 延时时间可调范围大

二、问答题

1. 如何选用开启式负荷开关？

2. 封闭式负荷开关的操作机构有什么特点？

3. 组合开关的用途有哪些？

4. 低压断路器有哪些优点？

5. DZ 型低压断路器主要由哪几部分组成？

6. 低压断路器有哪些保护功能，分别有哪些部件完成？

7. 画出负荷开关、组合开关及低压断路器的图形符号，并注明文字符号。

8. 熔断器主要由哪几部分组成，各有什么作用？

9. 常用的熔断器有哪几种类型？

10. RL1 系列螺旋式熔断器有何特点，适用于哪些场合？

11. RM10 系列无填料封闭管式熔断器的结构有何特点？

12. 主令电器的作用是什么，常用的有哪几种类型？

13. 行程开关有哪些不同形式，如何选用？

14. 交流接触器主要由哪几部分组成？

15. 交流接触器动作时，常开和常闭触头的动作顺序是怎样的？

16. 什么是电弧，它有哪些危害？

17. 交流接触器常用的灭弧方法有哪几种？

18. 简述交流接触器的工作原理。

19. 什么是热继电器，它有哪些用途？

20. 简述热继电器的主要结构。

21. 为什么热继电器不能作短路保护？

22. 中间继电器与交流接触器有什么区别，什么情况下可用中间继电器代替交流接触器使用？

23. 简述空气阻尼式时间继电器的结构。

24. 如何将通电延时型空气阻尼式时间继电器改装成断电延时型？

25. 时间继电器检修或改装后如何校验？

三、计算题

1. 某公司有三间办公室,每间内安装有 100 W 白炽灯两盏,1 600 W电热取暖器一台。问该公司配电板上熔断器内的熔丝该如何选择?

2. 某机床电动机的型号为 Y132M1—6,定子绕组为△接法,额定功率为 4 kW,额定电流为 9.4 A,额定电压为 380 V,要对该电动机进行过载保护,试选择热继电器的型号、规格。

第4章 三相笼型交流异步电动机

本章着重讲述：1. 三相笼型异步电动机的识别

2. 三相笼型异步电动机结构及工作过程

3. 三相笼型异步电动机的选用、安装、使用维护技术

4. 三相笼型异步电动机常见故障及检修技术

5. 三相笼型异步电动机的拆卸与装配技术

电动机是一种将电能转换成机械能，并输出机械转矩的动力设备，应用十分广泛。其分类如下：

电动机
- 交流电动机
  - 同步电动机
  - 异步电动机
    - 单相
    - 三相
- 直流电动机
  - 他励式电动机
  - 自励式电动机
    - 串励式
    - 并励式
    - 复励式

三相笼型交流异步电动机由于结构简单、坚固耐用、维护方便、启动容易以及成本较低，得到了非常广泛的应用。

三相异步电动机的外形如图 4-1 所示。

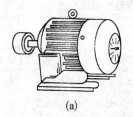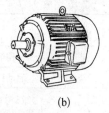

(a)　　　　　　　　　　　(b)

图 4-1　三相异步电动机外形

(a) JO₂ 系列　(b) Y 系列

三相异步电动机的型号及含义如图 4-2 所示。

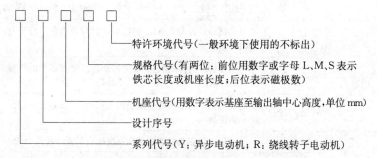

特许环境代号(一般环境下使用的不标出)

规格代号(有两位：前位用数字或字母 L、M、S 表示
铁芯长度或机座长度；后位表示磁极数)

机座代号(用数字表示基座至输出轴中心高度,单位 mm)

设计序号

系列代号(Y：异步电动机；R：绕线转子电动机)

图 4-2　三相异步电动机的型号及含义

三相异步电动机在电气线路中的图形符号及文字符号如图 4-3 所示。

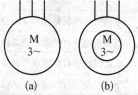

(a)　　　　　(b)

图 4-3　三相异步电动机符号

(a) 三相笼型异步电动机　(b) 三相绕线式异步电动机

一、三相异步电动机的分类

1. 三相异步电动机的分类

三相异步电动机分类见表 4-1。

表 4-1　三相异步电动机的分类

分类方式	类　别	特　　　　点
按转子绕组形式	笼　型	结构简单、价格低廉、坚固耐用、使用维护方便
	绕线型	启动性能好,能在额定转速的范围内平稳调速
按电动机尺寸	大　型	16 号以上机座,或机座中心高度大于 630 mm,或定子铁芯外径大于 990 mm,或容量在 1 250 kW 以上
	中　型	11～15 号机座,或机座中心高度在 355～630 mm 之间;或定子铁芯外径在 560～990 mm 之间,或容量为 100～1 250 kW
	小　型	10 号及以下机座,或机座中心高度在 80～315 mm 之间,或定子铁芯外径在 120～500 mm 之间,或容量为 0.6～125 kW
按机壳防护形式	开启式 IP11	电动机除必要的支承结构外,对于转动及带电部分没有专门的保护
	防护式 IP22	电动机机座内部的转动部分及带电部分有必要的机械保护,以防止意外的接触,但并不妨碍通风
	封闭式 IP44	电动机机座的结构能够阻止机壳内外空气的自由交换,但不能密封
按通风冷却方式	自冷式	电动机仅依靠表面的辐射和空气的自然流动获得冷却
	自扇冷式	电动机由本身驱动的风扇供给冷却空气,使电动机冷却
	他扇冷式	供给冷却空气的风扇独立于电动机之外
	管道通风式	冷却空气经过管道引入或排出电动机,风机可以是自扇冷式,也可以是他扇冷式
按绝缘等级	A　级	电动机绝缘材料能承受的温度为 105～120℃
	E　级	电动机绝缘材料能承受的温度为 120～130℃
	B　级	电动机绝缘材料能承受的温度为 130～155℃
	F　级	电动机绝缘材料能承受的温度为 155～180℃
	H　级	电动机绝缘材料能承受的温度为 180℃以上
工作定额	连续定额 S1	电动机在铭牌规定的额定条件下,能连续长时间运行
	短时定额 S2	电动机在铭牌规定的额定条件下,只能在限定的时间内短时运行
	断续定额 S3	电动机在铭牌规定的额定值下只能断续周期性运行

2. 三相异步电动机铭牌及含义

三相异步电动机铭牌如图 4-4 所示。

三相异步电动机		
型号：Y—112M—4	功率：4.0 kW	频率：50 Hz
电压：380 V	电流：8.8 A	接法：△
转速：1 440 r/min	效　率	功率因数
工作制：连续	绝缘等级：B 级	质量：45 kg
标准编号	出厂编号	年　月
××电机厂		

图 4-4　三相异步电动机铭牌

三相异步电动机铭牌内容的含义见表 4-2。

表 4-2　铭牌内容的含义

内　容	说　　　　明
额定功率	额定运行时电动机轴上输出的额定机械功率，单位 kW
额定电压	电动机在额定工作状况下工作时，定子线端输入的线电压。一般不应超过线电压的±5%
额定电流	电动机在额定工作状况下运行时，定子线端输入的电流。即电动机的最大安全电流，长时间地超过电动机的额定电流值，会使绕组发热，甚至烧坏
接　法	电动机定子绕组与交流电源的连接方法。3 kW 及以下大多采用星形（Y）联结，4 kW 及以上采用三角形（△）联结
转　速	电动机在额定工作状态下，转子每分钟的转速
绝缘等级	电动机绝缘材料的等级，决定电动机的允许温升

3. 电动机的各种特殊环境代号

一些电动机是针对某种特殊环境而设计制造的，为便于区别，常用特殊代号表示。常用特殊代号及含义见表 4-3。

表 4-3 特殊环境代号及含义

代 号	含 义	代 号	含 义
G	"高原"用	T	"热带"用
H	"船"(海)用	TH	"湿热带"用
W	"户外"用	TA	"干热带"用
F	化工"防腐"用		

二、三相异步电动机的结构

三相笼型异步电动机主要由定子和转子两大部分组成,其结构如图 4-5 所示。

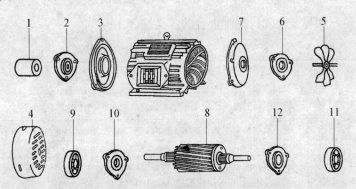

图 4-5 三相笼型异步电动机的结构图

1—带轮;2—前轴承外盖;3—前端盖;4—风罩;5—风扇;6—后轴承外盖;
7—后端盖;8—转子;9—前轴承;10—前轴承内盖;11—后轴承;12—后轴承内盖

1. 三相异步电动机定子结构及作用

三相异步电动机定子由定子铁芯、定子绕组和机座构成。它的作用是输入功率带动转子转动。

(1) 定子铁芯 定子铁芯是电动机磁路的一部分,用于嵌放定子绕组。为了减小定子铁芯中的涡流损耗,铁芯一般用 $0.35 \sim$ $0.5\,\text{mm}$、表面有绝缘层的硅钢片叠加而成,在铁芯片的内圆冲有均匀分布的槽,以嵌放定子绕组。如图 4-6 所示。

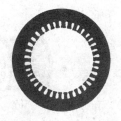

图 4-6　定子铁芯冲片

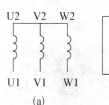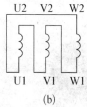

图 4-7　定子绕组接法

(a) 星形　(b) 三角形

(2) 定子绕组　定子绕组是电动机的电路部分,由三相对称绕组组成。三相绕组的各相绕组彼此独立,按互差 $120°$ 的电相角嵌放在定子槽内,并与铁芯绝缘。在定子绕组中通入三相对称交流电,就会产生旋转磁场,从而在转子上产生转矩。以 U1、V1、W1 分别代表三个绕组的首端,以 U2、V2、W2 分别代表三个绕组的末端。绕组通常用高强度漆包线绕制,通过接线盒可接成星形(Y)或三角形(△)。如图 4-7 所示。

(3) 机座　机座一般用铸铁或铸钢制成,其作用是固定定子铁芯和定子绕组,并通过前后两个端盖支撑转子轴。机座表面铸有散热片,以增大散热面积,提高散热效果。同时封闭式的机座能有效保护电动机电磁部分。机座上还装有吊鋈,便于吊装。

2. 三相异步电动机转子结构及作用

转子是电动机的旋转部分,它由转轴、转子铁芯和转子绕组三部分组成,它的作用是输出转矩。

(1) 转子铁芯　转子铁芯用以放置转子绕组,它可以固定在转轴上,使转子绕组能带动转子铁芯绕轴旋转而输出转矩。如图 4-8 所示。

(2) 转子绕组　转子绕组在定子绕组所产生的旋转磁场中切割磁感线产生转矩。笼型转子绕组是把裸铜条或铝条放入转子铁芯的槽内,在转子的两端分别焊接铜环或铝环,使所有的铜条或铝条相连接,如图 4-9(b)所示。小型电动机一般都采用铸铝笼型转子,即把熔化的铝浇铸在转子铁芯槽内。短路环与风叶也同时浇铸而成,如图 4-9(a)所示。

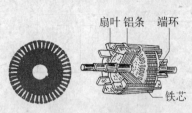

图 4-8　转子铁芯

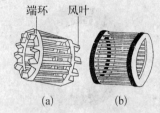

图 4-9　转子绕组

(a) 铸铝转子　(b) 铜条转子

　　(3)转轴　转轴的作用是支承转子铁芯和绕组,传递电动机输出的转矩,同时又保证定子与转子间有一定的均匀气隙。转轴穿过转子铁芯的中心,并将铁芯压固在转轴上,两端有轴承台,用来安装轴承,以便支承转子运转。转轴的一端还有键槽,用来固定带轮或联轴器。

三、三相异步电动机的工作过程

　　三相异步电动机的三相绕组在定子铁芯中互成 120°,因此当定子绕组中通入相位互差 120°的三相对称交流电后就会在定子空间产生一旋转磁场。转子导体在定子空间切割该磁场的磁感线,就在转子中产生感应电动势,又因转子是通过短路环形成闭合回路的,于是就在产生感应电动势的同时在转子回路中产生了感应电流。此感应电流在旋转磁场中受到磁场力的作用而产生转矩,经转子输出,带动负载工作。

　　电动机的转向取决于定子绕组所产生的旋转磁场的转向,而旋转磁场的转向又取决于接入电子绕组的三相交流电的相序。所以只要改变相序就可改变转向。而改变三相交流电相序的方法是:将接入电动机的三根相线中的任意两根相线的接头对换。

　　如果通入三相异步电动机的三相交流电断开一相,造成缺相运行,其余两相绕组的负担将明显增加,发出异常响声,此时必须立即切断电源检修,否则会因流过绕组的电流过大而将绕组烧毁。

四、三相异步电动机的选用

1) 电动机的选用必须适应各种不同机械设备和各种不同工作环境的需要。

2) 电动机功率要严格按机械设备的实际需要选用,不可任意增加或减小容量。

3) 在具有同样功率的情况下,要选用电流小的电动机。

4) 电动机的转速应根据机械设备的要求选用。

5) 电动机工作电压的选定,应以不增加启动控制设备的投资为原则。

6) 电动机温升的选择,应根据具体使用环境的实际要求,高温高湿及通风不良等环境应选用具有较高温升的电动机,因为电动机允许温度越高,价格也越高。

五、三相异步电动机的安装、使用维护技术

1. 三相异步电动机安装技术

一般中小型电动机大多安装在机械设备的固定底座上,无固定底座的,一定要安装在混凝土座墩上。

(1) 建造座墩 座墩外形如图 4-10 所示,其中 $H \geqslant 150$ mm, B 和 L 按电动机底座尺寸决定,但四周要放出 150 mm 的余量,以保证埋设的地脚螺栓有足够的强度。座墩应以混凝土浇注而成,且应先挖好并夯实基坑,防止基础下沉。

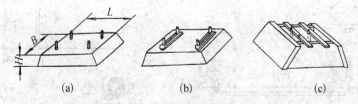

(a)　　　　　　　(b)　　　　　　　(c)

图 4-10　电动机的安装座墩及座墩浇注模板

(a) 直接安装墩　(b) 槽轨安装墩　(c) 座墩浇注模板

（2）制作地脚螺栓　为保证埋设牢固,用来做地脚螺栓的六角头一端要做成人字形开口,如图4-11所示。埋入长度一般是螺栓直径的10倍左右,人字形开口长度约是埋入长度的一半左右。小型电动机固定安装也可用钢膨胀螺栓,安装较为简便。

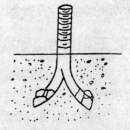

图4-11　地脚螺栓的埋设

（3）电动机与座墩的安装方法　安装时须在电动机与座墩间衬垫一层质地坚韧的木板或硬橡皮等防振物;四个紧固螺栓上都要套弹簧垫圈;拧紧螺栓时要按对角线交错依次逐步拧紧且每个螺母要拧得一样紧。电动机基座的安装如图4-12所示。

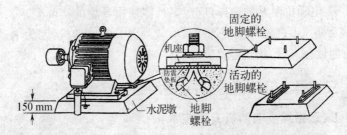

图4-12　三相笼型异步电动机基座的安装确定

（4）导线敷设　操作开关到电动机之间的连接导线要穿管(管口要套上木圈)加以保护并从地下埋管(用厚壁管)通过,如图4-13所示。

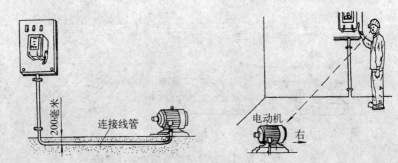

图4-13　连接线线管的埋设　　　图4-14　操作开关与电动机的布局

(5) 电动机的校正 电动机安装在底座上后,还必须进行水平校正,一般用水平仪放在转轴上进行,并用 0.5～5 mm 厚的钢片垫在机座下,来调整电动机的水平。

(6) 安装电动机操作开关 电动机操作开关必须安装在操作时能监视到电动机的启动和被拖动机械运转情况的位置上;各种机床的操作开关,必须装在最便于操作,又不易被人体或工件等触碰产生误动作的位置上。开关装在墙上时,宜装在电动机的右侧,如图 4-14 所示。

2. 电动机定子绕组首尾端的判断及接线

电动机三相绕组共有六个出线端,有些旧电动机由于接线板损坏或接线板字迹磨损模糊不清,使绕组首尾分不清。在接线前首先要将三相定子绕组的首尾分清,才能使接线准确。下面介绍两种常用的判断绕组首尾的方法。

(1) 用万用表判断首尾端 如图 4-15 所示。

1) 在接通开关 S 的瞬间,如万用表(mA 档)指针摆向大于零的一边,则电池"+"所接端线头与万用表"+"表笔所接端线头为同铭端,即同为头或尾。

2) 在接通开关 S 的瞬间,如万用表指针摆向小于零的一边,则电池"+"所接端线头与万用表"-"表笔所接端线头同为头或尾。

图 4-15 用万用表检查首尾端

(2) 用灯泡判断首尾端 如图 4-16 所示。

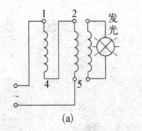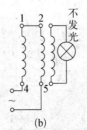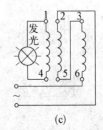

(a)   (b)   (c)

图 4-16 用灯泡检查首尾端

在分清属于同一相的两个线头之后,将任意两相串联起来,余下的一相接 6 V 灯泡,再把低压(36 V)交流电接入两相串联的绕组内,如灯泡亮,说明第一相和第二相绕组是首尾相连;若灯不亮,说明第一相和第二相绕组是首首(或尾尾)相连;以同样方法测试第三相的首尾端。

(3)电动机接线 在判定电动机首尾端的基础上进行接线。电动机机座上有一接线盒,盒内的接线柱上分别有三相定子绕组的六个出线端,还附有一块接线板,根据电动机铭牌上标定的接法,可把定子绕组接成 Y 或△。见图 4 - 17、图 4 - 18,其中(a)为线路图,(b)为接线原理图,(c)为实际接线图。

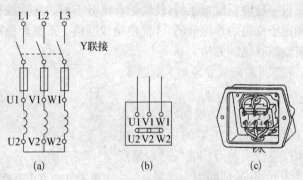

图 4 - 17 电动机 Y 接线

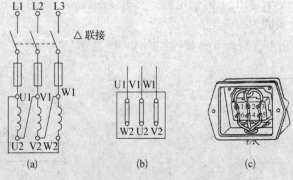

图 4 - 18 电动机△接线

3. 三相异步电动机的使用和维护

对电动机的正常使用和维护,是保证它稳定、可靠、经济运行的重要措施。这样不仅可以减少故障的发生,还能有效地延长设备使用寿命、提高使用效益。

(1)新安装或停用三个月以上的电动机的使用维护 该类电动机在开车前必须按使用条件进行必要的检查,检查合格方能运行。检查项目如下:

1)绝缘电阻。绕组绝缘电阻大于 1 MΩ 为合格,低于 0.5 MΩ 为不合格;重新更换的绕组的绝缘电阻不低于 5 MΩ。

2)电源。电源电压波动超出额定值+10%或−5%时,应改善电源条件后投运。电压过高或过低,都会给电动机运行带来不利影响。

3)启动、保护设备。接线是否正确;所配熔丝的型号是否合适;外壳接地是否良好。对 10 kW 以下小型三相异步电动机一般适用的熔丝规格见表4-4。

表4-4 小型三相异步电动机的熔丝选配规格

电动机容量(kW)	熔 丝 材 料	熔丝规格(mm)	熔丝额定电流(A)
0.6	铅、锡丝	$\phi 0.81$	3.75
0.8、1.0、1.1	铅、锡丝	$\phi 0.98$	5.0
1.5、1.7	铅、锡丝	$\phi 1.51$	10.0
2.2、2.8	铅、锡丝	$\phi 1.75$	12.0
3.0	铅、锡丝	$\phi 1.98$	15.0
4.0、4.5	铜丝	$\phi 0.60$	20.0
5.5	铜 丝	$\phi 0.70$	25.0
7.0	铜 丝	$\phi 0.80$	29.0
7.5	铜 丝	$\phi 0.90$	37.0
10.0	铜 丝	$\phi 1.00$	44.0

4) 安装。装配是否灵活、螺栓是否拧紧、轴承是否缺油、联轴器中心是否校正、安装是否正确、机组转动是否灵活、转动时有无卡阻和异常声音。

运行前检查合格后方可合闸启动。若合闸后电动机不转,应立即挂闸断电,故障排除后再启动电动机。电动机启动运转后,要注意它的噪声、振动情况及相应电压和电流。若有异常,应停机查明原因并进行处理。

(2) 运行中的电动机的维护 运行中的电动机不论是否出现故障,都要定期维护,维护分为大修和小修两种,小修属一般检修(一般每季度一次),大修应全部拆卸电动机,进行彻底的检查和清理(一般一年一次)。电动机的日常维护项目如下:

1) 监测电流与电压。① 电压不超出额定值+10%或-5%,三相电压不对称的差值也不应超过额定值的 5%,否则应减载或调整电源电压。② 电压一定时,电动机的正常运行电流直接反映了它的负载情况。负载过轻,容量不能得到充分利用,电动机运行效率较差;过载则会导致电动机发热加剧、温度过高,影响使用寿命,甚至烧毁。

2) 监测温升。① 若闻到焦煳味、看到冒烟或转速突然下降,必须立即停机检查。② 轴承部位温度升高、响声异常则可能是轴承缺油或磨损所致,应及时进行检查处理。③ 负载过重、电压变动、三相电流不平衡等都会引起电动机发热。

3) 监测振动情况。① 电动机正常运行时有均匀轻声,若运行中出现嗡嗡声(电流过大)、喀喀声(轴承损坏)等使电动机的振动不正常,应立即停车检修。② 当出现人身触电事故,电动机剧烈振动时,亦应立即停车处理。

4) 监测传动带松紧。电动机传动装置安装质量不好,带轮偏松或偏紧,都会增加电动机的负载,严重时会烧毁电动机的绕组和损坏电动机的轴承。

5) 监测绝缘电阻。经常用兆欧表测量线圈与线圈之间、线圈与机壳之间的绝缘性能是否良好。

6）常规检查。经常检查接线是否松动、接地是否良好、润滑油是否新鲜、轴承转动是否灵活。

7）负载检查。经常用钳形电流表测量电流，看三相负载是否对称、异步电动机内部是否出现故障。

六、三相异步电动机常见故障、原因及检修技术

1. 三相异步电动机常见故障、原因及排除方法

（1）绝缘电阻偏低 可能是：

1）绕组受潮——干燥绕组；

2）绝缘老化——更换新绝缘；

3）绝缘局部损坏——恢复损坏处绝缘；

4）绕组或接线板严重脏污——清除污垢。

（2）不能启动 可能是：

1）电源未接通或有一相未接通——检查开关触头、熔断器及导线接头，找出不通点并修复，若熔丝烧断则更换熔丝；

2）定子或转子绕组断路、定子绕组相间短路，接地或接线错误——找出断路点、短路点进行恢复，如是接线错误则及时改正；

3）绕线转子回路断路——查出断路点进行修复；

4）控制设备接线错误——对照接线图进行改接；

5）负载过重或机械零部件被卡阻——减轻负载或更换大功率电动机，排除卡阻故障；

6）失压脱扣损坏（或电源电压过低）——修复；

7）热继电器未复位——复位。

（3）启动时保护装置动作 可能是：

1）被驱动机械有故障——将机械故障排除；

2）电动机或线路短路——找出短路点并修复；

3）保护装置动作电流过小或动作时限过短——适当调大动作电流或延长动作时限；

4）绕组转子集电环直接短路——检查短路点，进行修复。

（4）外壳带电 可能是：

1) 未接地(零)或接地线头脱落,或接地线失效,或接零的零线中断——找出故障点,按规定接地;

2) 绕组受潮、绝缘电阻降低——进行干燥处理;

3) 绝缘局部损坏或相线触及外壳——修理或更换绝缘,重新接好引出线。

(5) 运行中有异常噪声 可能是:

1) 定子和转子相擦(扫膛)——找出相擦原因、校正转轴;

2) 断相运行——查出断相处并修复;

3) 轴承严重缺油或损坏——清洗轴承、加新油或更换轴承;

4) 转子绕组或铁芯松动——将松动处重新焊牢或紧固。

(6) 绕组过热或冒烟 可能是:

1) 负载过大——减轻负载或换用大容量电动机;

2) 缺相运行——检查熔断器,启动装置的触头及绕组,找出断路点并修复;

3) 定子绕组短路或接线错误——找出短路处并修复或改正接线;

4) 电压偏高或偏低——调整电源电压至正常值;

5) 绕线转子接头松脱或集电环短路片接触不良、笼型转子断条——找出接触不良处并修复或更换笼型转子;

6) 转子和定子严重相擦——校正转子铁芯或轴,或更换轴承;

7) 通风不良或环境温度过高——清除风道杂物,擦净机壳,修复或更换损坏的扇叶或采取降温措施;

8) 传动失灵(或卡住)——查出失灵环节,予以修复;

9) 定子铁芯硅钢片间绝缘损坏——更换定子铁芯或对铁芯进行绝缘处理或适当增加每槽的匝数;

10) 三相电压相差过大——调整三相负载,使其平衡。

(7) 轴承过热 可能是:

1) 装配不当使轴承受力不均——重新装配;

2) 轴承内有异物或缺油——清洗轴承并注入新润滑油;

3) 转轴弯曲,使轴承受到外应力或轴承损坏——矫正轴承或更换轴承；

4) 传动皮带过紧或联轴装配不良——调节皮带松紧适度,校正联轴器；

5) 轴承规格不合适——选配标准合适的新轴承。

(8) 转速低、转矩小　可能是：

1) △错接成 Y——改正接线；

2) 笼型的转子端坏,笼条断裂或脱焊——焊补修接断条或更换绕组；

3) 定子绕组局部断路或短路——找出故障处,进行处理或更换绕组；

4) 绕线转子的绕组断路——找出断路处,进行处理或更换绕组。

(9) 振动加剧　可能是：

1) 底座螺栓松动——重新紧固；

2) 联轴器轴线错位——重新调整；

3) 齿轮啮合错位——重新调整；

4) 平带装反——纠正装法；

5) 带轮松动——重新紧固。

2. 三相异步电动机主要故障修理

(1) 电动机绕组对地短路　打出槽楔,在接地点处撬动绕组垫入绝缘纸,如图 4-19 所示。然后用兆欧表测试,阻值在 0.5 MΩ以上时,剪去槽外多余的绝缘纸,打入槽楔,接线修复后再灌入绝缘漆烘干。操作时应注意修理对地短路的绕组时不得损伤邻近绕组导线的绝缘漆层。

绝缘纸

图 4-19　绕组接地修理

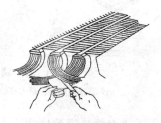

图 4-20　端部垫绝缘纸

（2）电动机绕组端部匝间短路　找出电动机端部匝间短路点后,可用理线板轻拨有故障的那相绕组的端部,并加垫绝缘材料处理,如图4-20所示。

（3）电动机绕组端部断线　端部断线线径在 1.5 mm 以下者,可采用单股绞接后再锡焊的方法;若线径较粗在 1.5 mm 以上,则用套筒连接:紫铜皮先烫锡,再弯成套筒,连接导线后焊锡。绕组端部断线,先从断线头穿入一段绝缘蜡管,然后除去线头

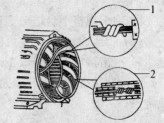

图 4-21　端部断线连接

漆层绝缘再相互连接,锡焊后将蜡管移到接头处,并绑扎在端部涂刷绝缘漆烘干,如图4-21所示(图中 1 为引出断线的焊接方法,2 为绝缘管移在接头位置上)。

（4）电动机绕组匝间短路　先烘烤定子,待绝缘软化后将故障线圈两端部匝与匝拨松,取出定子冷却,检查故障点。短路不严重时,可采取匝间包绝缘或垫绝缘的办法,若短路匝数超过故障线圈总匝数的 15％,则应剪除短路匝,在槽内穿绕新导线补匝,再将端部整形绑扎,灌入绝缘漆烘干,如图4-22所示。

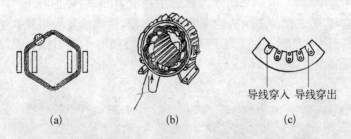

（a）　　　　　　　　　（b）　　　　　　　　　（c）

图 4-22　绕组匝间短路修理

（a）隔开短路点　（b）穿绕线圈　（c）双层绕组穿绕方法

（5）电动机修理后的绝缘恢复　可把电动机浸入漆槽中,也可

向绕组端部灌浇绝缘漆,但要灌浇 3～4 次,然后将电动机翻转再次灌浇,滴干后进烘箱烘烤,烘烤时间与绝缘电阻值见工艺参数表;也可用电流加热法,其烘烤电流控制在电动机额定电流的 50%,视其温度加以调节,如图 4‒23 所示。

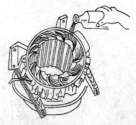

图 4‒23　浇灌绝缘漆

3. 三相异步电动机的故障分析

(1)电动机故障分析、检修的一般过程如图 4‒24 所示。

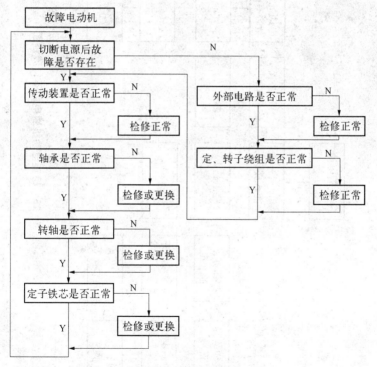

图 4‒24　电动机故障检修的一般过程

(2)几种常见故障的分析与检修

1)通电后,电动机不转故障的分析与检修程序如图 4‒25 所示。

2)电动机运转中噪声过大故障的分析、检修程序如图 4‒26 所示。

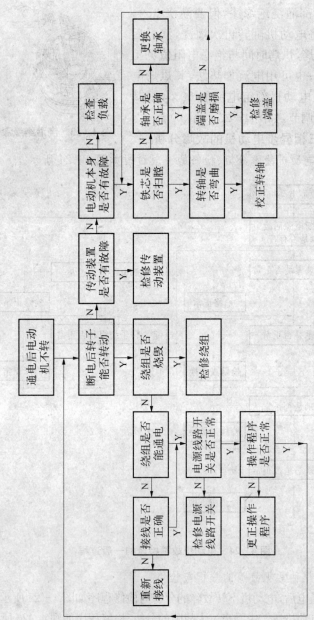

图 4－25　检查电动机通电后不转流程图

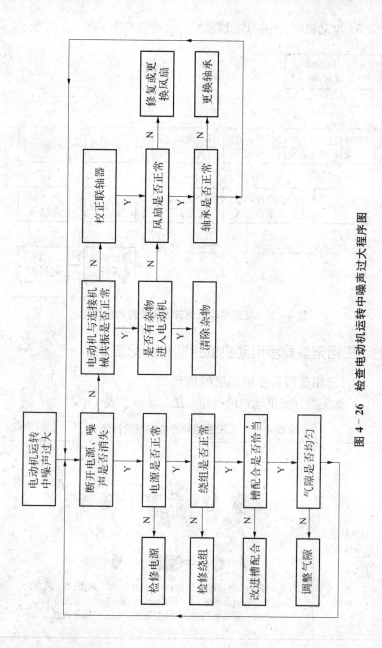

图 4-26 检查电动机运转中噪声过大过程图

3）电动机运转中温度过高的分析、检修程序如图 4 – 27 所示。

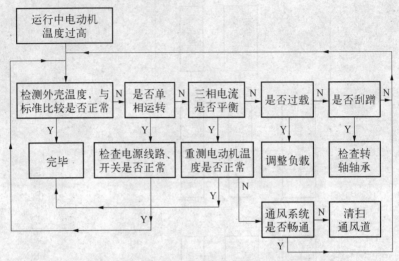

图 4 – 27　检查电动机运转中温度过高程序图

七、三相笼型异步电动机的拆卸与装配技术

1. 三相笼型异步电动机的拆卸

三相笼型异步电动机的拆卸方法与步骤见表 4 – 5。

表 4 – 5　三相笼型异步电动机的拆卸

拆卸顺序
（同零件编号）

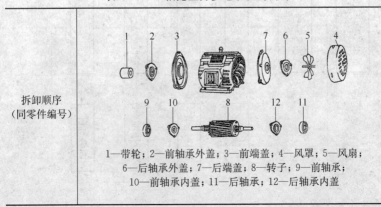

1—带轮；2—前轴承外盖；3—前端盖；4—风罩；5—风扇；
6—后轴承外盖；7—后端盖；8—转子；9—前轴承；
10—前轴承内盖；11—后轴承；12—后轴承内盖

（续　表）

注意事项	① 电动机拆卸前,先切断电源;用二爪或三爪拉具拉下带轮;按示图中件号顺序拆卸零件1~7;然后检查轴承,如已损坏再拆卸零件9~12; ② 拉下轴承时拉力应着力于轴承内圈,不能拉外圈;拉具顶端不得顶坏转子轴端的中心孔; ③ 拆卸转子时,注意不得损伤定子绕组,应用红钢纸板垫在绕组端部加以保护; ④ 直立转子时,轴伸端面应垫木板加以保护; ⑤ 拆卸时,不能用锤子直接敲击零部件,应垫铜棒,拆卸前端盖止口应打上装配记号; ⑥ 检查电动机各零部件的完整性后,再清洗油污。轴承清洗干净后,用纸包起来待装配时用。

2. 三相笼型异步电动机的装配

（1）滚动轴承的安装　轴承安装分冷套法和热套法两种。冷套法如图4-28所示,即是用套筒顶住轴承内圈,通过垫在套筒上的木板用木槌来捶击轴承。

热套法如图4-29所示。先将轴承在油中（或在干燥加热炉中）加热至100℃左右,15 min后取出,马上就热套在轴上指定位置,不要敲打,轻轻放入即可。注意工作场地应放置干粉灭火器。

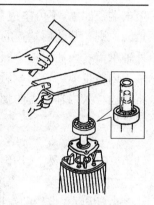

图4-28　轴承冷套

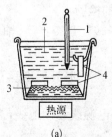

（a）

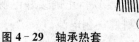

（b）

图4-29　轴承热套

（a）加热　（b）趁热套入

1—钢丝网;2—变压器油;3—温度计;4—轴承

轴承套好后,在轴承内外圈里和轴承盖里应均匀装塞洁净润滑脂,但不应完全装满,一般占空腔容积的 $1/3\sim1/2$(二极电动机)或 $2/3$(四极以上电动机),占内外盖盖内容积的 $1/3\sim1/2$。

(2)后端盖的安装 将轴伸端朝下垂直放置,在其端面上垫上木板,将后端盖套在后轴承上,用木槌敲打,把后端盖敲进去后,装轴承外盖,紧固内外轴承盖的螺栓时要按对角线逐个顺序拧紧,不可先拧紧一个,再拧紧另一个。

(3)转子的安装 把转子对准定子孔中心,小心地往里放送,后端盖要对准与机座的标记,旋上后端盖螺栓,但不要拧紧。

(4)前端盖的安装 将前端盖对准与机座的标记,用木槌均匀敲击端盖四周,不可单边着力。并拧上端盖的紧固螺栓。按上述对角线原则拧紧前后端盖的紧固螺栓。然后再装前轴承外端盖,先在外轴承盖孔内插入一个螺栓,一手顶住螺栓,另一手缓慢转动转轴,轴承内盖也随之转动,当手感觉到轴承内外盖螺孔对齐时,就可以将螺栓拧入内轴承盖的螺孔内,再装另两个螺栓,仍依上法逐步拧紧螺栓。

(5)安装风扇叶和风罩 风叶和风罩安装完毕后,用手转动转轴,转子应转动灵活、均匀、无停止或偏重现象。

(6)带轮的安装 安装时,要注意对准键槽或止紧螺钉孔。中小型电动机,在带轮的端面上垫上木块用手锤打入。较大型电动机可用千斤顶将带轮顶入。

3. 三相笼型异步电动机装配后的检验

(1)检查固定螺栓是否拧紧,转子转动是否灵活,轴伸端径向有无偏摆的情况。

(2)测定定子绕组相与相之间,以及相对地的绝缘电阻不得 $<0.5\ M\Omega$。

(3)经上述检查合格后,正确接好电源线和接地线,接通电源,用钳形电流表分别测量三相电流。

(4)用转速表测量电动机的转速。

(5)检查铁芯是否过热或发热,轴承温度是否过高,轴承在运转时是否有异常声音等。

┈[┈ 复习思考题 ┈]┈

一、选择题

1. 电动机 Y—112S6,其中 S 表示(　　)。

(A) 长机座　　　　　(B) 中机座　　　　　(C) 短机座

2. 电动机铭牌上的"功率"是指(　　)。

(A) 电源供给电动机的电功率

(B) 电动机消耗的有功功率

(C) 电动机输出的额定机械功率

3. 电动机铭牌上的"绝缘等级"的含义是(　　)。

(A) 电动机击穿电压的高低

(B) 电动机能承受的最高温升

(C) 电动机的绝缘电阻

4. 电动机安装在座墩上时,其四个紧固螺栓的安装方法是(　　)。

(A) 先拧紧第一个,然后按顺(逆)时针方向依次拧紧其他三个

(B) 按顺(逆)时针方向第一遍先将四个螺栓拧得稍紧,第二遍再依次拧紧

(C) 按对角线交叉依次逐步拧紧

二、问答题

1. 某电动机型号为 YB—160M4—WF,说出其含义。

2. 电动机中定子铁芯和定子绕组起何作用?

3. 简述三相异步电动机的工作过程。

4. 三相异步电动机选用有哪些原则?

5. 三相异步电动机定子三相绕组的首尾端如何判定?

6. 对新安装或停用三个月以上的电动机,在开车前要作哪些检查?

7. 运行中的电动机如何使用维护?

8. 电动机定子绕组的端部断线,如何修理?

9. 电动机经大修装配好后,要经过哪些检验方能使用?

三、计算题

YB—160M4—WF 型电动机的转速是多少?(供电电源为 380 V、50 Hz)

第 **5** 章　小型变压器检修技术

本章着重讲述：1. 小型变压器的认识

2. 小型变压器结构及工作过程

3. 小型变压器故障检测方法与维修技术

4. 交流电焊机常见故障原因及处理技术

　　将一种数值的电压变换为另一数值的电压的设备称为变压器。变压器的用途相当广泛。例如，将变电站的 10 kV 电压通过电力变压器变成 220 V 的低压，成为人们使用的照明电；又如我国的民用电压为 220 V 而日本的民用电压为 110 V，要使两国国内生产的家用电器能在对方国家使用就必须使用变压器来变换电压。本章仅对小型变压器作一介绍。

一、小型变压器认识

1. 变压器的分类

按相数分，分为单相、三相和多相。

按冷却方式分，分为干式、油浸式和充气式。

按用途分，分为电力变压器、电炉变压器、电焊变压器、仪用变压器和整流变压器。

2. 小型变压器外形、型号及在电气线路中的符号

小型变压器的外形如图 5 - 1 所示。

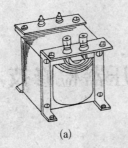 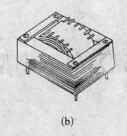

(a)   (b)

图 5-1   小型变压器外形

(a) 立式   (b) 卧式

变压器的型号及含义如图 5-2 所示。

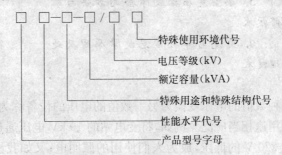

特殊使用环境代号

电压等级(kV)

额定容量(kVA)

特殊用途和特殊结构代号

性能水平代号

产品型号字母

图 5-2   变压器的型号及含义

按 JB/T3837—1996《变压器类产品型号编制方法》的规定,变压器型号采用汉语拼音大写字母或其他合适的字母来表示产品的主要特征,用阿拉伯数字表示产品性能水平代号或设计序号和规格代号。

小型变压器在电气线路中的图形符号及文字符号如图 5-3 所示。

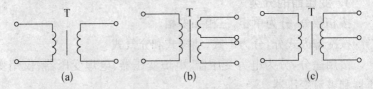

(a)   (b)   (c)

图 5-3   变压器的电路符号

(a) 二次侧绕组无抽头   (b) 二次侧绕组有 2 个   (c) 二次侧绕组有抽头

3. 小型变压器结构及工作过程

小型变压器是指用于工作频率范围内进行电压、电流变换的小功率变压器,容量从几十伏安到 2 千伏安,这种变压器的应用十分广泛。小型变压器由铁芯和绕组(线圈)两大部分组成。

(1) 铁芯　常用的铁芯有 E 形、日字形、F 形、冂形和 C 形,如图 5-4 所示。

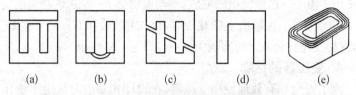

图 5-4　小型变压器常用铁芯形状

(a) E 形　(b) 日字形　(c) F 形　(d) 冂形　(e) C 形

为了减少铁芯中的损耗,变压器的铁芯都用硅钢片叠装而成,硅钢片的厚度一般为 0.35 mm,少数为 0.5 mm,其表面涂上绝缘漆并烘干或利用表面的氧化膜使得硅钢片彼此绝缘。叠装时通常采用交错方式,以使硅钢片的接缝错开。

(2) 绕组　俗称线圈。大多数小型变压器都采用互感双线圈结构,其中接电源的绕组称一次侧绕组;接负载的绕组称二次侧绕组。绕组与铁芯的组合方式有芯式和壳式两种。单相小型变压器,除了冂形和 C 形两种采用芯式结构外,其余的铁芯都采用壳式结构;

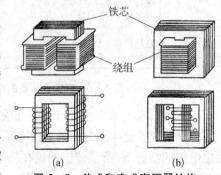

图 5-5　芯式和壳式变压器结构

(a) 芯式　(b) 壳式

三相小型变压器通常用 E 形铁芯组成芯式结构。所谓芯式结构是指绕组包着铁芯,壳式结构是指铁芯包着绕组,如图 5-5 所示。

(3) 工作过程　变压器实际上是应用电磁感应原理制成的静

止电气设备,铁芯是它的磁路部分,绕组是它的电路部分。当变压器一次侧绕组通上正弦交流电后,在铁芯中就产生一个正弦交变磁通,该交变磁通通过铁芯构成闭合磁路,且同时穿过一次侧、二次侧绕组,又在一次侧、二次侧绕组中感应出电动势 E_1 和 E_2。E_1 和 E_2 的比值正好等于一次侧绕组的匝数 N_1 与二次侧绕组的匝数 N_2 之比。这个比值称为变压器的变压比,用 K 表示,即 $K=E_1/E_2=N_1/N_2$。在实际使用中由于一次侧绕组的电压 U_1 与电动势 E_1、二次侧绕组的电压 U_2 与电动势 E_2 在量值上很接近,因此常用 U_1 和 U_2 来代替 E_1 和 E_2,这样变压比公式又可写成 $K=U_1/U_2=N_1/N_2$。

4. 变压器的铭牌

为了安全和有效地使用变压器,在设计和制造时规定了变压器的铭牌数据,即变压器的额定值,它是使用变压器的重要依据。图5-6是电力变压器的铭牌示意图。

电力变压器			
产品型号	SL7—500/10	产品编号	
额定容量	500 kV·A	使用条件	户外式
额定电压	10 000/400 V	冷却条件	ONAN
额定电流	28.9/721.7 A	短路电压	4.05%
额定频率	50 Hz	器身吊重	1 015 kg
相　　数	三相	油　重	302 kg
联接组别	Y, yn0	总　重	1 753 kg
制造厂		生产日期	

图 5-6　电力变压器的铭牌示意图

变压器的额定数据主要有以下几项。

(1) 额定容量　额定容量是指变压器在额定频率、额定电压和额定电流的情况下,所能传输的视在功率,单位是 VA 或 kVA。

(2) 额定电压 U_1、U_2　一次侧绕组的额定电压是指变压器正常运行时加在一次侧绕组上的线电压。二次侧绕组的额定电压是指当一次侧绕组加上额定电压后二次侧绕组在空载时的端电压,单位是 V 或 kV。

(3) 额定电流 I_1、I_2　额定电流是根据允许发热的条件而规定的满载电流值。单位为 A 或 kA。

（4）额定频率　额定频率是指变压器工作电源的频率,变压器是按此频率设计的。我国电力变压器的额定频率都是 50 Hz。

二、小型变压器故障检测技术

变压器在运行中由于种种原因会发生各种故障,而及时检修排除故障的前提是通过故障现象正确判断故障原因并找出故障点。下面简单介绍故障点检测的方法。

1. 判断绕组开路的检测

（1）故障现象　接通变压器一次绕组后,二次绕组无电压输出。

（2）检测步骤　① 断开电源,将变压器的一次侧、二次侧绕组接线端从电路中断开;② 用万用表的电阻档分别测量变压器的一次侧绕组和二次侧绕组电阻,若阻值无穷大则说明该绕组开路;③ 仔细检查开路点的位置,如果开路点在引线上,可以更换引出线;如果开路点在绕组上,应修理或重绕绕组。

2. 判断绕组匝间短路的检测

（1）故障现象　接通额定电源电压,如果一次绕组电流剧增,变压器发热甚至冒烟,则说明变压器绕组存在短路现象。

（2）检测步骤

1）用电桥测量。利用电桥测量变压器一次侧、二次侧绕组电阻,若所测绕组的电阻值远小于绕组电阻正常值,则绕组存在匝间短路,应将绕组拆下重绕。

2）用灯泡测量。在没有电桥或不会使用电桥的情况下,可以用灯泡进行简易测试。具体步骤是:① 断开电源,将变压器二次侧绕组从电路中断开;② 根据电源电压及所测变压器容量选择一只合适的灯泡(如当变压器为 220 V、50 VA 时,可以选一只 220 V、40 W 的白炽灯泡),将此灯泡串接到一次侧绕组中;③ 接通电源,若灯泡微红或不亮,则说明绕组没有短路;若灯泡较亮,则说明绕组已短路;④ 如绕组已短路,应将绕组拆下重绕。

3. 判断绕组间击穿的检测

(1) 故障现象　此类故障是各绕组之间的绝缘层损坏造成的。在这种情况下,变压器的二次侧将会出现一次侧的电源电压。

(2) 检测步骤　① 断开电源,将变压器的各绕组端头从电路中断开;② 将摇表的两接线端分别与两绕组的各一端相接;③ 摇动手柄并观察指针,若阻值低于 0.5 MΩ,则绕组中有击穿现象;④ 如变压器绕组间已击穿,应将外层绕组拆开,更换绕组间的绝缘,然后再将外层绕组重新绕上。

4. 判断变压器过热的故障检测

(1) 故障现象一　负载过大。变压器通常应运行在额定状态下,如果负载过大,超过变压器的额定负载,变压器就会发热。

检测步骤:① 选择一只 2 倍于负载额定电流的交流电流表;② 接通电源,用交流电流表测量绕组中电流,确定是否超过额定值。若超过额定值应减小负载,或更换容量大些的变压器。

(2) 故障现象二　空载电流偏大。一般小型变压器的空载电流为额定电流的 10%～15%。若空载电流偏大,变压器损耗将增大,温升也随之增高。

检测步骤:① 将待测变压器一次侧绕组和电流表串接于调压器的输出电路中;② 将电压表并联在变压器一次侧绕组的两个端头上;③ 使待测变压器保持空载;④ 调节调压器,使其输出电压达到待测变压器的额定值;⑤ 观察电流表指针,若数值大于满载电流的 10%～15%,则是引起变压器过热的原因。重绕时,必须增加绕组匝数或铁芯截面积。

(3) 故障现象三　电源电压过高。

检测步骤:用万用表电压档测量电源电压,如确实是电压过高,应设法将电压降低。

三、小型变压器修复技术

大多数情况下变压器损坏后都需要通过重新绕制进行修复还原,其修复过程如下:

1. 拆除铁芯

铁芯的拆卸是一件较为困难的工作,因制作变压器时要求铁芯插得紧密,且制成后与线包一起又浸渍过绝缘漆并经过烘烤,所以在拆卸开始几片时尤其困难。下面以 E 形铁芯为例介绍其拆卸方法:

1) 将变压器置于 80～100℃的温度下烘烤 2 h 左右,使绝缘漆软化,减小绝缘漆粘合力。再用锯条或刀片清除铁芯表面的绝缘漆膜。

2) 如图 5-7(a)所示,在变压器下方垫一木块,外边缘留几片不垫在木块上,在上方用断锯条对准最外面一层硅钢片的舌片,用木槌轻轻敲打断锯条,将硅钢片先冲出几片来。断锯条的磨削如图5-7(b)所示。

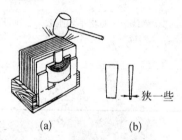 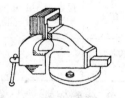

图 5-7　用断锯条冲铁芯舌片

（a）冲铁片方法　（b）断锯条的磨削

图 5-8　用台钳夹住硅钢片拆卸铁芯

3) 如图 5-8 所示,将冲出的那几片硅钢片的下部夹牢在台虎钳上,用手握住铁芯上部,朝两侧摇动,使硅钢片松动,同时将铁芯边摇动边往上提,直到这几片铁芯取出为止。当最外层几片硅钢片取出后,铁芯已松散,其余部分就可直接用手取出。

4) 对有卷边和弯曲的硅钢片,可用木槌敲直展平后继续使用。注意不可用铁锤敲打,以免造成延展变形。若硅钢片表面发现锈蚀,应用汽油浸泡除掉锈斑和陈旧漆膜,重刷绝缘漆。

2. 记录数据

拆除铁芯后,将线圈在绕线机上退出绕线,并将有关参数记录于表 5－1 中。

表 5－1　变压器拆卸参数记录表

项　目	技　术　参　数
材 料	① 引出线：一次侧绕组＿＿根,规格＿＿；二次侧绕组＿＿根,规格＿＿ ② 漆包线：一次侧绕组φ＿＿mm；二次侧绕组Ⅰ：φ＿＿mm,二次侧绕组Ⅱ：φ＿＿mm ③ 层间绝缘纸：材质＿＿,厚度＿＿mm。下料尺寸：＿＿mm×＿＿mm(长×宽) ④ 静电屏蔽层：材质＿＿,厚度＿＿mm。下料尺寸：＿＿mm×＿＿mm(长×宽) ⑤ 硅钢片：规格型号＿＿,厚度＿＿mm,片数＿＿
绕 制 方 法	① 一次侧绕组绕制数据：每层平均匝数＿＿匝,绕制层数＿＿层,总匝数＿＿匝 ② 二次侧绕组绕制数据：二次侧绕组Ⅰ每层平均匝数＿＿匝,绕制层数＿＿层,总匝数＿＿匝。二次侧绕组Ⅱ每层平均匝数＿＿匝,绕制层数＿＿层,总匝数＿＿匝
铁芯装 配方法	

3. 绕制线圈

(1) 器材准备

1) 工具：绕线机、放线架、千分尺、钳子、剪刀、锉刀、木槌、裁纸刀、电烙铁、烙铁架(带焊锡、松香)、台虎钳、浸渍器、烘箱等。

2) 仪表：线圈圈数测量仪、5050 型兆欧表、MF47 型万用表、调压器、0～500 V 交流电压表 2 只、电流表、直流毫伏表各 1 只、功率表 1 只。

3) 器材：① 厚 1 mm 玻璃纤维板,0.07 mm、0.12 mm、0.77 mm 电缆纸,厚 0.14 mm 黄蜡布若干；② 原装变压器硅钢片；③ 引出导线、焊片、铜箔少许；④ 制作绕组骨架木芯用杨木或杉木块少许。

(2) 导线选择　导线的选择可根据原线圈上注明的参数或拆

除故障变压器时记录的数据。若线圈被烧毁无法辨认,可查阅有关资料进行选择。

(3)绝缘材料的选择 首先可根据上述拆卸记录选择,若变压器烧毁无法辨认,则选择绝缘材料时,首先应考虑线圈的工作电压和允许厚度(线圈骨架容纳的空间)。对于层间绝缘应按两倍层间电压的绝缘强度选用,对于 1 000 V 以下要求的变压器的线圈可按电压的峰值选择层间绝缘。变压器的常见绝缘材料如表 5-2 所示。

漆包线和绝缘材料选定后,应根据已知绕组匝数、线径和绝缘

表 5-2 变压器常用绝缘材料

品　名	常 用 规 格		特　　点	用　　途
	厚度(mm)	耐压强度(V)		
电话纸	0.04 0.05	400	白色、坚实,不易破碎	线径小于 0.4 mm 的漆包线的层间绝缘垫纸
电缆纸	0.08 0.12	300~400 800	土黄色、柔顺、耐拉性强	线径大于 0.5 mm 的漆包线的层间绝缘垫纸
青壳纸	0.25	1 500	青褐色、坚实、耐磨	线包外层绝缘(2~3层)
电容器纸	0.03	475	白色、黄色、薄,密度高	电话线
聚酯薄膜	0.04 0.05 0.10	3 000 4 000 9 000	透明,耐温 140℃	层间绝缘
玻璃漆布	0.15 0.17	2 000~ 3 000	黄色,耐湿性好	绕组间绝缘
聚四氟乙烯薄膜	0.030	6 000	透明,耐酸碱、耐温 280℃	层间绝缘
压制环氧板	1.0 1.5		土黄色、坚实,易弯曲	线包骨架
黄蜡布	0.14 0.17	2 500	糖浆色、光滑、耐高压	高压绕组间绝缘

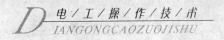

(续　表)

品　名	常用规格		特　　点	用　　途
	厚度 (mm)	耐压强度 (V)		
黄蜡绸	0.08	400	糖浆色,细薄,少针孔	高压绕组的层间绝缘,高压绕组间绝缘(2~3层)
高频漆			粘料	粘合绝缘纸、压制板、黄蜡布、黄蜡绸
清喷漆			透明,粘料	粘合绝缘纸、压制板、黄蜡布、黄蜡绸

厚度核算变压器的绕组所占铁芯窗口面积,核算出来的面积应小于铁芯实际窗口面积$(h \cdot c)$(h 为铁芯的窗高,c 为铁芯的宽),否则会因绕好的线包过大装不进铁芯而需重新返工,如图 5-9 所示。

(4)木芯与骨架准备

1)木芯制作。变压器线圈绕制在绝缘骨架上,绕制线圈前应先在线圈骨架中嵌入比铁芯稍大一点的木芯,把木芯套在绕线机轴上,便于线圈骨架的拆线和绕线。木芯通常用杨木或杉木作材料,按照比铁芯中心柱 $a \cdot b$(a 为铁芯中心柱的宽度,b 为铁芯的厚度,如图 5-9 所示)稍大一点的尺寸 $a' \cdot b'$ 制作。木芯的长 h' 也应比铁芯窗口高度 h 稍长一点。在木芯正中心钻一个孔,以供绕线机轴从中间穿过,木芯中心孔为 $\phi 10$ mm,必须钻得笔直,木芯四边亦须垂直,否则绕线时会因不平稳而影响绕线质量。为使木芯进出骨架方便,将其边角用砂纸打磨圆润。变压器木芯如图 5-10 所示。

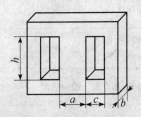

图 5-9　小型变压器的铁芯尺寸

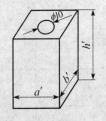

图 5-10　变压器木芯

2) 骨架制作。线圈骨架分无框骨架和有框骨架。骨架起支撑绕组和对铁芯绝缘的作用,因此要求具有一定的绝缘性能和力学强度。

无框骨架一般采用电缆纸制作。制作时,在电缆纸上截取宽 h',h' 应比铁芯高 h 约短 $2\,\mathrm{mm}$,电缆纸的长度为:

$$L = 2(b'+t) + a' + 2(a'+t) = 2b' + 3a' + 4t$$

式中,t 为电缆纸的厚度。

按照图 5-11(a) 中的虚线,用裁纸刀划出浅沟,然后沿沟痕折成四方形,第⑤与第①重叠,用胶水粘合。完成的骨架如图 5-11(b) 所示。

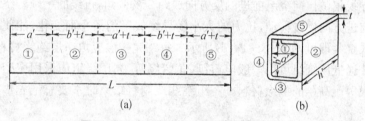

图 5-11 变压器无框骨架及电缆纸尺寸

(a) 弹性纸尺寸 (b) 粘叠后的骨架

对要求较高的变压器,采用有框骨架。框架采用玻璃纤维板制作,由两端的两块框板和两侧的两种形状夹板合成为一个完整的骨架,如图 5-12 所示。制作时要求框板和夹板的几何形状规范,尺寸误差尽量小,以免拼合不上或骨架松垮。

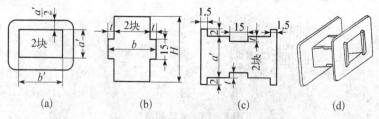

图 5-12 变压器有框骨架的结构

(a) 框板 (b) 夹板 (c) 夹板 (d) 有框骨架

(5) 绕制线圈

1) 绕制线圈。变压器通常把一次侧绕组绕在最里层,二次侧绕组绕在外层。C字形铁芯变压器的一次侧绕组通常分成两部分绕制,然后再串联起来。

首先按稍宽于 h 的宽度剪裁绝缘带备用,再将骨架套上木芯,套入绕线机轴上,计数器指针调至零,如图 5 - 13(a)所示。然后装好夹板紧固,如图 5 - 13(b)所示。起绕时,在骨架上垫好绝缘层,在导线引线处压入一条绝缘带的折条,绕至 7～8 圈后,抽紧折条,如图 5 - 13(c)所示。绕制时,要求线圈紧密、整齐、不出现叠线、不可使导线打结或损伤漆皮,持导线的手以工作案的边缘为支撑点,将导线稍微拉向绕组前进的反方向成约 5°的倾角,拉线的手顺着绕线前进方向慢慢移动,拉力的大小随导线线径的大小而变化,能使导线绕紧即可,如图 5 - 13(d)所示。每绕完一层应填一层绝缘材料,普通低压绕组可用一般电容纸、黄蜡绸等,高压绕组应采用聚酯薄膜等耐高压的绝缘材料。一组绕线绕制将结束时不要忘记先垫上

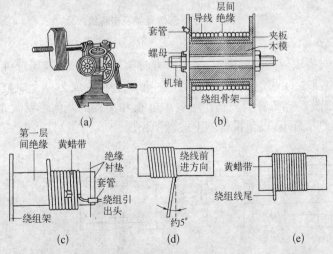

图 5 - 13 绕组的绕制

(a)绕线机   (b)装夹板紧固   (c)压入折条   (d)绕线方向   (e)线尾固定

一条绝缘带折条,再继续绕制。当该绕组结束时,经检查绕组匝数无误后,留足余量,剪断导线,将剪断后的线头插入折条缝中,抽紧绝缘带,完成线圈的线尾固定,如图 5-13(e)所示。

2) 安放静电屏蔽层。为了减弱外界电磁场的干扰,电子设备用的电源变压器,在绕完一次侧绕组,安放好绝缘层以后,还应加一层金属材料的静电屏蔽层。制作静电层的材料最好用铜箔,其宽度比线包宽 1~3 mm,长度应是围绕线包一周但小 10 mm,在对应铁芯的舌宽面焊上引出线作接地用。注意绝不能让静电屏蔽层首尾相连,否则将形成短路,使变压器通电时发热,甚至烧毁。

若没有现成的铜箔,可用较粗的现成的漆包线在应安放静电屏蔽的位置排绕一层,一端开路,一端接地。

3) 绕组中间抽头。方法一般有三种:① 在线圈抽头处刮去一小段绝缘漆,将引出线焊上去作为抽头,焊完后包上绝缘,如图 5-14(a)所示;② 线圈抽头处不刮绝缘漆,而是将漆包线拖长,两股绞合在一起作引出线。引出线折向一侧时,在线的下面垫上一层绝缘材料或在引出线上套上绝缘套管,以避免引出线与线包间发生短路,如图 5-14(b)所示;③ 对于较粗的漆包线,若将漆包线绞在一起,势必使线包中间隆起,影响绕线和线包的平整。这时可以把两根线平行对折作引出线,如图 5-14(c)所示。由于漆包线弹性较大以致弯头的地方不容易贴实,需另加一根纱带将它固定。

如条件许可,每个抽头都用薄铜皮焊片引出,更加美观,但必须处理好焊片与内外层导线间的绝缘。

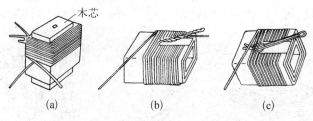

图 5-14　线圈中间抽头

(a) 方法一　(b) 方法二　(c) 方法三

4）装接引出线。变压器每个绕组都有两根或两根以上的引出线，引出线一般用多股软线、较粗的单股铜线或铜皮制成的焊片。将其焊在线圈端头，用绝缘材料包扎后，从骨架端面挡板上预先钻好的孔内伸出，以备连接外电路。引出线做法及连接如图5-15所示。

5）线圈检查。线圈绕制完成在装铁芯前应先检查所绕制的线圈质量是否符合要求。符合要求的线圈才能进行装配，通常线圈检查从以下几方面着手：

①检查直流电阻。一般可以判断线圈匝数是否正确，是否有短路或断路现象。测试时要用精度较高的仪表（最好用电桥，万用表电阻档亦可），测出各线圈的直流电阻，正常时误差不应大于15%。

②检查各线圈匝数。用线圈圈数测量仪测量。也可用上述检查直流电阻的办法进行估算。

③检查各线圈间的绝缘电阻。一般用500 V或1 000 V兆欧表测量。线圈间的绝缘电阻应不小于100 MΩ（最好在500 MΩ左右，小于100 MΩ时为内部受潮、小于10 MΩ为漏电、近似0时视为短路）。

4. 组装变压器

（1）插装硅钢片前的检查　插装铁芯前，应先检查硅钢片是否平整，表面是否锈蚀，绝缘漆是否良好，硅钢片含硅量是否符合要求等。

（2）插装铁芯　E形铁芯的装法有交叉插片法和单面插片法两种。

交叉插片法适用于无直流磁化的变压器，如电源变压器、收音机输出或输入变压器等，如图5-15所示。

图 5-15　交叉插片法

有的变压器绕组中有直流成分,会导致铁芯进入磁饱和状态,引起输出电压波形失真,如电抗器、脉冲变压器等,此时可采用如图 5‑16 所示的单面插片法。

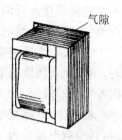

插装 C 形铁芯时,应注意铁芯是否配对,方向是否一致,铁芯截面上是否有杂物。然后插入线圈,用绑带将铁芯与底座一起固定牢固。

装配好的变压器如图 5‑17 所示。

图 5‑16   单面插片法

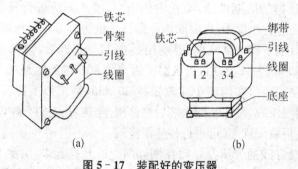

(a)   (b)

图 5‑17   装配好的变压器

(a) E 形变压器   (b) C 形变压器

(3) 变压器的检验

无论是新制作的还是维修过的变压器,为保证其能正常使用,应进行以下几方面的检验和测试。

1) 检查外观。检查线圈是否有断线、脱焊,有无机械损伤。

2) 检测线圈。用万用表检测线圈的通断或用电桥测量线圈的直流电阻。

3) 绝缘电阻的测定。用兆欧表检测各绕组之间、各绕组与铁芯之间、与屏蔽层之间的绝缘电阻。冷态时绝缘电阻应在 100 MΩ 以上。

4) 通电检查。通电后若有焦臭味、冒烟,则应迅速切断电源,排除故障后再作其他检查。

5) 各绕组额定电压值的测定。将二次侧绕组接上额定负载，一次侧绕组接入可调电源（调压变压器）并将输入电压调至额定值，再测量二次侧绕组电压值，应为额定输出电压值。

6) 二次侧绕组空载电压的检测。一次侧绕组接入额定电压时，测试二次侧绕组空载电压，其允许误差为±5%，中心抽头电压误差为±2%。

7) 一次侧绕组空载电流的测试。一次侧绕组接入额定电压时，其空载电流应为5%~8%的额定电流值。

(4) 变压器的浸漆处理　在上述检验全部合格的前提下，为了提高变压器的防潮性能，防止电压击穿，变压器应进行浸漆处理。在浸漆前进行预烘干，以驱除内部潮气。烘烤时可将变压器置于大功率的灯泡下或电烘箱里，温度控制在115~125℃，预烘4~6 h，取出冷却到60~80℃后，放入温度为70~80℃的绝缘清漆中（最好采用真空浸漆），在清漆中应放置约30 min，待绕组不冒气泡为止（变压器浸漆时，可在装配铁芯后整体浸漆，也可先将线圈单独浸漆一次，然后装配铁芯，再进行整体浸漆）。

将浸好漆的变压器先放在钢丝网上或悬挂起来，滴漆30分钟以上，然后进行烘干。用大灯泡或电烘箱，开始时把温度控制在60~80℃，烘烤1 h，然后使温度上升到100~115℃，烘烤8~10 h，烘烤效果以漆干透为准。

变压器在浸漆烘烤后，应进行耐压试验。即每个绕组对其他绕组、对静电屏蔽层、对铁芯，都应进行耐压试验。试验时加以3 000 V、50 Hz的工频电压、持续1 min，未发生击穿，打火现象即为合格。

四、交流电焊机常见故障、原因及处理技术

交流电焊机是使用较广泛的焊接设备。从原理上说，它是一台具有特殊电流特性的单相降压变压器。

1. 交流电焊机原理

图5-18所示为交流电焊机原理电路。它由变压器 T 在二次侧串

入电感器 L 构成。焊接时,焊钳上夹持的电焊条与被焊工件间产生电弧,该电弧的高温熔化焊条和工件金属,对工件实现焊接。在以上过程中,焊接电流在变压器 T 二次回路中流通,电感 L 起限流作用。

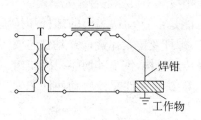

图 5‑18　交流电焊机原理电路

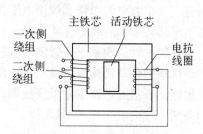

图 5‑19　磁分路动铁式交流电焊机结构示意图

2. 交流电焊机的典型结构

常用的交流电焊机有 BX1、BX2、BX3 等各种系列。最典型的结构如图 5‑19 所示。

3. 交流电焊机常见故障、原因及处理技术

(1) 焊机不起弧　可能是:① 电源不正常——检查电源,恢复供电;② 焊机接线错误——检查焊机接线;③ 焊机绕组有短路、断路或接线有错误——检查焊机绕组,处理短路或断路故障,改正接线错误;④ 电源电压过低——调整电源电压或避峰用电;⑤ 电源线截面太小或焊接电缆截面太小——选用较大截面导线、电缆;⑥ 地线接触不良或焊钳接线脱落——检查焊接回路各点,重新接线。

(2) 焊机绕组过热　可能是:① 焊机过载——按规定负载持续率下的焊接电流值进行焊接;② 焊机绕组短路——处理短路点或重绕线圈,恢复绝缘;③ 通风机未开动或工作不正常——开启通风机或检修通风机使之正常。

(3) 焊机铁芯过热　可能是:① 电源电压超过额定值——改接电源,使输入电压为焊机额定值;② 铁芯硅钢片间短路——大修铁芯,重刷硅钢片绝缘漆,消除短路点;③ 铁芯夹件及夹紧螺杆绝缘损坏——更换夹件及螺杆绝缘;④ 大修后,绕组匝数少于设计

值——重新绕制线圈,恢复设计匝数。

(4) 焊机外壳漏电 可能是:① 绕组接壳——用摇表测各绕组绝缘电阻,对接壳绕组进行修理;② 电源引线或焊接电缆碰外壳——检查电源引线和焊接电缆在接线端子板处是否碰壳。

(5) 焊机振动及响声过大 可能是:① 动铁芯上的螺杆和拉紧弹簧松动或脱落——紧固动铁芯、螺杆及拉紧弹簧;② 动铁芯或动绕组的传动机构有故障——检修传动机构,恢复其功能;③ 绕组短路——消除短路点或重绕线圈;④ 铁芯夹件螺栓松动使铁芯未夹紧——夹紧夹件,拧紧螺栓。

(6) 焊接电流不能调节 可能是:① 铁芯或绕组的传动机构有故障——检修传动机构;② 大修后重绕的电抗线圈匝数过少,使焊接电流不能调到足够小——增加电抗器线圈匝数。

(7) 调节手柄摇不动或动铁芯、动绕组不能移动 可能是:① 调节机构锈死——清洗、除锈、恢复功能;② 动铁芯、动绕组被异物卡住——消除异物,排除故障;③ 调节螺杆已磨平——更换磨损零件。

(8) 焊机绕组绝缘电阻太低 可能是:① 绕组受潮——在100~110℃环境下烘干至绝缘电阻恢复;② 绕组长期受热,绝缘老化脱落——重绕线圈,恢复绝缘;③ 焊机工作环境恶劣,有雨、雾、蒸汽——注意焊机工作时的防护。

··[··· 复 习 思 考 题 ···]··

一、选择题

1. 变压器的额定容量是指( )。

(A) 它能传输的无功功率

(B) 它能传输的有功功率

(C) 它能传输的视在功率

2. 变压器有框骨架的制作材料是( )。

(A) 硬纸板　　　(B) 玻璃纤维板　　　(C) 电缆纸

3. 组装成变压器铁芯的硅钢片（　　）。

（A）必须每片都涂上绝缘漆

（B）不需每片都涂上绝缘漆

（C）涂不涂绝缘漆并不影响变压器铁芯的性能

4. E 形硅钢片在组装成变压器铁芯时有交叉插片和单面插片两种方法，采用哪种插法取决于（　　）。

（A）变压器功率的大小

（B）通电后硅钢片剩磁的大小

（C）所变换的交流电压中是否存在直流成分

5. 电焊变压器的变压比（　　）。

（A）大于 1　　　　　（B）小于 1　　　　　（C）等于 1

二、问答题

1. 变压器按用途分为哪几类？

2. 画出变压器在电气线路中的图形和文字符号。

3. 简述变压器的工作过程。

4. 如何用一只灯泡来判断变压器绕组是否存在匝间短路？

5. 为什么拆卸变压器是一桩较困难而又要求仔细的工作？

6. 绕制变压器的导线如何选择？

7. 在变压器中为什么要安放屏蔽层，如何安放？

8. 小型变压器空载电流为额定电流的多少比例视为正常？

9. 绕制好的变压器如何浸漆处理？

10. 小型变压器如何进行耐压试验？

三、计算题

1. 某机床照明灯用变压器，其一次侧绕组匝数为 1 320 匝，二次侧绕组匝数为 125 匝，一次侧绕组接 380 V 线电压，问该变压器的输出电压为几伏？

2. 某变压器的制作木芯宽 $a' = 29$ mm，宽 $b' = 57$ mm，高 $h' = 44$ mm，现采用 1 mm 厚的电缆纸制作无框骨架，求电缆纸尺寸。

第6章 三相笼型交流异步电动机基本运行控制线路的安装、调试与检修技术

本章着重讲述:

1. 如何识读电动机控制线路图、安装位置图与安装接线图。

2. 电动机单向、双向运转控制线路的安装、调试与维修。

3. 电动机顺序控制与多地控制线路的安装、调试与维修。

本章要点

由于各种生产机械的工作性质和加工工艺不同,使得它们对电动机的控制要求也不同。要使电动机按照生产机械的要求正常安全地运转,必须配备一定的电器,组成一定的控制线路,才能达到目的。电动机常见的基本控制线路有以下几种:点动控制线路、单向运转控制线路、正反转(双向)控制线路、位置(行程)控制线路、顺序控制线路、多地控制线路、减压启动控制线路、调速控制线路和制动控制线路等。根据第七章所需知识,本章就前6项内容作一介绍。

第一节 电气控制图的识读

生产机械电气控制线路常用电路原理图、电路安装位置图和电路安装接线图来表示。初学者只有掌握这些电工用图基本知识,读

懂并熟练地识图,才能具备设备电气线路的施工和检修能力。

一、电气原理图的识读

电气原理图通常简称电路图,它是用国家统一规定的图形符号和文字,按照电气设备的工作顺序,详细表示电路、设备或成套装置的全部基本组成和连接关系,而不考虑各元器件实际位置的一种简图。要正确识读电路图,首先要弄懂电路中各器件的电气特性和其在电路中的作用,再判定执行动作后各器件的执行结果,根据它们的断合顺序最终判定受控主负载的运行情况。

1. 电气原理图的识读方法

电路图是电工检查故障点、分析故障产生原因的基本依据,所以首先必须要学会看懂电路图。对电路图的阅读分析,常用的方法是查线阅读分析法,以下以图 6-1 所示电路为例进行查线分析。

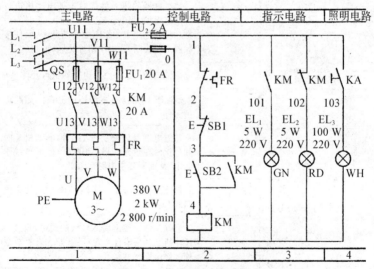

图 6-1 单向连续运转控制电路

GN—绿;RD—红;WH—白

从图中可以看到,一般电气控制电路主要由主电路、控制电路、指示电路和照明电路四部分组成。每一部分在图中都有一个固定的区域,如图 6-1 中主电路的区域为 1,控制电路的区域为 2,指示电路的区域为 3,照明电路的区域为 4。识读电路图,就是从主电路开始按区域一部分一部分加以分析,然后再将这些分析合成读懂全图,如表 6-1 所示。

表 6-1　单向连续运转控制电路识读分析

电 路 图	符 号	各元件的名称和在电路中的作用
1. 主电路 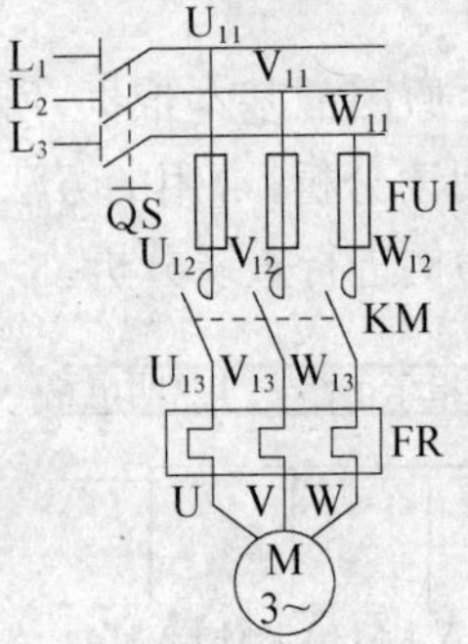	QS	隔离开关。决定整个电路的通断,断开后方便电路安装与维修
	FU1	熔断器。对主电路进行短路保护
	KM	交流接触器主触头。闭合时为主轴电动机供电
	FR	热继电器的热元件。对主轴电动机进行过电流保护,当电流超过规定值一定时间后推动控制电路中的常闭触头断开,从而使接触器主触头断开,电动机停止运转
	M 3~	主轴电动机。是整个电路的执行元件
	FU2	熔断器。控制电路和辅助电路的短路保护元件
2. 控制电路	FR	热继电器常闭触头。当主轴电动机长时间过流时在热元件驱动下断开,使 KM 线圈断电,从而断开主电路
	SB1	停止按钮。按下后 KM 线圈断电使主电路断开
	SB2	启动按钮。按下后 KM 线圈通电,吸合后 KM 辅助触头闭合实现自锁(即 SB2 释放后使控制电路仍然接通)
	KM 常开触头	KM 常开触头,当 KM 线圈通电后闭合对 SB2 实行自锁
	KM 线圈	交流接触器电磁线圈,通电后其常开触头闭合,常闭触头断开

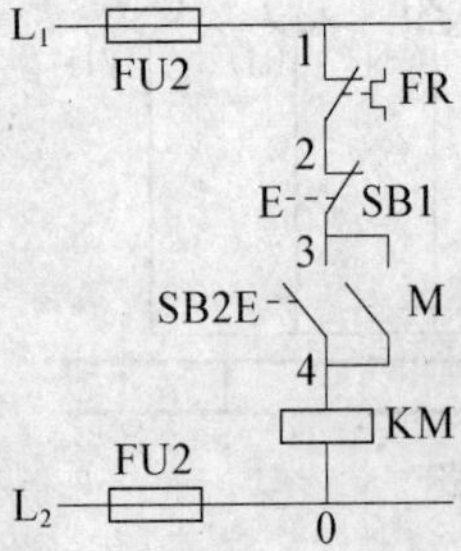

（续　表）

电　路　图	符　号	各元件的名称和在电路中的作用
3. 指示电路 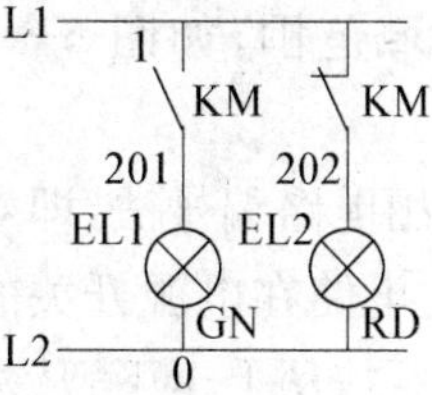	KM(1-201) 常开触头	KM 常开触头。KM(1-201)吸合后 EL1 亮,指示该电路处于工作状态
	KM(1-202) 常闭触头	KM 常闭触头。KM(1-202)常态时 EL2 亮,指示该电路处于停止状态,KM 线圈通电时,其断开 EL2 灭,指示电路正在工作
	EL1	正在工作指示灯
	EL2	停止指示灯
4. 照明电路 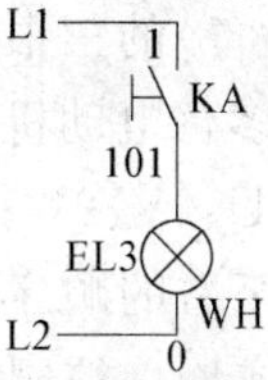	KA	照明灯开关。闭合时 EL3(照明灯)亮
	EL3	照明灯

2. 电原理图的特点

1）电原理图中不考虑电气元件的实际安装位置和实际连线情况,只是将各元件按接线顺序用符号展开在平面图上,用直线将各元件连接起来。如图 6-1 控制电路中并不能看出交流接触器、热继电器等元器件的实际安装位置和走线情况。

2）各元件在原理图中的位置是根据便于阅读和阅读分析的原则安排的,同一元件的各部件不一定画在一起。如图 6-1 中交流接触器的线圈、主、辅触头就分别画在主电路、控制电路和指示电路中。热继电器的热元件画在主电路中而常闭触头则画在控制电路中。

3）电原理图中,各电器的触头位置都按电路未通电或电器未受外力作用时的常态位置画出。分析控制过程时,应从触头的常态位置出发。

4）无论主电路还是辅助电路,各元件按运作顺序从左到右、从上到下的规律排列,主要是为阅读分析电路提供方便。

5)在复杂的电路图中,为了检验电路、方便阅读,通常将电路按其功能进行分区,并在电路的上方用汉字注明各区的作用。如主电路、控制电路、指示电路、照明电路等,而在电路的下方用数字与上方的汉字对应,表明该部分电路的区域范围,如图 6-1所示。

6)为方便阅读寻找,在复杂的电路图中采用电路编号法,即对电路中的各个节点用字母或数字编号。其中主电路在电源开关的出线端按相序依次编号为 U11、V11、W11。然后按从上至下、从左至右的顺序,每经过一个电器元件后,将编号递增,如 U12、V12、W12;U13、V13、W13;……单台交流电动机(或设备)的三根引出线按相序依次编号为 U、V、W。对同一电路中的多台电动机可在字母前用不同的数字加以区别,如 1U、1V、1W;2U、2V、2W;……辅助电路编号则按"等电位"原则从上至下、从左至右的顺序用数字依次编号,每经过一个电器元件后,编号依次递增。控制电路编号的起始数字必须是 1,其他辅助电路编号的起始数字依次递增 100,如照明电路编号从 101 开始;指示电路编号从 201 开始等。

二、电气安装图的识读

电气安装图用来表示电气控制系统中各元件的实际位置和接线情况,它包括安装位置图和安装接线图两部分。电气安装图是电气安装与维修的重要图纸,是电气原理图的具体体现。熟练识读电气安装图,对检查故障、排除故障都很有帮助。

1. 安装位置图

在安装位置图中,主要显示出电气设备和各元件的实际空间位置。并不显示各电器的具体结构、作用、接线情况及工作原理,主要用于电器元件的布置和安装。图中各电器的文字符号与电路图的标注是一致的。图 6-3 为图 6-2 对应的安装位置图。

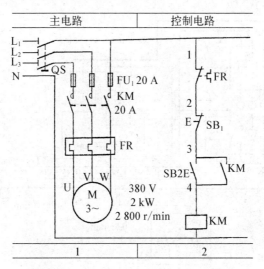

图 6-2 单向运转控制电路原理图

2. 安装接线图

在安装接线图中，主要显示主安装板和电源进线板、受控主负载、控制板、照明板等各配电板的互连情况。电工一般都是根据安装接线图来查找故障的，因为安装接线图和安装位置图是相对应的。图 6-4 即为图 6-2 和图 6-3 对应的安装接线图。

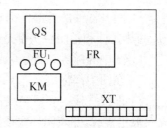

图 6-3 单向运转控制电路安装位置图

由于安装接线图标注了各配电板之间的互连情况，并标注出了连接导线两端的端子或接口位置、护线管（穿线管）的型号规格和尺寸等，所以，若能准确无误地识读安装接线图和安装位置图，就能很容易地查找并排除故障。

（1）安装接线图的特点

1）各电器都用图形符号表示，并附有文字符号标注。

2）各电器在图中的位置和安装位置图一致，即和电器实际安装位置一致。

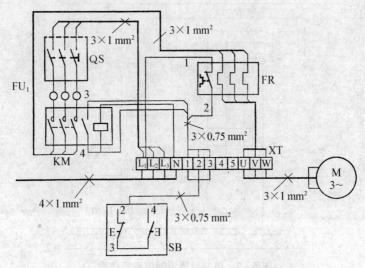

图 6-4 单向运转控制电路安装接线图

3）同一器件的各部件都画在一起，如图中 KM 的线圈和触头、FR 的热元件和常闭触头都是画在一起的。

4）图中的标号和数字标号都和电气原理图一致。

5）在图中都标出互连导线和串线管子的型号规格和尺寸。

6）走线一致的多根导线合并画成一根粗实线，并表明导线根数。

7）控制箱内和箱外之间的连接，或各配电板之间的连接，都通过接线端子相接。

（2）安装接线图的分解识读

若电路比较复杂，可将原理图和接线图各分解为几个部分进行对照识读。如把图 6-2 和图 6-4 分解后，主电路相互对照图分别为图 6-5 和图 6-6。

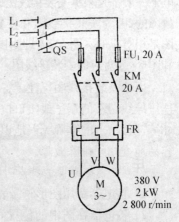

图 6-5 主电路原理图

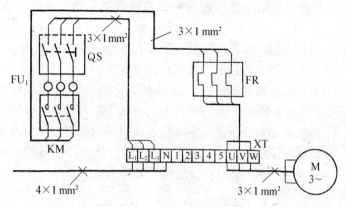

图6-6 主电路安装接线图

控制电路相互对照图分别为图6-7和图6-8。

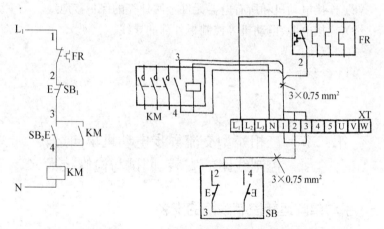

图6-7 控制电路原理图　　　　**图6-8 控制电路安装接线图**

三、电动机基本控制线路的一般安装步骤

电动机基本控制线路的安装,一般应按以下步骤进行:

1) 识读电路图,明确线路所用电器元件及其作用,熟悉线路的控制原理。

电动机的控制电路原理图和安装接线图如图 6-7、图 6-8 所示。

2）根据电路图或元件明细表配齐电器元件，并进行校验。

3）根据电器元件选配安装工具和控制板。

4）根据电路图绘制安装位置图和安装接线图，然后按要求在控制板上固装电器元件（电动机除外），并贴上醒目的文字符号。

5）根据电动机容量选配主电路连接导线的截面。控制电路导线一般采用截面为 1 mm² 的铜芯线（BVR）；按钮一般采用截面为 0.75 mm² 的铜芯线（BVR）；接地线一般采用截面不小于 1.5 mm² 的铜芯线（BVR）。

6）根据安装接线图布线，同时将剥去绝缘层的两端线头套上标有与电路图相一致的编号的编码套管。

7）安装电动机。

8）连接电动机和所有电器元件金属外壳的保护接地线。

9）连接电源、电动机等控制板外部的导线。

10）自检。

11）校验。

12）通电试车。

第二节 三相笼型交流异步电动机单向运转控制线路的安装、调试与检修技术

一、手动单向运转控制线路的安装

手动单向运转控制线路是通过低压开关来控制电动机的启动和停止的，它适用于小容量电动机的启动及对控制条件要求不高的场合。在工厂中常被用来控制三相电风扇、小型台钻、小型砂轮机、机床的冷却泵电动机等。

1. 手动单向运转控制线路

手动单向运转控制线路电路图如图 6-9、图 6-10、图 6-11、

图 6－12 所示。

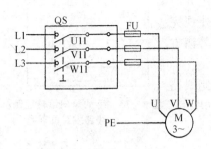

图 6-9　用开启式负荷开关
控制的手动单向运
转控制电路图

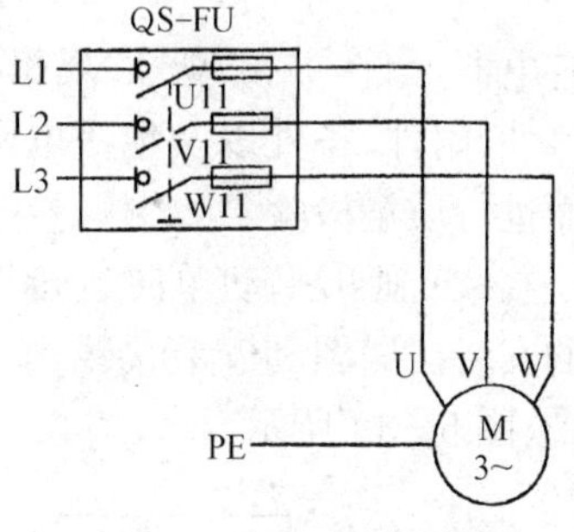

图 6-10　用封闭式负荷开关
控制的手动单向运
转控制电路图

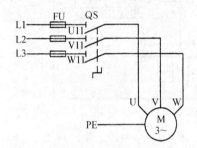

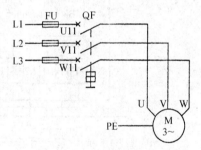

图 6-11　用组合开关控制的手动
单向运转控制电路图

图 6-12　用低压断路器控制的手
动单向运转控制电路图

2. 工作过程(识图)

从以上四图中可看出,手动控制电路只有主电路,没有辅助电路,其工作过程如下:

启动:合上隔离开关 QS 或断路器 QF→电动机 M 得电启动运转

停止:断开隔离开关 QS 或断路器 QF→电动机 M 失电停转

3. 电路保护

当电动机短路或较长时间过载时→熔断器 FU 熔断→电动机 M 失电停转。

4. 手动单向运转控制线路的安装

（1）按图 6-9～图 6-12 配齐所有电器元件，并从型号、规格、外观完整性、附件、备件以及绝缘电阻等诸方面进行质量检验。

（2）画出手动单向运转控制线路的安装位置图和安装接线图，如图 6-13、图 6-14 所示。

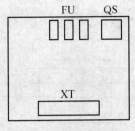

图 6-13　手动单向运转控制线路安装位置图

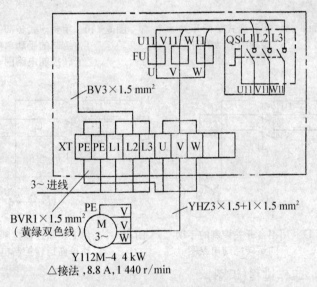

图 6-14　手动单向运转控制线路安装接线图

（3）在控制板上按图 6-13 安装电器元件。电器安装要牢固，并符合工艺要求。

（4）根据电动机位置及图 6-14 标画线路走向、电线管和控制板支持点的位置，做好敷设和支持准备。

（5）按工艺要求敷设电线管并穿线，整个管路应连成一体并可靠接地，管内导线不能有接头，导线穿管时不能损伤绝缘层，导线穿好后在管口套上护圈。同路并行导线要单层密排，紧贴安装面。导线与接线端子或接线桩连接时,不得压绝缘层、不反圈、不露铜过长。每节接线端子板上的连接导线只能接一根,不得多接。接线时要先接负载端,后接电源端;先接接地线,后接三相电源线。

(6) 连接控制开关至电动机的导线,接好接地线,测量绝缘电阻。

(7) 将三相电源接入控制开关,经检查合格后通电试车。

(8) 分别更换图 6 - 9～图 6 - 12 中四种开关,重复第(7)步的操作。安装开启式负荷开关时,应将开关的熔体部分用导线直连,并在出线端另外加装熔断器作短路保护;安装组合开关、低压断路器时,则在电源进线侧加装熔断器。

5. 手动单向运转控制线路常见故障及检修技术

手动单向运转控制线路常见故障、原因及处理方法如下:

(1) 电动机不启动　可能是熔断器熔体熔断——用万用表检查电路中是否有短路,若有则排除短路故障后更换熔体。

(2) 电动机缺相　可能是:① 组合开关或断路器操作失控——拆装组合开关或断路器并修复;② 负荷开关或组合开关动静触头接触不良——对触头进行修整。

二、点动单向运转控制线路的安装

点动控制是指按下按钮电动机就得电运转,松开按钮电动机就失电停转。这种控制方法常用于电动葫芦起重电动机控制和车床滑板箱快速移动电动机控制。点动单向运转控制线路是用按钮、接触器来控制电动机运转的最简单的单向运转控制线路。

1. 电路图及原理

(1) 电路图　点动单向运转控制线路如图 6 - 15 所示。

(2) 工作过程　先合上电源开关 QS。

启动:按下 SB→KM 线圈得电→KM 主触头闭合→电动机 M 启动运转

停止:松开 SB→KM 线圈失电→KM 主触头分断→电动机 M 失电停转

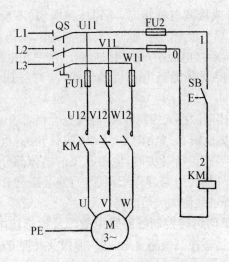

图 6 - 15　点动单向运转控制电路图

停止使用时,断开电源开关 QS。

(3) 各主要器件作用

1) 组合开关 QS:电源隔离开关,用作接通和切断电路电源。

2) 熔断器 FU1:主电路短路保护。

熔断器 FU2:控制电路短路保护。

3) 按钮 SB:控制接触器线圈 KM 得电、失电,从而达到控制电动机 M 转与不转。

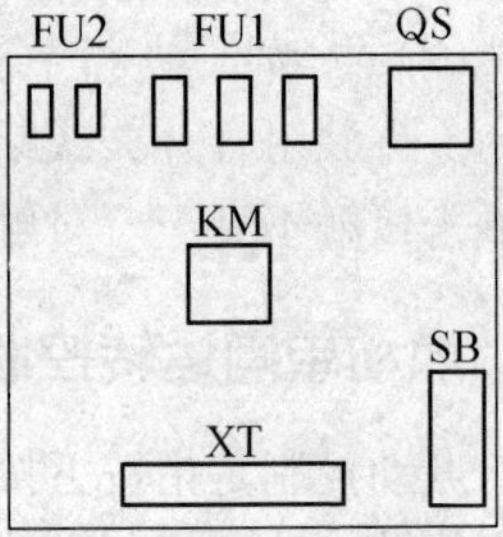

**图 6 - 16　点动单向运转控制
线路安装位置图**

4) 接触器 KM:线圈得电主触头闭合启动电动机;线圈失电主触头分断使电动机停转。

2. 点动单向运转控制线路的安装位置图和安装接线图

点动单向运转控制线路的安装位置图和安装接线图如图 6 - 16、图 6 - 17 所示。

3. 点动单向运转电路的安装

(1) 按电路配齐所用电器元件,并对电器元件的技术数据(如

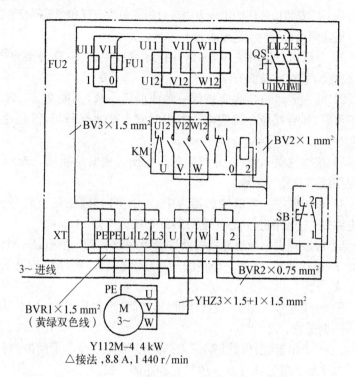

图 6-17 点动单向运转控制线路安装接线图

型号、规格、额定电压、额定电流等)、外观、备件、附件、质量等逐一进行检验。

(2) 在控制板上按安装位置图安装好电器元件,并贴上醒目的文字符号。工艺要求如下:

1) 组合开关、熔断器的受电端子应装在控制板的外侧,并使熔断器的受电端为底座的中心端。

2) 各元件的安装位置应整齐、匀称,间距合理,便于元件的更换。

3) 紧固各元件时用力要均匀,紧固程度适当。在紧固熔断器、接触器等易碎裂元件时,应用手按住元件一边轻轻摇动,一边用旋具轮换旋紧对角线上的螺钉,直到手摇不动后再适当旋紧即可。

（3）按安装接线图的走线方法进行板前明线布置和套编码套管。

板前明线布线的工艺要求如下：

1）布线通道尽可能少，同路并行导线按主、控电路分类集中，单层密排，紧贴安装面布线。

2）同一平面的导线应高低一致或前后一致，不能交叉。非交叉不可时，该导线应在接线端子引出时就水平架空跨越，但必须走线合理。

3）布线应横平竖直，分布均匀。变换走向时应垂直。布线严禁损伤线芯及导线绝缘。

4）布线顺序一般以接触器为中心，由里向外、由低至高，先控制电路、后主电路进行，以不妨碍后续布线为原则。

5）每根剥去绝缘层导线的两端套上编码套管。所有从一个接线端子（或接线桩）到另一个接线端子（或接线桩）的导线必须无中间接头。

6）导线与接线端子（或接线桩）连接时，不得压绝缘层、不反圈及不露铜过长。

7）一个电器元件接线端子上的连接导线不得多于两根，每节接线端子板上的连接导线一般只允许连接一根。

（4）根据电路图复验控制板布线、接线的准确性。

（5）安装电动机。

（6）连接电动机和按钮金属外壳的保护接地线。

（7）连接电源、电动机等控制面板外部的导线。电源进线应接在螺旋熔断器的下接线柱上。

（8）为防止错接、漏接造成不能正常运转或短路事故，安装完毕后首先要认真进行自检。

1）按电路图或接线图从电源端开始，逐段核对接线及接线端子处线号是否准确，有无漏接、错接之处。导线接点是否符合要求，压接是否牢固，接触是否良好。

2）用万用表检查线路的通断情况。检查时，应先选择倍率适当的电阻档，并进行校零，以有利于检查出短路故障。对控制电路的检查(可断开主电路),可将表棒分别搭在 U11、V11 线端上,读数应为"∞"。按下 SB 时,读数应为接触器线圈的直流电阻值。然后断开控制电路再检查主电路有无开始或短路现象,此时可用手动来代替接触器通电进行检查。

3)用兆欧表检查线路的绝缘电阻应不小于 1 MΩ。

(9)交验。初学者应找一经验丰富的电工或教师在自检基础上进行复验。

(10)通电试车。为保证人身安全,在通电试车时,要认真执行安全操作规程的有关规定,一人监护,一人操作。

三、接触器自锁单向运转控制线路的安装

在要求电动机启动后能连续运转时,采用点动单向运转控制线路显然是不行的,为实现电动机的连续运转,可采用接触器自锁单向运转控制线路。这种电路的主电路和点动控制线路的主电路相同。但在控制电路中又串接了一个停止按钮 SB2,在启动按钮 SB1的两端并联了接触器 KM 的一对常开辅助触头。

1. 电路图及原理

(1)电路图　接触器自锁单向运转控制线路电路图如图 6-18所示。

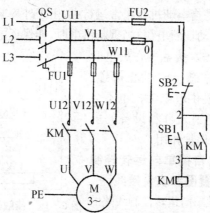

图6-18　接触器自锁单向运转控制线路电路图

（2）工作过程　先合上电源开关 QS。

启动：按下 SB1→KM线圈得电──KM 主触头闭合──────M启动连续运转
　　　　　　　　　　　　　└─KM 常开辅助触头闭合─┘
　　　　　　　　　　　　　　自锁 SB1

停止：按下 SB2→KM线圈失电──KM 主触头分断──────M失电停转
　　　　　　　　　　　　　└─KM 常开辅助触头分断─┘

（3）各主要器件作用

1）组合开关 QS：电源隔离开关；

2）熔断器 FU1：主电路短路保护；

熔断器 FU2：控制电路短路保护；

3）启动按钮 SB1：启动电动机；

停止按钮 SB2：使电动机停转；

4）交流接触器 KM：主触头闭合使电动机 M 得电启动，主触头分断使电动机 M 失电停转。常开辅助触头闭合时自锁（短接 SB1）使电动机 M 保持连续运转。KM 同时对电动机具有欠压与失压保护。

所谓欠压保护是指当线路电压下降到某一数值（一般指低于额定电压 85％以下）时，电动机能自动脱离电源停转。接触器是依靠电磁吸力动作的电器，当欠压时造成吸力不足，所有触头即会恢复常态，故接触器在电路中具有欠压保护作用。

失压保护是指电动机在正常运行中，由于外界某种原因造成突然断电时，能自动切断电源；当重新供电时，能保证电动机不会自行启动的一种保护。接触器在失电时所有触头恢复常态，SB1 也已解锁。保证了即使恢复供电电动机也不会自行启动，保证了人身和设备的安全，起到了失压保护作用。

2. 接触器自锁单向运转控制线路的安装位置图和安装接线图

接触器自锁单向运转控制线路的安装位置图及安装接线图如图 6-19

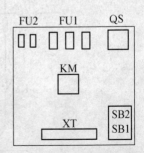

图 6-19　接触器自锁单向运转控制线路安装位置图

和图6-20所示。

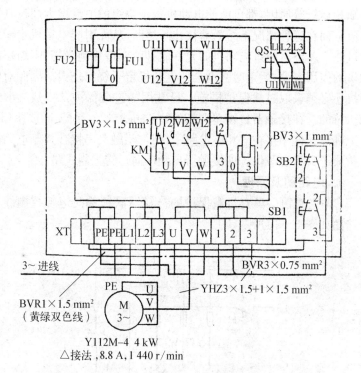

图6-20 接触器自锁单向运转控制线路安装接线图

3. 接触器自锁单向运转控制线路的安装

参照"点动单向运转线路的安装"中的工艺要求,在已装好的点动控制板上,根据接触器自锁单向运转控制线路安装停止按钮 SB2 和接触器 KM 自锁触头,完成接触器自锁单向运转控制线路的安装与接线。

四、具有过载保护的接触器自锁单向运转控制线路的安装

过载保护是指当电动机出现过载时能自动切断电动机电源,使电动机停转的一种保护。在接触器自锁单向运转控制线路中,由熔断器 FU 作短路保护,由接触器 KM 作欠压和失压保护,但还不够。

因为在电动机运行过程中,如果长期负载过大,或启动操作频繁,或者缺相运行等原因,都可能使电动机定子绕组的电流增大超过其额定值。而在这种情况下熔断器往往不熔断,从而引起电动机定子绕组过热。若温度超过电动机的允许温升就会造成绝缘损坏,缩短电动机的使用寿命,严重时甚至会使电动机定子绕组烧毁。因此对电动机还必须采取过载保护措施。最常用的过载保护是由热继电器来执行的。在接触器自锁单向控制电路中增加一个热继电器 FR,并把其热元件串接在三相主电路中,把常闭触头串接在控制电路中便构成了具有过载保护的接触器自锁单向运转控制线路。

1. 电路图及原理

(1)电路图 具有过载保护的接触器联锁单向运转控制线路电路图如图 6 - 21 所示。

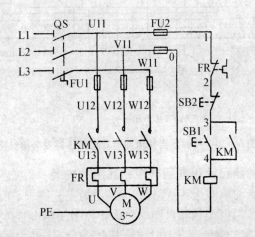

图 6‑21 具有过载保护的接触器自锁单向运转控制线路电路图

(2)工作过程 启动和停止过程与接触器自锁单向运转控制线路相同。

过载保护:当电动机 M 过载时,I_M↑→热继电器 FR 双金属片受热发生弯曲→热继电器 FR 常闭触头分断→控制电路失电→KM 线圈失电→KM 主触头分断→电动机 M 失电停转

（3）各主要元器件作用 QS、FU1、FU2、SB1、SB2、KM 的作用与接触器自锁单向运转控制线路相同。

热继电器 FR：过载保护

2. 具有过载保护的接触器自锁单向运转控制线路的安装位置图及安装接线图

具有过载保护的接触器自锁单向运转控制线路的安装位置图及安装接线图如图 6-22、图 6-23 所示。

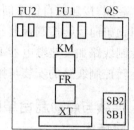

图 6-22 具有过载保护的接触器自锁单向运转控制线路安装位置图

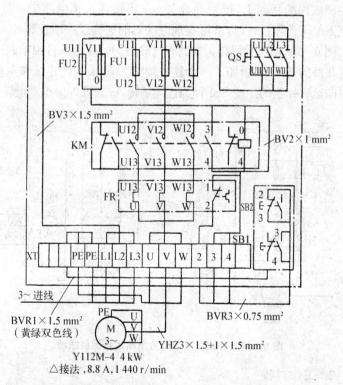

图 6-23 具有过载保护的接触器自锁单向运转控制线路安装接线图

3. 具有过载保护的接触器自锁单向运转线路的安装

参照"接触器自锁单向运转控制线路"中的工艺要求,在已装好的自锁单向运转控制板上,根据具有过载保护的接触器自锁单向运转控制线路加装热继电器 FR,完成具有过载保护的接触器自锁单向运转控制线路的安装与接线。

五、连续与点动混合单向运转控制线路的安装、调试与检修技术

1. 电路图

图 6 - 24(a)所示线路是在具有过载保护的接触器自锁单向运转控制线路的基础上,把手动开关 SA 串接在自锁电路中。显然,当把 SA 闭合和打开时,就可实现电动机的连续或点动控制。

图 6 - 24(b)所示线路是在具有过载保护的接触器自锁单向运转控制线路的基础上,增加了一个复合按钮 SB3,来实现连续和点动混合单向运转控制的。按 SB1 即为连续运转,按 SB3 即为点动运转。

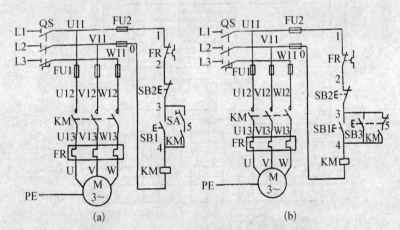

图 6 - 24 连续与点动混合单向运转控制线路

2. 工作过程

图 6 - 24(a)线路读者可自行分析,不再重复。图 6 - 24(b)线

路的工作过程如下：先合上 QS。

（1）连续运转控制

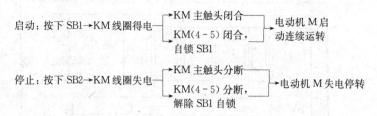

启动：按下 SB1→KM 线圈得电→KM 主触头闭合→电动机 M 启动连续运转
KM(4-5) 闭合，自锁 SB1

停止：按下 SB2→KM 线圈失电→KM 主触头分断→电动机 M 失电停转
KM(4-5) 分断，解除 SB1 自锁

（2）点动控制

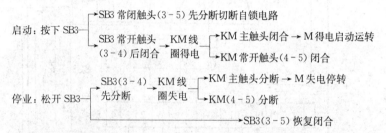

启动：按下 SB3→SB3 常闭触头(3-5) 先分断切断自锁电路
SB3 常开触头(3-4) 后闭合→KM 线圈得电→KM 主触头闭合→M 得电启动运转
KM 常开触头(4-5) 闭合

停业：松开 SB3→SB3(3-4) 先分断→KM 线圈失电→KM 主触头分断→M 失电停转
KM(4-5) 分断
SB3(3-5) 恢复闭合

注意此时的动作先后顺序是：

SB3(3-4)分断→KM(0-4)失电→KM(4-5)分断→SB3(3-5)闭合

3. 电路保护

1）由熔断器 FU1、FU2 分别作主电路与控制电路的短路保护；

2）由热继电器 FR 作电动机 M 的过载保护；

3）由接触器 KM 作电路的失压、欠压保护。

4. 连续与点动混合单向运转控制线路的安装位置图及安装接线图

连续与点动混合单向运转控制线路的安装位置图及安装接线图如图 6-25、

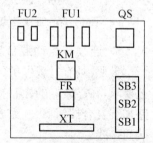

图 6-25 连续与点动混合单向运转控制线路安装位置图

图 6-26 所示。

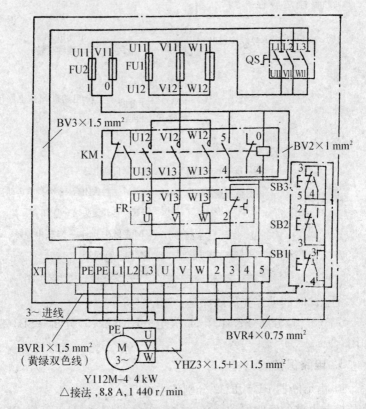

图 6-26 连续与点动混合单向运转控制线路安装接线图

5. 连续与点动混合单向运转控制线路的安装

参照"具有过载保护的接触器自锁单向运转控制线路"中的工艺要求,在已装好的控制板上根据连续与点动混合单向运转控制线路加装复合按钮 SB3,完成连续与点动混合单向运转控制线路的安装与接线。

6. 连续与点动混合单向运转控制线路的故障检修

由于连续与点动混合单向运转控制线路是上述若干单向运转

控制电路的综合,所以只要掌握连续与点动混合单向运转控制线路所有故障的判断与检修,以上诸线路的故障排除也就可迎刃而解。判定故障点通常使用的有电压分阶测量法和电阻分阶测量法。以下先以"具有过载保护的接触器自锁单向运转控制线路"(图6-21)为例逐一介绍这两种方法。

(1)电压分阶测量法
测量检查时,先把万用表置于交流500V的档位上,然后按图6-27所示方法进行测量。

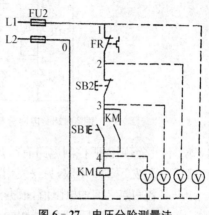

先断开主电路,然后接通控制电路的电源。若按下启动按钮SB1时,接触器KM不吸合,则说明控制电路有故障。检测时需要两人配合进行。一人先

图6-27 电压分阶测量法

用万用表测量0和1两点之间的电压。若电压为380V,则说明控制电路的电源电压正常。然后由另一人按下SB1不放,一人把黑表棒接到0点上,红表棒依次接到2、3、4各点上,分别测量0-2、0-3、0-4两点间的电压。根据测量结果即可找出故障点,见表6-2。

表6-2 电压分阶测量法查找故障点

故障现象	测试状态	0-2	0-3	0-4	故　障　点
按下SB1时, KM不吸合	按下SB1 不放	0	0	0	FR常闭触头接触不良或已分断
		380V	0	0	SB2常闭触头接触不良或已分断
		380V	380V	0	SB1接触不良或不能闭合
		380V	380V	380V	KM线圈断路

(2)电阻分析测量法　测量检查时,首先把万用表的转换开关置于倍率适当的电阻档,然后按图6-28所示方法进行测量。

先断开主电路,然后接通电源。若按下启动按钮SB1时,接触

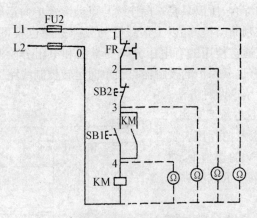

图 6‑28　电阻分阶测量法

器 KM 不吸合,则说明控制电路有故障。检测时,首先切断控制电源,然后一人按下 SB1 不放,另一人用万用表依次测量 0‑1、0‑2、0‑3、0‑4 各两点之间的电阻值,根据测量结果即可找到故障点,见表 6‑3,表中 R 为接触器 KM 线圈的直流电阻。

表 6‑3　电阻分阶测量法查找故障点

故障现象	测试状态	0‑1	0‑2	0‑3	0‑4	故　　障　　点
按　下 SB1 时, KM 不 吸合	按下 SB1 不放	∞	R	R	R	FR 常闭触头接触不良或已分断
		∞	∞	R	R	SB2 接触不良或已分断
		∞	∞	∞	R	SB1 接触不良或不能闭合
		∞	∞	∞	∞	KM 线圈断路

注:R 为 KM 线圈电阻值。

用以上两法查找出故障点后,根据不同情况,采取正确的维修方法排除故障。

(3) 连续与点动混合单向运转控制线路故障判断与排除,见图 6‑24(b)。

1) 控制电路

① 故障现象:合上电源开关 QS,然后按下 SB1 或 SB3 时,接

触器 KM 均不吸合。

② 判定故障范围：因 SB1 与 SB3 两条支路都接不通，可初步确定故障点在控制电路的公共支路上。

③ 用电压分阶测量法（或用电阻分阶测量法）确定故障点：如图 6-29 所示。先合上电源开关 QS，然后把万用表置于交流 500 V 电压档，一人按下 SB1 不放，另一人把万用表的黑表棒接到 0 点上，红表棒依次接到 1、2、3、4 各点，分别测量 0-1、0-2、0-3、0-4 各阶点之间的电压值，根据测量结果即可找出故障点及排除方法，见表 6-4。

表 6-4　用电压分阶测量法查找连续与点动
混合单向运转控制线路故障并排除

故障现象	测试状态	0-1	0-2	0-3	0-4	故 障 点	故障排除方法
按下 SB1 或 SB3，KM 不吸合	按下 SB1 不放	0	0	0	0	FU2 熔断	查明原因，排除故障，更换相同规格熔体
		380 V	0	0	0	FR 常闭触头分断或接触不良	若按下复位按钮时，FR 常闭触头不能复位，说明 FR 已损坏，必须更换同型号的 FR，并调整好其整定电流值；若按下复位按钮时 FR 常闭触头复位，说明 FR 完好，查明 FR 常闭触头故障原因并排除
		380 V	380 V	0	0	SB2 常闭触头分断或接触不良	更换 SB2
		380 V	380 V	380 V	0	SB1 常开触头不能闭合或闭合时接触不良	更换 SB1
		380 V	380 V	380 V	380 V	KM 线圈断路	更换相同规格的线圈或接触器

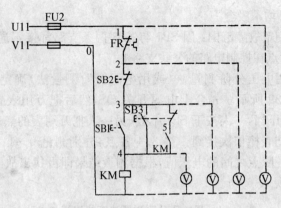

图 6 - 29　电压分阶测量法

2）主电路

① 故障现象：若合上电源开关 QS，按下 SB1 或 SB3 时，电动机转速极低甚至不转，并发出"嗡嗡"声。首先应立即切断电源。

② 判定故障范围：应在电源电路及主电路。

③ 确定故障点：先断开电源开关 QS，用测电笔检测主电路无电后，拆除电动机，再合上 QS、按下 SB1，然后用测电笔从上至下依次测试 U11、V11、W11；U12、V12、W12；U13、V13、W13；U、V、W 各接点，当测到哪一点发现测电笔的氖泡不亮时，即说明该点与上一点间存在断路现象。

④ 排除故障：根据测试情况判断该两点间是导线断路、导线接头未接好还是元件损坏，然后或更换导线、或重新接好接头、或更换同规格的元器件将故障排除。

⑤ 重新接好电动机，通电试车。

第三节　三相笼型交流异步电动机双向运转控制线路的安装、调试与检修技术

起重机在上下起吊重物时，电动机转子的转动方向是不同的，这

就要求起重机上的电动机能够双向运转。三相异步电动机从单向运转到双向运转,原理上只是改变了三相电源的相序,结构上仅仅并联了另一个单向运转控制线路,却实现了电动机运转方式的根本变化。在电动机双向运转控制的基础上,只需加上一定数量的行程开关,就能实现生产机械的限位控制。下面将这些线路逐一介绍。

一、接触器联锁双向运转控制线路的安装

1. 电路图

接触器联锁双向运转控制线路如图 6-30 所示。它的双向运转装置是由两个同型号、同规格的接触器 KM1 和 KM2 组成。在控制电路中控制按钮也是由两个启动按钮 SB1、SB2 和停止按钮 SB3 组成。从图中可知,两个接触器 KM1 和 KM2 的主触头所接通的电源相序不同,KM1 按 L1—L2—L3 相序接线,KM2 按 L3—L2—L1 相序接线。相应地,SB1 和 KM1 线圈等组成正转控制电

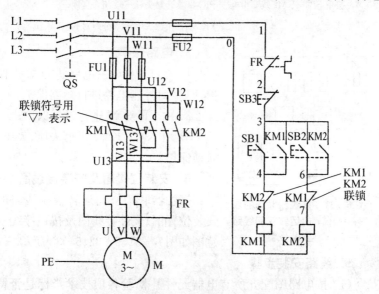

图 6-30　接触器联锁的双向运转控制线路

路;SB2 和 KM2 线圈等组成反转控制电路。为避免两个接触器 KM1 和 KM2 同时得电动作而造成两相电源短路,故在正反转控制 电路中分别串接对方接触器的一对常闭辅助触头,实现"联锁"。

2. 工作过程

(1) 正转控制　先合上 QS

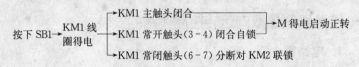

(2) 反转控制　控制过程如下:

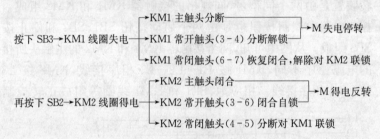

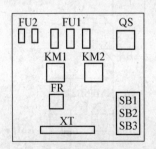

图 6-31　接触器联锁的双向运转控制线路安装位置图

3. 电路保护

1) 由 FU1 对主电路进行短路保护,FU2 对控制电路进行短路保护;

2) 由 FR 对 M 进行过载保护;

3) 由 KM1、KM2 进行失压、欠压、联锁保护。

4. 安装位置图及安装接线图

接触器联锁双向运转控制线路的安装位置图、安装接线图及按钮接线示意图如图 6-31、6-32、6-33 所示。

5. 线路安装步骤

(1) 按电路图配齐所有电器元件并检验各项技术指标是否符合规定的质量要求;

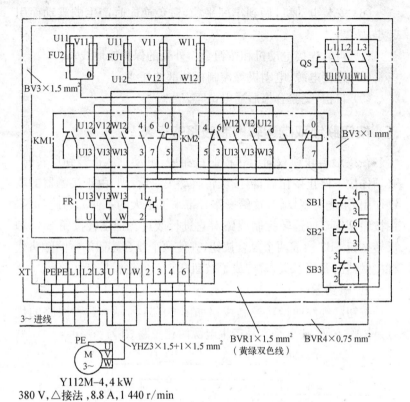

Y112M–4,4 kW
380 V,△接法,8.8 A,1 440 r/min

图 6－32　接触器联锁的双向运转控制线路安装接线图

（2）在控制板上按安装位置图安装所有的电器元件,并贴上醒目的文字符号。元件安装牢固但不损坏;

（3）按安装接线图进行板前明线布线和套编码套管。严禁损伤线芯及绝缘,接点要可靠不松动;

（4）按按钮接线图接好按钮连接线;

（5）按电路图检查控制板接线的准确性;确保接线正确无误;

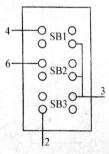

图 6－33　接触器联锁的双向运转控制线路按钮接线示意图

(6) 安装电动机,做到牢固平稳,避免换向时产生的震动而引起事故;

(7) 可靠连接电动机和按钮金属外壳的保护接地线;

(8) 连接电源、电动机等控制板外部的导线;

(9) 自检、交验合格后通电试车。

二、按钮联锁双向运转控制线路的安装

在接触器联锁双向运转控制线路中,电动机从正转到反转时,必须先按下停止按钮后,再按反转启动按钮,否则,由于接触器的联锁作用,不能实现反转,这给操作者带来了很大的不便。为此,可采用按钮联锁双向运转控制线路对它进行改进。把正转按钮 SB1 和反转按钮 SB2 换成两个复合按钮,并使两个复合按钮的常闭触头代替接触器的联锁触头,就构成了按钮联锁双向运转控制线路。

1. 电路图

按钮联锁双向运转控制线路如图 6-34 所示。这种线路的优点是操作方便,缺点是容易产生电源两相短路故障。

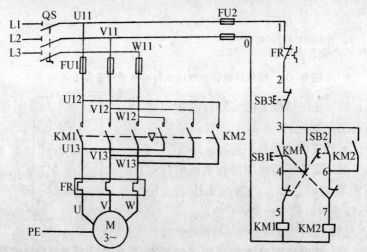

图 6-34 按钮联锁双向运转控制线路

2. 工作过程

(1) 正转控制 先合上电源开关 QS。

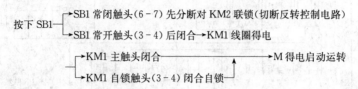

(2) 反转控制

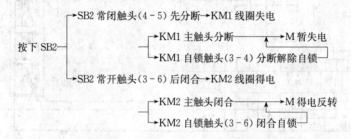

(3) 停止 按下 SB3,整个控制电路失电,接触器所有触头恢复常态,电动机 M 失电停转。

3. 电路保护

1) 由 FU1 作主电路短路保护、FU2 作控制电路短路保护;

2) 由 FR 作电动机 M 过载保护;

3) 由 KM1、KM2 作失压、欠压保护;

4) 由 SB1、SB2 的常闭触头作联锁保护。

4. 安装位置图及安装接线图

按钮联锁双向运转控制线路安装位置图与接触器联锁双向运转控制线路安装位置图完全相同,见图 6-31。其安装接线图如图 6-35 所示。

5. 线路安装

参照接触器联锁双向运转控制线路安装步骤及安装工艺进行安装,交验合格后通电试车。

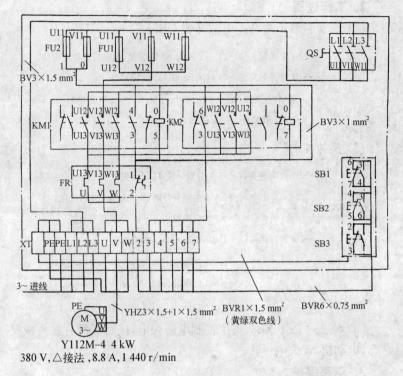

图 6 - 35 按钮联锁双向运转控制线路安装接线图

三、按钮与接触器双重联锁双向运转控制线路的安装及故障检修技术

为克服接触器联锁双向运转控制线路和按钮联锁双向控制线路的不足,将按钮联锁和接触器联锁有机组合,构成按钮与接触器双重联锁双向运转控制线路。

1. 电路图

按钮与接触器双重联锁双向运转控制线路如图 6 - 36 所示。该线路兼有按钮联锁和接触器联锁两种联锁控制线路的优点,操作方便,工作安全可靠。

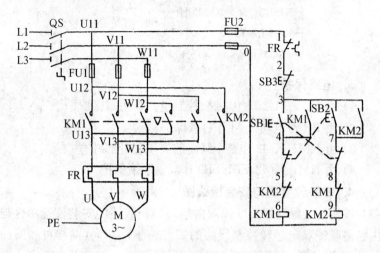

图 6‑36　双重联锁双向运转控制线路

2. 工作过程

（1）正转控制　首先合上电源开关 QS。控制过程如下：

按下 SB1 ┬──→ SB1 常闭触头（7‑8）先分断对 KM2 联锁（切断反转控制电路）
　　　　 └──→ SB1 常开触头（3‑4）后闭合──→ KM1 线圈得电

　　┬──→ KM1 自锁触头（3‑4）闭合 ┬──→ 电动机 M 得电
　　├──→ KM1 主触头闭合 ────────┘　　启动连续正转
　　└──→ KM1 联锁触头（8‑9）分断对 KM2 双重联锁

（2）反转控制　控制过程如下：

按下 SB2 ┬──→ SB2 常闭触头（4‑5）先分断──→ KM1 线圈失电──→ⓐ
　　　　 └──→ SB2 常开触头（3‑4）后闭合──→ⓑ

　　┬──→ KM1 自锁触头（3‑4）分断解除自锁 ┬──→ 电动机 M 暂失电
ⓐ──┼──→ KM1 主触头分断 ────────────┘
　　└──→ KM1 联锁触头（8‑9）恢复闭合──→ KM2 线圈得电
ⓑ────────────────────────────┘

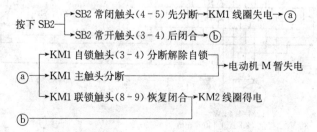

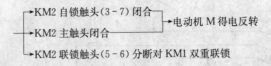

→ KM2 自锁触头(3-7)闭合
→ KM2 主触头闭合 → 电动机 M 得电反转
→ KM2 联锁触头(5-6)分断对 KM1 双重联锁

3. 电路保护

1) 由 FU1、FU2 对主电路、控制电路作短路保护；

2) 由 FR 对电动机 M 作过载保护；

3) 由 KM1、KM2 作整个线路的失压、欠压保护；

4) 由 KM1、KM2、SB1、SB2 作双重联锁保护。

4. 安装位置图与安装接线图

按钮与接触器双重联锁双向运转控制线路的安装位置图也与接触器联锁双向运转控制线路的安装位置图相同,同样可参阅图 6-31。其安装接线图如图 6-37 所示。

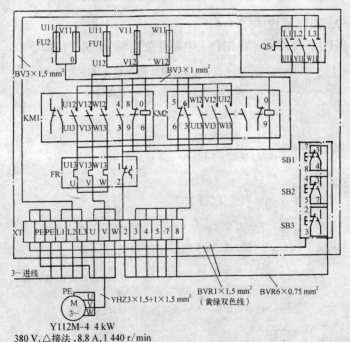

图 6-37 按钮与接触器双重联锁双向运转控制线路安装接线图

5. 线路安装

参照接触器联锁双向运转控制线路安装步骤及安装工艺进行安装。交验合格后通电试车。

6. 故障检修

故障检修步骤如下：

（1）通电观察电气设备和电器元件的动作，看电动机运行情况、接触器动作情况和线路工作情况是否正常，各控制环节的动作程序是否符合要求，找出故障发生部位或回路。如发现有过热、冒烟等异常现象，应立即断电检查；

（2）结合故障现象与电气控制线路的工作原理、控制环节的动作程序以及它们之间的联系作具体分析，缩小故障范围，并在电路图上圈出故障存在的最小范围；

（3）用电压分阶测量法正确，迅速地找出故障点；

（4）根据故障点的不同情况，采取正确的修复方法，迅速排除故障；

（5）排除故障后通电试车。

四、行程控制线路的安装

在生产过程中，一些生产机械运动部件的行程或位置受到限制，如下一章将介绍的摇臂钻床。实现行程控制要求的主要电器是行程开关，这是一种将机械信号转换为电气信号，以控制运动部件位置或行程的自动控制电器。而位置控制就是利用生产机械运动部件上的挡铁与限位开关碰撞，使其触头动作，来接通或断开电路，以实现对生产机械运动部件的位置或行程的自动控制。

1. 电路图及运动部件示意图

限位控制线路电路图及控制行车运动位置的示意图如图6-38所示。行车的两头终点处各安装一个限位开关 SQ1 和 SQ2，将这两个限位开关的常闭触头分别串接在正转和反转控制电路中，行车前后各装有挡铁1和挡铁2，行车的行程和位置可通过移动限位开关的安装位置来调节。

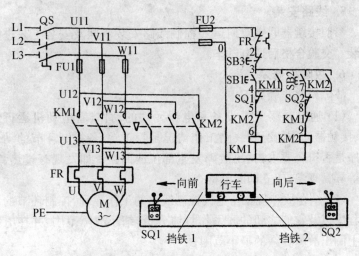

图 6 - 38　限位控制线路与行车控制示意图

2. 工作过程

（1）行车向前运动　先合上电源开关 QS。控制过程如下：

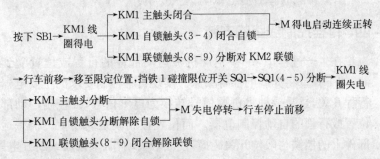

（2）行车向后运动　控制过程如下：

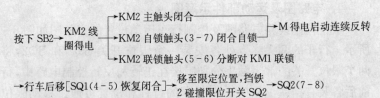

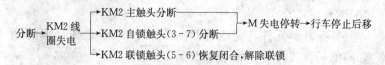

（3）中途停车 由于 SB3 安装在控制电路的干路上，故不论行车行驶在前移或后移途中，只要按下 SB3，主触头即分断，电动机 M 失电，行车停车。

3. 电路保护

电路保护同上述线路，不再累述。

4. 线路安装步骤及工艺要求

（1）按图 6-38 配齐所有电器元件及所需导线，并检验元件质量。

（2）在控制板上按图 6-39 安装位置图布置。安装好各主要电器元件，并贴上醒目的文字符号。然后按照横平竖直原则在各电器元件周围安装好走线槽。

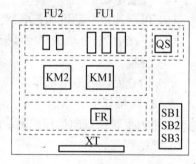

图 6-39 工作台限位控制线路安装位置图

（3）按图 6-38 电路图进行板前线槽配线并在导线端部套上编码套管和冷压接线头。具体工艺要求是：

1）所用导线最小截面积，在控制箱外为 1 mm²，箱内为 0.75 mm²，必须采用软线；

2）布线时严禁损伤导线绝缘和线芯；

3）以电器元件水平中心线为界，从上方端子引出的导线必须走上面线槽，从下方端子引出的导线必须走下面线槽，任何导线不允许水平进线槽；

4）各电器元件接线端子上的引入引出线，除间距很小或元件机械强度很差允许直接架空敷设外，其他导线必须进走线槽；

5）走线槽内装线不超过其容量的 70%，以方便盖槽盖及以后装配维修；

6）各电器元件与走线槽间的外露导线,要走线合理、横平竖直、高低一致或前后一致,不得交叉；

7）所有接线端子,导线线头都应套有与电路图上相应接点线号一致的编码套管,并按线号进行连接；

8）当接线端子不适合连接软线或较小截面积的软线时,可以在导线端头穿上针形或叉形夹头并压紧；

9）一般一个接线端子只能连接一根导线,即使用专用端子同时连接多根导线,也必须采用工艺上成熟的方式。

(4) 根据图 6-38 检验控制板内部布线的正确性。

(5) 安装电动机。

(6) 可靠连接电动机和各电器元件金属外壳的保护接地线。

(7) 连接电源、电动机等控制板外部的导线。

(8) 自检。

(9) 检查无误后通电试车。

5. 故障检修

参照双重联锁双向运转控制线路故障检修方法,逐步增加排除故障的熟练程度。

第四节 三相笼型交流异步电动机顺序控制与多地控制线路的安装与检修技术

一、顺序控制线路的安装

具有多台电动机的生产机械,其电动机有时需按一定的顺序启动或停止,才能保证操作过程的合理和工作的安全可靠。例如X62W 型万能铣床上要求主轴电动机启动后,进给电动机才能启动；M7130 型平面磨床的冷却泵电动机,要求当砂轮电动机启动后才能启动。像这种要求几台电动机的启动或停止必须按一定程序来完成的控制方式,叫做电动机的顺序控制。

1. 主电路实现顺序控制

主电路实现顺序控制的线路如图 6 - 40 所示。这是一个按 M1、M2 顺序启动,同时停转的电路。

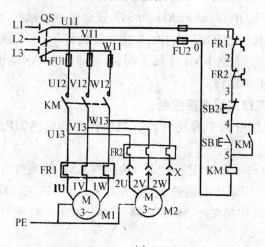

(a)

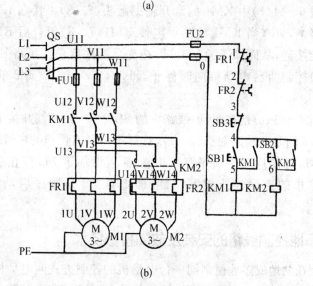

(b)

图 6 - 40 主电路实现顺序控制线路

图 6-40(a)中,电动机 M2 是通过插接器 X 接在接触器 KM 主触头的下面,因此,只有当 KM 主触头闭合,电动机 M1 启动运转后,电动机 M2 才可能接通电源运转。M7130 型平面磨床的砂轮电动机和冷却泵电动机就采用这种顺序控制线路。

图 6-40(b)中,电动机 M1 和 M2 分别通过接触器 KM1 和 KM2 来控制,接触器 KM2 的主触头接在接触器 KM1 主触头的下面,从而保证了只有当 KM1 主触头闭合,电动机 M1 启动运转后,M2 才能接通电源运转。

2. 控制电路实现顺序控制

几种在控制电路中实现电动机顺序控制的电路如图 6-41 所示。

图 6-41(a)中只有当按下 SB1,接触器 KM1 线圈得电其自锁触头自锁后,按 SB2 才能接通 KM2 从而保证了 M1 先启动后 M2 才能启动。SB3 串接在控制回路干路中,所以按下 SB3 两台电动机将同时停止。

图 6-41(b)中 KM1 的常开辅助触头(7-8)串接在 KM2 控制电路中,只有当 KM1 线圈得电使 KM1(7-8)闭合后 KM2 线圈才能接通,从而保证了 M1、M2 按先后顺序启动。线路中 SB12 (3-4)控制两台电动机同时停止,SB22(3-6)控制 M2 的单独停止。

图 6-41(c)是在图(b)线路中的 SB12(3-4)两端并接了接触器 KM2 的常开辅助触头(3-4),这样不但具有图(b)中 M1 先启动后 M2 才能启动的顺序控制功能,而且增加了 M2 停止后,M1 才能停止的逆序停止控制功能,即 M1、M2 是顺序启动,逆序停止。

二、多地控制线路的安装及故障检修技术

能在两地或多地控制同一台电动机的控制方式叫电动机的多地控制。图 6-42 所示为两地控制的具有过载保护接触器自锁单

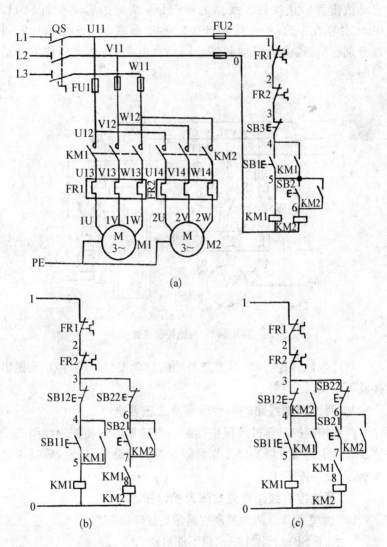

图 6-41 控制电路实现顺序控制线路

向运转控制线路。其中 SB11(4-5)、SB12(3-4)为安装在甲地的
启动按钮和停止按钮;SB21(4-5)、SB22(2-3)为安装在乙地的

启动按钮和停止按钮。线路的特点是：两地的启动按钮 SB11、SB21 并联在一起；停止按钮 SB12、SB22 串联在一起。这样就可以分别在甲、乙两地启动和停止同一台电动机，达到操作方便的目的。

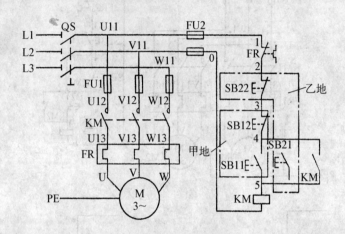

图 6‑42　两地控制线路

对三地或多地控制，只要把各地的启动按钮并接，停止按钮串接就可以实现。

1. 两地控制线路的安装步骤及工艺要求

两地控制的具有过载保护接触器自锁单向运转控制线路的安装步骤及工艺要求可参照工作台限位控制线路的安装步骤及工艺要求，此处不再累述。

2. 两地控制线路常见故障及检修技术

（1）常见故障　两地控制线路常见故障如下：

1）按下 SB11、SB21 电动机不能启动。

2）电动机只能点动控制。

3）按下 SB11 电动机不能启动，按下 SB21 电动机能启动。

（2）常见故障检修步骤　常见故障检修流程如图 6‑43 所示。

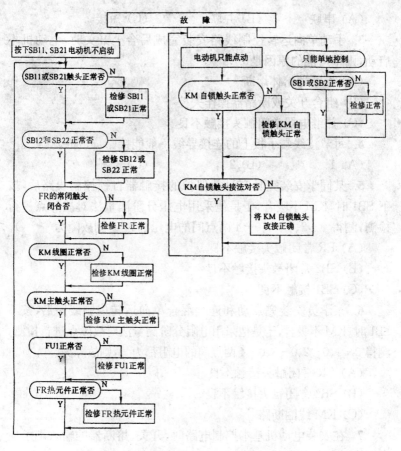

图 6‐43　两地控制线路故障检修流程图

··[··· 复 习 思 考 题 ···]··

一、选择题

1. 手动控制电路包括有（　　）。

(A) 主电路　　　(B) 控制电路　　　(C) 照明电路

2. 在接触器自锁控制电路中，自锁触头一定要与启动按钮

（　　）。

(A) 串联 　　　(B) 并联 　　　(C) 短接

3. 手动单向运转控制线路安装完成后合上开关时,电动机不启动,则不可能的原因是(　　)。

(A) 熔断器熔体熔断

(B) 组合开关或断路器操作失控

(C) 热继电器常闭触头接触不良

4. 每节接线端子板上的连接导线一般能接(　　)根。

(A) 1 　　　　　(B) 2 　　　　　(C) 3

5. 某同学安装完具有过载保护的接触器自锁控制线路后,按下 SB1 时,KM 不吸合,于是他采用电压分阶测量法对故障点进行检测,测得 0 - 2、0 - 3、0 - 4 两点间的电压都为 0,则故障为(　　)。

(A) FR 常闭触头接触不良

(B) SB2 常闭触头接触不良

(C) SB1 接触不良

6. 某学员安装完点动和连续混合单向运转控制线路后,按下 SB1 时,KM 不吸合,于是他采用电阻分阶测量法对故障点进行检测,测得 0 - 1、0 - 2、0 - 3、0 - 4 两点间的电阻都为∞,则故障为(　　)。

(A) FR 常闭触头接触不良

(B) SB2 常闭触头接触不良

(C) KM 线圈断路

7. 在安装电动机基本控制电路时,开关、熔断器的输入端子应安装在控制板的(　　)侧。

(A) 外 　　　　(B) 内 　　　　(C) 左侧或右侧

8. 接触器联锁的双向运转控制线路的控制电路是由两个单向运转控制线路(　　)而成的。

(A) 串联 　　　(B) 并联 　　　(C) 任意连接

9. 对生产机械的限位控制一般是用(　　)来实现的。

(A) 铁盒开关 　　(B) 低压断路器 　　(C) 限位开关

10. 安装接触器联锁双向运转控制线路时,熔断器的受电端子应在控制板的外侧,即(　　)。

（A）低进高出　　（B）高进低出　　　（C）高进高出或低进低出

11. 在工作台限位控制线路中,工作台的行程可通过挡铁的位置来调节,拉开两挡铁位置,行程会(　　)。

（A）变大　　　　（B）变短　　　　（C）不变

12. 在主电路实现顺序控制的电路中,后启动电动机主电路必须接在前启动电动机接触器主触头的(　　)。

（A）下面　　　　（B）上面　　　　（C）中间

13. 安装两地控制线路时,将启动按钮串接,停止按钮并接,则该电路(　　)。

（A）能实现两地控制

（B）不能实现两地控制

（C）不能确定

14. 安装完两台电动机顺序启动,逆序停止控制线路后对电路进行检查,合上开关 QS,将万用表两表笔分别接 L1、L2,按下 KM1 使主触头闭合,发现万用表电阻值读数为 0,则可以肯定,L1 与 L2 之间(　　)。

（A）有开路故障　（B）有短路故障　　（C）没有故障

15. 安装完两地控制线路后通电试车时,发现按下 SB11 电动机不启动,按下 SB21 能启动,则可能故障是(　　)。

（A）KM 线圈开路

（B）KM 自锁触头接触不良

（C）SB11 接触不良或接错

16. 安装完两台电动机顺序启动、逆序停止控制线路后通电试车时,正确的操作程序是(　　)。

（A）先合上电源开关 QS,然后按下 SB21,再按下 SB11 顺序启动;按下 SB22,再按下 SB12 逆序停止

（B）先合上电源开关 QS,然后按下 SB11,再按下 SB21 顺序启动;按下 SB12 后,再按下 SB22 逆序停止

（C）先合上电源开关 QS,然后按下 SB11,再按下 SB21 顺序启动;按下 SB22 后,再按下 SB12 逆序停止

二、问答题

1. 什么叫点动控制？试分析判断题图6-1所示各控制电路能否实现点动控制？若不能，试分析说明原因，并加以改正。

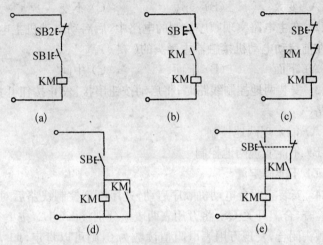

题图 6-1

2. 什么叫自锁控制？试分析判断题图6-2所示各控制电路能否实现自锁控制？若不能，试分析说明原因，并加以改正。

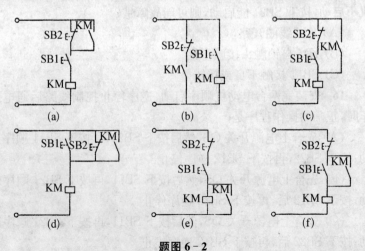

题图 6-2

3. 什么是欠压保护？什么是失压保护？为什么说接触器自锁控制线路具有失压和欠压保护作用？

4. 在题图 6 - 3 所示控制线路中，哪些地方画错了？试改正，并按改正后的线路叙述其工作原理。

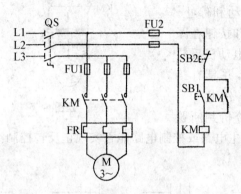

题图 6 - 3

5. 什么是过载保护？为什么对电动机要采取过载保护？

6. 在电动机的控制线路中，短路保护和过载保护各由什么电器来实现？它们能否相互代替使用？为什么？

7. 试分析题图 6 - 4 所示控制线路能否满足以下控制要求和保护要求：(1) 能实现单向启动和停止；(2) 具有短路、过载、失压和欠压保护。若线路不能满足以上要求，试加以改正，并说明改正原因。

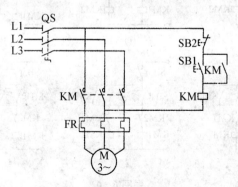

题图 6 - 4

8. 如何使电动机改变转向？

9. 题图 6 - 5 所示控制线路只能实现电动机的单向启动和停止。试用接触器和按钮在图中填画出使电动机反转的控制线路，并具有接触器联锁保护作用。

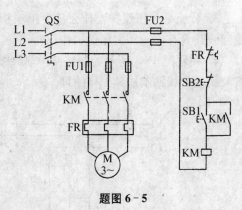

题图 6 - 5

10. 试分析判断题图 6 - 6 所示主电路或控制电路能否实现正反转控制？若不能，试说明原因。

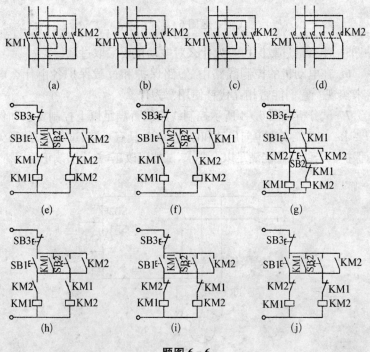

题图 6 - 6

11. 什么叫联锁控制？在电动机正反转控制线路中为什么必须有联锁控制？试指出题图6-7所示控制电路中哪些元件起联锁作用，各线路有什么优缺点？

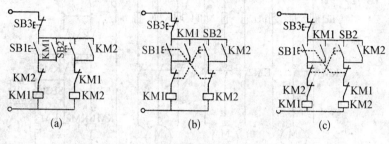

题图6-7

12. 题图6-8所示为电动机正反转控制电路图，请检查图中哪些地方画错了？试加以改正，并说明改正原因。

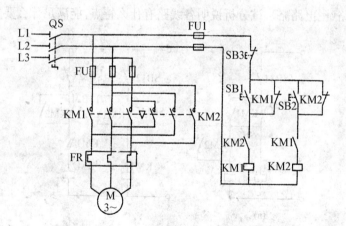

题图6-8

13. 什么是顺序控制？常见的顺序控制有哪些？各举一例说明。

14. 试分析题图6-9所示控制线路工作原理，并说明该线路属于哪种顺序控制线路。

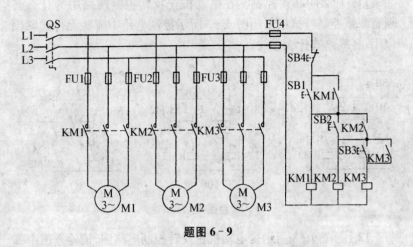

题图 6-9

15. 题图 6-10 所示为两种在控制电路实现电动机顺序控制的线路(主电路略),试分析说明各线路有什么特点,能满足什么要求?

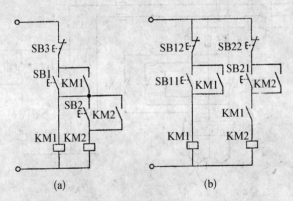

题图 6-10

16. 题图 6-11 所示控制电路可以实现以下控制要求:(1) M1、M2 可以分别启动和停止;(2) M1、M2 可以同时启动,同时停止;(3) 当一台电动机发生过载时,两台电动机能同时停止。试分析叙述线路的工作原理。

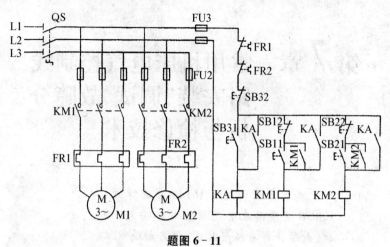

题图 6 – 11

第7章 常用机床电气控制线路安装、调试、故障分析与检修技术

本章着重讲述 *CA6140* 普通车床、*Z3050* 摇臂钻床电气控制线路安装、调试、故障分析与检修技术，提高初级电工在实际工作中的综合分析和解决问题的能力。

第一节 CA6140 型卧式车床电气控制线路安装、调试、故障分析与检修技术

车床是一种应用极为广泛的金属切削机床，能车削外圆、内圆、端面、螺纹、螺杆以及车削定型表面等。

一、CA6140 卧式车床外形与结构

1. 型号与含义

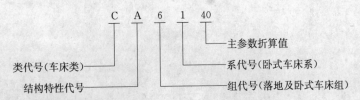

2. 外形与结构

CA6140 型普通车床的外形与结构如图 7 - 1 所示。

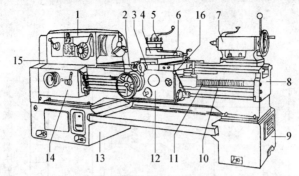

图 7 - 1 CA6140 型普通车床外形与结构图

1—主轴箱；2—纵滑板；3—横滑板；4—转盘；5—方刀架；6—斜滑板；
7—尾座；8—床身；9—右床座；10—光杠；11—丝杠；12—溜板箱；
13—左床座；14—进给箱；15—挂轮架；16—操纵手柄

3. 运动形式

（1）切削运动　包括工件旋转的主运动和刀具的直线进给运动。

（2）进给运动　刀架带动刀具的直线运动。溜板箱把丝杠或光杠的转动传递给刀架部分，变换溜板箱外的手柄位置，经刀架部分使车刀作纵向或横向进给。

（3）辅助运动　尾座的纵向移动，工件的夹紧与放松等。

二、CA6140 卧式车床电路图

CA6140 卧式车床电路图如图 7 - 2 所示。由图可知该电路由主电路、控制电路和信号、照明电路三大部分组成。每个电路在机床电气操作中的用途，用文字标注在电路图上部的用途栏中。

（1）主电路　主电路由主轴电动机 M1、冷却泵电动机 M2 和刀架快速移动电动机 M3 组成。

（2）控制电路　由变压器 TC 二次侧提供 110 V 电源，由接触器 KM、按钮 SB1 和 SB2 控制主轴电动机 M1 的启动运转及停止，主轴的正反转及调速由机械装置完成。由继电器 KA1 和按钮开关 SB4 控制冷却泵电动机 M2。由继电器 KA2 和点动按钮 SB3 控制刀架快速移动电动机 M3。

（3）信号、照明电路　由 EL 担任工作照明，HL 显示电源的通断。

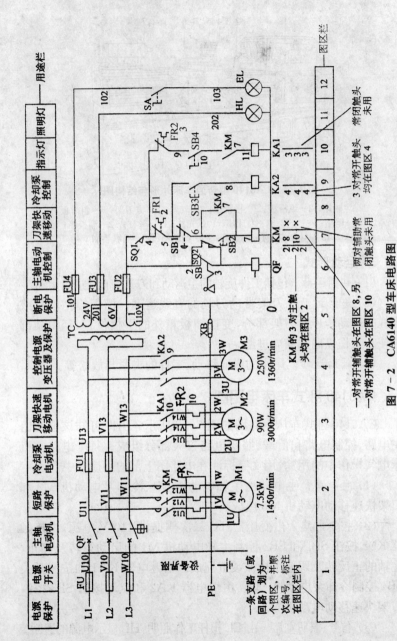

图 7−2 CA6140 型车床电路图

三、CA6140 卧式车床工作过程

1. 主轴电动机 M1 的控制

（1）启动　过程如下：

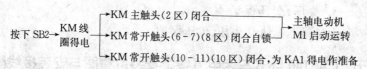

（2）停止　过程如下：

按下 SB1→KM 线圈失电→KM 触头复位断开→M1 失电停转

2. 冷却泵电动机 M2 的控制

由于 M1 与 M2 是顺序控制，所以只有当 M1 启动后 M2 才能启动。

（1）启动　过程如下：

按下 SB2→M1 启动运转→合上旋转开关 SB4（9 - 10）（10 区）→冷却泵电动机 M2 启动运转，为车削加工提供冷却液

（2）停止　可断开旋转开关 SB4 单独停止，也可在运行时按停止按钮 SB1 使 M1、M2 同时停止。

3. 刀架快速移动电动机 M3 的控制

按下 SB3，刀架快速移动电动机 M3 实现点动。刀架前、后、左、右方向的改变由机械装置完成。

4. 照明、信号电路控制

1）合上 QF→指示灯 HL（202 - 0）（11 区）亮。

2）合上 QF→合上旋转开关 SA（102 - 103）（12 区）→工作照明灯 EL 亮。

四、CA6140 普通车床的电路保护

1. 短路保护

由熔断器作短路保护，各熔断器的保护对象为：FU→M1；

FU1→M2、M3；FU2→控制电路；FU3→HL；FU4→EL。

2. 过载保护

由热继电器作过载保护,各热继电器的保护对象为：FR1→M1；FR2→M2。

3. 失压、欠压保护

由接触器 KM 作失压、欠压保护。

五、CA6140 卧式车床电气线路安装位置图与安装接线图

1. 安装位置图

CA6140 卧式车床电器安装位置图如图 7-3 所示。

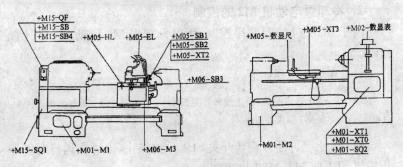

图 7-3　CA6140 型车床电器安装位置图

位置代号索引

序号	部件名称	代号	安装的元件
1	床身底座	+M01	-M1、-M2、-XT0、-XT1、-SQ2
2	床鞍	+M05	-HL、-EL、-SB1、-SB2、-XT2、-XT3、数显尺
3	溜板	+M06	-M3、-SB3
4	传动带罩	+M15	-QF、-SB、-SB4、-SQ1
5	床头	+M02	数显表

2. 安装接线图

CA6140 卧式车床电器安装接线图如图 7-4 所示。

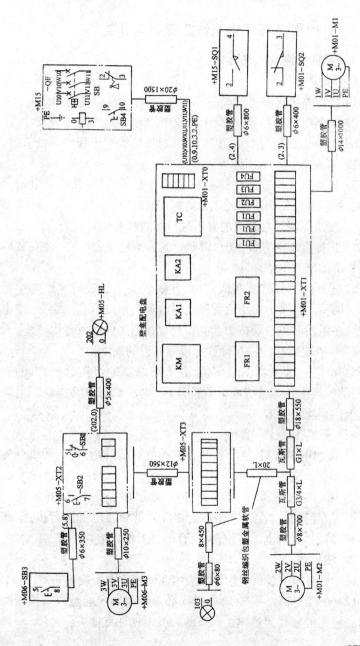

图7-4 CA6140型车床安装接线图

六、CA6140 卧式车床电气线路安装与调试

1. 安装步骤及工艺要求

（1）安装

1）按电路图配齐电气设备和元件，并逐个检验规格和质量。

2）根据电动机容量，线路走向及要求和各元件的安装尺寸，正确选配导线的规格、导线通道类型和数量、接线端子板型号及节数、控制板、管夹、束节、紧固体等。

3）按照电气位置图在控制板上安装电器元件，并在各电器元件附近做好与电路图上相同代号的标记。

4）按照控制板内布线的要求进行布线和套编码套管。

5）选择合理的导线走向，做好导线通道的支持准备，并安装控制板外部的所有电器。

6）进行控制箱外部布线，并在导线线头上套装与电路图中相同编号的编码套管。对于可移动的导线通道应放适当的余量，使金属软管在运动时不承受拉力。并按规定在通道内放入备用导线。

7）检查电路接线的正确性和接地通道的连续性。

8）检查热继电器的整定值、各级熔断器的熔体、电动机的安装、电动机与生产机械传动装置的连接、电动机与线路的绝缘电阻等是否达到规定要求。

（2）调试

1）接通电源开关，点动控制各电动机启动，检查各电动机的转向是否符合要求。

2）通电空转试验，认真观察各电器元件、线路、电动机及传动装置的工作情况是否正常，如不正常应立即切断电源进行检查，在调整和修复后再通电试车，直到所有部件工作正常为止。

2. 注意事项

（1）不要漏接接地线。严禁借用金属软管作为接地通道。

（2）在控制箱外部布线时，导线必须穿在导线通道内或敷设在机床底座内的导线通道里。所有的导线不允许有接头。

（3）在导线通道内敷设的导线接线时，要做到认清一根导线，立即套上编码套管，接上后再进行复验。

（4）在校验快速进给时，要注意将运动部件处于行程中间的位置，以防止运动部件与车头或尾座相撞产生设备事故。

（5）在安装调试时，工具、仪表的使用应符合要求。

（6）通电操作时，必须严格遵守安全操作规程。

七、CA6140 卧式车床常见电气故障分析与检修

CA6140 卧式车床电气控制线路常见故障及检修流程如图 7-5、7-6、7-7、7-8 所示。

1. 主轴电动机 M1 不能启动

若合上断路器 QF，按下启动按钮 SB2 后主轴电动机 M1 不能启动，按图 7-5 故障检修流程图进行检修。检查接触器 KM 是否吸合。

（1）若接触器 KM 吸合，则故障必然发生在电源电路和主电路上。

① 合上断路器 QF，用万用表测接触器受电端 U11、V11、W11 点之间的电压，若电压为 380 V，则电源电路正常。当测量 U11 与 W11 之间无电压时，再测量 U11 与 W10 之间有无电压，如果无电压，则 FU 熔断或(L3)连线断路；否则，故障是断路器 QF 接触不良或(L3 相)连线断路。

② 断开断路器 QF，用万用表电阻 R×1 档测量接触器输出端 U12、V12、W12 之间的电阻值，如果阻值较小且相等，说明所测电器正常；否则，依次检查 FR1、电动机 M1 以及它们之间的连线。

③ 检查接触器 KM 主触头是否良好，如果接触不良或烧毛，则更换动、静触头或相同规格的接触器。

④ 检查电动机机械部分是否良好，如果电动机内部轴承等损坏，应更换轴承；若外部机械有问题，可配合机修钳工进行维修。

（2）若接触器 KM 不吸合，则首先按下 SB3 检查 KA2 是否吸合，若吸合说明 KM 和 KA2 的公共控制电路部分(0-1-2-4-5)正常，故障范围在 KM 的线圈部分支路(5-6-7-0)；若按下 SB3 后 KA2 也不吸合，再合上旋转开关 SA 检查照明灯、指示灯是否亮，若亮，说

明故障范围在控制电路上，若不亮，说明电源部分有故障，但也不排除控制电路有故障。用电压分阶测量法检测出故障点并加以排除。

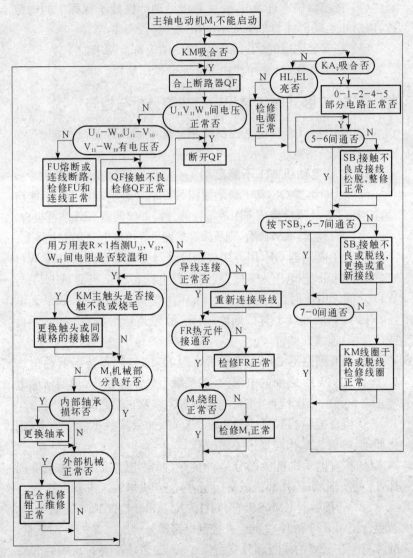

图 7‑5　主轴电动机 M1 不能启动故障检修流程图

2. 主轴电动机 M1 启动后不能自锁

当按下启动按钮 SB2 时,主轴电动机能启动运转,但松开 SB2 后,M1 也随之停转。造成这种故障的原因是接触器 KM 的自锁触头接触不良或连接导线松脱。

3. 主轴电动机 M1 不能停车

造成这种故障的原因多是接触器 KM 的主触头熔焊;停止按钮 SB1 击穿或线路中 5、6 两点连接导线短路;接触器铁芯表面黏滞污垢。若断开 QF,接触器 KM 释放,则说明故障为 SB1 击穿或导线短接;若接触器过一段时间后释放,则故障为铁芯表面黏滞污垢;若断开 QF 后接触器 KM 不释放,则故障为接触器熔焊。故障检修流程见图 7-6。

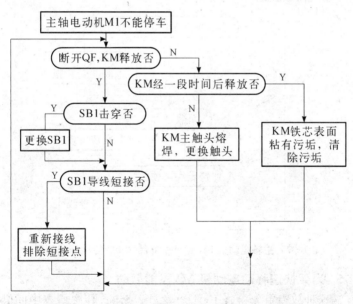

图 7-6 主轴电动机 M1 不能停车故障检修流程图

4. 主轴电动机 M1 在运行中突然停车

这种故障的主要原因是由于热继电器 FR1 动作。发生这种故障后,一定要找出热继电器 FR1 动作的原因,排除后才能使其复位。引起热继电器 FR1 动作的原因可能是：三相电源电压不平衡；电源电压较长时间过低；负载过重以及 M1 的连接导线接触不良等。故障检修流程见图 7-7。

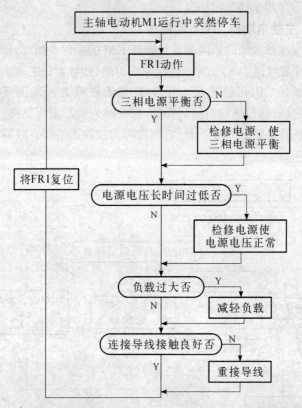

图 7-7　主轴电动机 M1 运行中突然停止故障检修流程图

5. 刀架快速移动电动机 M3 不能启动

遇这种故障首先检查 FU1 熔丝是否熔断；其次检查中间继电器 KA2 触头的接触是否良好；若无异常或按下 SB3 时，继电器 KA2 不吸合，则故障必定在控制电路中。这时依次检查 FR1 常用触头、点动按钮 SB3 及继电器 KA2 的线圈是否有断路现象即可。故障检修流程见图 7-8。

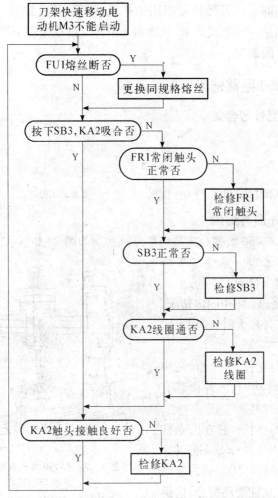

图 7-8 刀架快速移动电动机 M3 不能启动故障检修流程图

第二节 Z3050 型摇臂钻床电气控制线路
安装、调试、故障分析与检修技术

钻床是一种用途广泛的孔加工机床,它主要用钻头钻削精度要求不太高的孔。另外还可以用来扩孔、绞孔、镗孔以及攻螺纹等。摇臂钻床是一种立式钻床,它适用于单件或批量生产中带有多孔的大型零件的加工。

一、Z3050 摇臂钻床外形与结构

1. 型号与含义

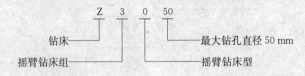

钻床
摇臂钻床组
最大钻孔直径 50 mm
摇臂钻床型

2. 外形与结构

(1) Z3050 摇臂钻床的外形与结构　如图 7-9 所示。

(2) Z3050 摇臂钻床各部分作用及特点

1) 底座:用于固定钻床,当加工工件较大时,还用来固定工件。

2) 内立柱:固定在底座上,不能转动,它的外面套有空心的外立柱。

3) 外立柱:套在内立柱外,可绕内立柱作 360°回转。

4) 摇臂:其一端的套筒部分与外立柱滑动配合,借助丝杠可沿外立柱上下移动,但不能与外立柱作相对回转运

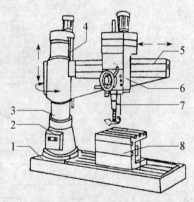

**图 7-9　Z3050 型摇臂钻床
外形与结构图**

1—底座;2—外立柱;3—内立柱;
4—摇臂升降丝杠;5—摇臂;6—主轴箱;
7—主轴;8—工作台

动,故摇臂与外立柱一起绕内立柱回转,需要时也可通过夹紧机构夹紧在立柱上。

5) 主轴箱:是一个复合部件。包括主轴及主轴旋转和进给运动的全部传动变速和操作机构。它安装在摇臂的水平导轨上,可通

过手轮操作使它沿着摇臂上的水平导轨作径向运动。

（6）工作台：用于固定不太大的加工件。

3. 运动形式

（1）钻削运动　主轴带动钻头的旋转运动，是钻床的主运动。

（2）进给运动　钻头的上、下运动。

（3）辅助运动　主轴箱沿摇臂水平移动、摇臂沿外立柱上下移动以及摇臂连同外立柱一起相对于内立柱的回转运动。

二、Z3050 摇臂钻床电路图

Z3050 摇臂钻床电路图如图 7 - 10 所示。

由电路图可知 Z3050 摇臂钻床线路由三部分构成：主电路、控制电路和照明指示电路。

（1）主电路　主电路共有 4 台电动机，除冷却泵电动机采用断路器直接启动外，其余三台电动机都采用接触器直接启动。

M1 是主轴电动机，承担钻削及进给任务。装于主轴箱顶部，拖动主轴及进给传动系统运转。只要求单方向运转，主轴的正反转由机械手柄操作。主轴变速机构和进给变速机构放在一个变速箱内，调速范围大。

M2 是摇臂升降电动机，承担摇臂升降任务。用接触器 KM2 和 KM3 控制其正反转，设有限位保护。

M3 是液压泵电动机，承担拖动油泵给液压装置提供压力油任务。用接触器 KM4 和 KM5 控制其正反转，实现摇臂、立柱、主轴箱的松开与夹紧。

M4 是冷却泵电动机，承担为钻削提供冷却液任务。单向运转，由断路器 QF2 直接控制。

主电路电源电压为 380 V，断路器 QF1 作为电源引入开关。

（2）控制电路　由变压器 TC 提供 110 V 控制电路电压，24 V 钻床工作照明电压和 6 V 指示灯电压。由 SB3、SB2、KT1 和 KM1 控制主轴电动机 M1；由 SB4、SB5、SQ1、SQ2 和 KM2、KM3 控制摇臂升降电动机 M2；由 SB6、SB7、KT2、KT3、KM4 和 KM5 控

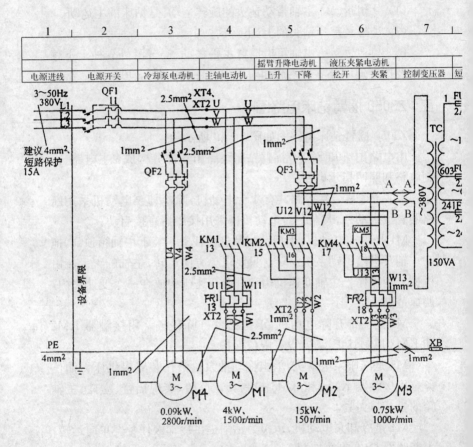

图 7-10　Z3050 型摇臂

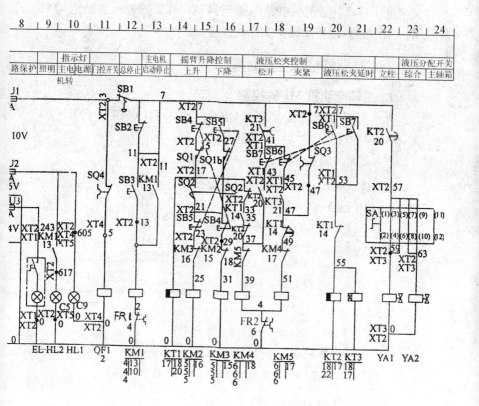

钻床控制线路图

制液压夹紧电动机 M3;由断路器 QF2 控制冷却泵电动机 M4。

(3) 照明指示电路　变压器 TC 二次侧绕组向 HL 提供 24 V 照明电压,用作工作时间照明。TC 二次侧向 HL1、HL2 提供 6 V 交流电压,HL1 亮表示电路电源已接通,HL2 亮表示主轴电动机 M1 正在运行,即指示钻削工作正在进行。

三、Z3050 摇臂钻床工作过程

1. 主轴电动机 M1 的控制

先合上断路器 QF1(2 区)、QF3(5 区)→HL1(10 区、605 - 0) 亮,指示电源接通。然后打开照明灯 EL。

(1) 启动　过程如下:

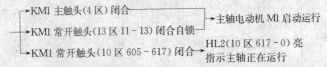

(2) 停止　过程如下:

按下 SB2(13 区 7 - 11)→KM1 线圈(13 区 13 - 2)失电—

→KM1 主触头(4 区)分断→主轴电动机 M1 停转

→KM1 常开触头(13 区 11 - 13)分断、解除自锁

→KM1 常开触头(10 区 605 - 617)分断→HL2(10 区 617 - 0)灭

2. 摇臂升降电动机 M2 的控制

(1) 摇臂上升　按下 SB4(15 区),时间继电器 KT1(14 区)通电吸合,其瞬时闭合的常开触头(17 区)闭合,接触器 KM4 线圈(17 区)通电,液压泵电动机 M3 启动,正向旋转,供给压力油。压力油经分配阀体进入摇臂的"松开油腔",推动活塞移动,活塞推动菱形块,将摇臂松开。同时活塞杆通过弹簧片压下位置开关 SQ2,使其常闭触头(17 区)断开,常开触头(15 区)闭合。前者切断了 KM4 的线圈电路,其主触头(6 区)断开,M3 停转。后者使 KM2 线圈(15

区)通电,其主触头(5 区)闭合,M2 启动旋转,带动摇臂上升。

当摇臂上升至所需位置时,松开 SB4,则 KM2 和 KT1 同时断电释放,M2 停止工作,摇臂停止上升。

KT1 断电 1~2 s 后,其延时闭合的常闭触头(18 区)闭合,使 KM5(18 区)吸合,M3 反转,液压泵内压力油经分配阀进入摇臂的"夹紧油箱"使摇臂夹紧,活塞杆推动弹簧片压下 SQ3,其常闭触头(19 区)断开,KM5 断电释放,M3 停止工作,完成摇臂的松开→上升→夹紧的整套动作。

(2) 摇臂下降 按下 SB5(16 区),时间继电器 KT1(14 区)通电吸合,其瞬时闭合的常开触头(17 区)闭合,KM4 线圈(17 区)通电,M3 启动正向旋转,供给压力油。与摇臂上升过程相似,先使摇臂松开,接着压动位置开关 SQ2,其常闭触头断开,使 KM4 断电释放,M3 停止工作;其常开触头闭合,使 KM3 线圈(16 区)通电,M2 反向运转,带动摇臂下降。

当摇臂下降到所需位置时,松开按钮 SB5,则 KM3 和 KT1 同时断电释放,M2 停止工作,摇臂停止下降。

与摇臂上升过程一样,摇臂完成松开→下降→夹紧的整套动作。

3. 液压夹紧电动机 M3 的控制(立柱和主轴箱的紧松控制)

(1) 同时紧松 将转换开关 SA22 区拨到中间位置,按下 SB6(20 区),时间继电器 KT2、KT3 线圈(20、21 区)同时得电,KT2 延时断开的常开触头(22 区)瞬时闭合,电磁铁 YA1、YA2 得电吸合。KT3 延时闭合常开触头(17 区)经 1~3 s 延时后闭合,使 KM4 得电吸合,M3 正转,供出的压力油进入立柱和主轴箱的松开油腔,使立柱与主轴箱同时松开。

松开 SB6,KT2、KT3 的线圈断电释放,KT3 延时闭合的常开触头(17 区)瞬时分断,KM4 断电释放,M3 停转。KT2 延时分断的常开触头(22 区)经 1~3 s 后分断,电磁铁 YA1、YA2 线圈断电释放,立柱和主轴箱同时松开的操作结束。

立柱与主轴箱同时夹紧的原理与松开相似,只要按下 SB7(21

区),使接触器 KM5 得电吸合,液压泵电动机 M3 反转即可。

(2) 单独紧松　将转换开关 SA(22 区)拨到右侧位置,按下 SB6(或 SB7),KT2、KT3 线圈同时得电,此时只有电磁铁 YA2 单独通电吸合,从而实现主轴箱的单独松开(或夹紧)。

松开 SB6(或 SB7),KT2、KT3 线圈失电,KT3 的通电延时闭合常开触头瞬时断开,KM4(或 KM5)断电释放,M3 停转。经 1～3 s 的延时后,KT2 延时分断的常开触头(22 区)分断,电磁铁 YA2 线圈断电释放,主轴箱松开(或夹紧)的操作结束。

同理,将转换开关 SA22 区拨到左侧位置,则可使立柱单独松开与夹紧。

4. 冷却泵电动机 M4 的控制

当钻削工件需要冷却时,合上空气断路器 QF2→冷却泵电动机 M4 得电运转→冷却泵提供冷却液冷却钻头与被钻削工件。

不需要冷却液时断开 QF2 即可。

5. 照明、指示电路的控制

(1) 指示电路　合上电源开关 QF1、QF3→指示灯 HL1(10 区)亮,显示钻床电源已接通。

按下 SB3(13 区)→KM1 线圈(13 区)得电—

├→KM1 主触头(4 区)闭合────┐
│　　　　　　　　　　　　　├→M1 得电运行
├→KM1 自锁触头(13 区)闭合──┘

└→KM1 常开触头(10 区)闭合→指示灯 HL2 亮,显示钻削正在进行

(2) 照明电路　需要照明时,合上照明灯旋钮开关→照明灯 EL 亮。

四、Z3050 摇臂钻床的电路保护

1. 短路保护

各短路保护元器件的保护对象分别为:

断路器 QF1(电磁脱扣装置)→主轴电动机 M1;

断路器 QF2(电磁脱扣装置)→冷却泵电动机 M4;

断路器 QF3(电磁脱扣装置)→摇臂升降电动机 M2、液压夹紧

电动机 M3

熔断器 FU1→控制电路

熔断器 FU2→指示电路

熔断器 FU3→照明电路

2. 过载保护及断相保护

热继电器 FR1→主轴电动机 M1；

热继电器 FR2→液压夹紧电动机 M3。

3. 失压、欠压保护，联锁保护

由相关接触器担任。

五、Z3050 摇臂钻床电气线路安装位置图与安装接线图

1. 安装位置图

Z3050 摇臂钻床电器安装位置图如图 7 - 11 所示。

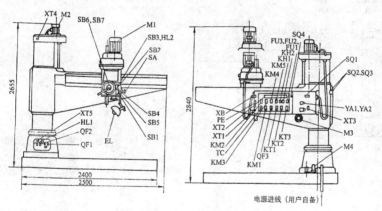

建议 BVR4×4 mm²、短路保护15 A

图 7 - 11　Z3050 型摇臂钻床电器安装位置图

2. 安装接线图

Z3050 摇臂钻床电器安装接线图如图 7 - 12 所示。

3. 配电盘布置及接线图

Z3050 摇臂钻床配电盘布置及接线图如图 7 - 13 所示。

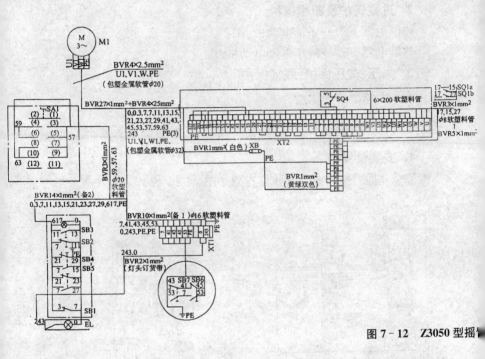

图 7 - 12   Z3050 型摇

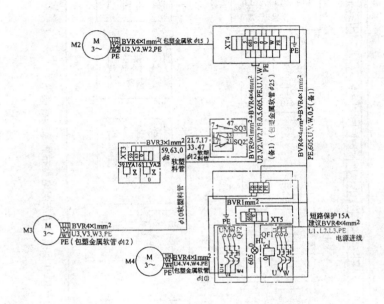

钻床安装接线图

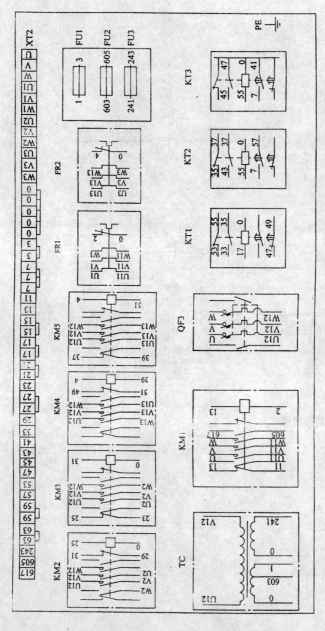

图 7 – 13 Z3050 型摇臂钻床配电盘布置及接线图

六、Z3050 摇臂钻床电气线路安装与调试

1. 安装步骤及工艺要求

(1) 按电路图配齐电气设备和元件,并逐个检查其型号、规格和质量是否符合要求。

(2) 确定导线规格、导线通道类型和数量、接线端子板型号及节数、控制板、管夹、束节、紧固体等。

(3) 在控制板上安装电器元件,并在各电器元件附近做好与电路图上相同代号的标记。

(4) 在控制板内布线。

(5) 选择合理的导线走向,做好导线通道的支持准备,并安装控制板以外的所有电器。

(6) 敷设连接线,然后用万用表 R×1 档区分出穿线管内的每根连接线,每区分出一根,立即在其两端套上编码套管。

(7) 检查电路的接线是否正确、接地通道是否具有连续性。

(8) 通电空转试验,观察各电器元件、线路、电动机及传动装置的工作情况是否正常,如不正常,应立即切断电源进行检查,经调整或修复后再次通电试车,直到完全正常时为止。

2. 注意事项

(1) 不要漏接接地线,严禁借用金属软管作接地通道。

(2) 在控制箱外部接线时,导线必须穿在导线通道内或敷设在机床底座内的导线通道里。通道内的所有导线都不允许有接头。

(3) 在对导线通道内敷设的导线进行接线时,必须做到思想集中,做到校验出一根导线,立即套上编码套管,接上后再进行复验。

(4) 不能随意更改摇臂升降电动机原来的电源相序,否则将使摇臂升降失控。

七、Z3050 摇臂钻床常见电气故障分析与检修

1. 主轴电动机故障的检修

(1) 主轴电动机 M1 不能启动   如果主轴电动机不能启动,可

按图 7‑14 故障检修流程图进行检修。

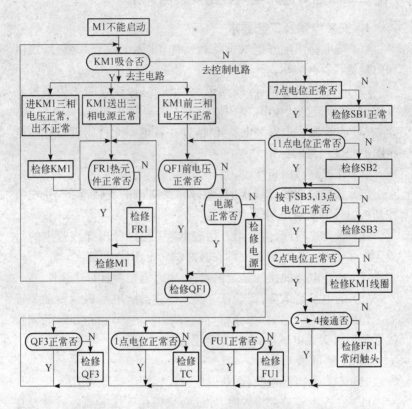

图 7‑14　主轴电动机 M1 不能启动的检修流程图

（2）主轴电动机 M1 不能停止　当按下停止按钮 SB2（12 区）时，电动机 M1 仍不停转，故障原因是接触器 KM1 主触头熔焊。出现这种情况，应立即切断电源，检查接触器触头。如果是触头熔粘需要更换同规格的触头或接触器，要先查明触头熔粘的原因并排除故障后进行。

2. 摇臂故障的检修

（1）摇臂不能升降　由摇臂升降过程可知，升降电动机 M2 旋转，带动摇臂升降，其条件是使摇臂从立柱上完全松开后，活塞杆压合位置开关 SQ2。所以发生故障时,应首先检查位置开关 SQ2 是否动作,如果 SQ2 不动作,常见故障是 SQ2 的安装位置移动或已损坏。这样,摇臂虽已放松,但活塞杆压不上 SQ2,摇臂就不能升降。有时,液压系统发生故障,使摇臂放松不够,也会压不上 SQ2,使摇臂不能运动。由此可见,SQ2 的位置非常重要,排除故障时,应配合机械、液压调整好后紧固。

另外,电动机 M3 电源相序接反时,按上升按钮 SB4(或下降按钮 SB5),M3 反转,使摇臂夹紧,压不上 SQ2,摇臂也就不能升降。所以,钻床大修或安装后,一定要检查电源相序。故障检修流程见图 7 - 15。

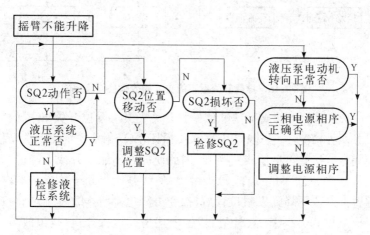

图 7 - 15　摇臂不能升降故障检修流程图

(2)摇臂升降后不能夹紧的故障检修　由摇臂夹紧的动作过程可知,夹紧动作的结束是由位置开关 SQ3 来完成的,如果 SQ3 动作过早,使 M3 尚未充分夹紧就停转。常见的故障原因是 SQ3 安装位置不合适,或固定螺丝松动造成 SQ3 移位,使 SQ3 在摇臂夹紧动作未完成时就被压上,切断了 KM5 回路,使 M3 停转。

排除故障时,首先判断是液压系统的故障(如活塞杆阀芯卡死或油路堵塞造成的夹紧力不够),还是电气系统故障,对电气方面的故障,应重新调整 SQ3 的动作距离,固定好螺钉即可。故障检修流程见图 7-16。

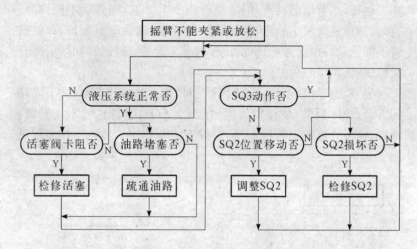

图 7-16 摇臂升降后不能夹紧的故障检修流程图

(3) 摇臂上升或下降限位保护开关失灵 限位开关 SQ1 的失灵分两种情况:一是限位开关 SQ1 损坏,SQ1 触头不能因开关动作而闭合或接触不良使线路断开,因此使摇臂不能上升或下降;二是限位开关 SQ1 不能动作,触头熔焊,使线路始终处于接通状态,当摇臂上升或下降到极限位置后,摇臂升降电动机 M2 发生堵转,这时应立即松开 SB4 或 SB5。根据上述情况进行分析,找出故障原因,更换或修理失灵的限位开关 SQ1 即可。故障检修流程见图 7-17。

3. 立柱、主轴箱故障的检修

(1) 立柱、主轴箱不能夹紧或松开 立柱、主轴箱不能夹紧或松开的可能原因是油路堵塞、接触器 KM4 或 KM5 不能吸合所致。出现故障时,应检查按钮 SB6、SB7 接线情况是否良好。若接触器 KM4、KM5 能吸合,M3 能运转,可排除电气方面的故障,则应请液压、机械修理人员检修油路,以确定是否是油路故障。故障检修流

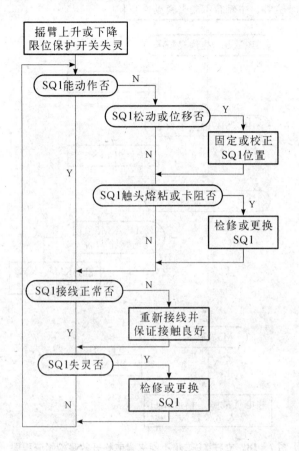

图 7‐17　摇臂上升或下降限位保护开关失灵故障检修流程图

程见图 7‐18。

（2）按下 SB6，立柱、主轴箱能夹紧，但释放后就松开　由于立柱、主轴箱的夹紧和松开机构都采用机械菱形块结构，所以这种故障多为机械原因造成（可能是菱形块和承压块的角度方向装错，或者距离不适当。如果菱形块立不起来，这是因夹紧力调得太大或夹紧液压系统压力不够所致），可找机械维修工检修。

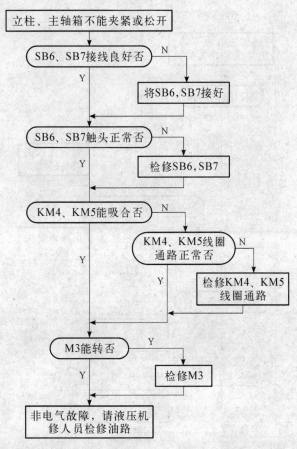

图7-18 立柱、主轴箱不能夹紧或松开故障检修流程图

··[··· 复 习 思 考 题 ···]··

一、选择题

1. CA6140 车床刀架带动刀具的直线运动是属于( )。

（A）切削运动 （B）进给运动 （C）辅助运动

2. CA6140 车床的冷却泵电动机是由( )控制的。

（A）接触器 KM

（B）中间继电器 KA1

（C）中间继电器 KA2

3. CA6140 车床的刀架快速移动电动机采用的是（　　　）线路。

（A）正反转控制　　　（B）点动控制　　　（C）接触器自锁控制

4. CA6140 车床的主轴电动机的过载保护是由（　　　）承担的。

（A）热继电器 FR1　（B）热继电器 FR2　（C）中间继电器 KA1

5. 在 CA6140 车床电气控制线路中，如果 KM 主触头熔焊，则可能出现的故障是（　　　）。

（A）主轴电动机不能启动

（B）主轴电动机不能停止

（C）主轴电动机能启动不能停止

6. Z3050 摇臂钻床的四台电动机中，要求有正反转的电动机有（　　　）台。

（A）1　　　　　　　（B）2　　　　　　　（C）3

7. Z3050 摇臂钻床控制线路中 KM4、KM5 分别用于（　　　）正反转控制。

（A）主轴电动机

（B）摇臂升降电动机

（C）液压泵电动机

8. 如果 Z3050 摇臂钻床的 HL2 亮，表示（　　　）启动运行。

（A）主轴电动机

（B）摇臂升降电动机

（C）液压泵电动机

9. 将转换开关 SA1 拨到中间位置时，Z3050 摇臂钻床的立柱和主轴箱（　　　）。

（A）立柱独立松紧

（B）主轴箱独立松紧

（C）立柱和主轴箱同时松紧

10. Z3050 摇臂钻床的照明电路的电源电压是（　　　）。

(A) 220 V　　　　(B) 110 V　　　　(C) 24 V 和 6 V

11. 装在 Z3050 摇臂钻床立柱顶部的电动机是(　　)。

(A) 主轴电动机

(B) 摇臂升降电动机

(C) 液压泵电动机

12. 在 Z3050 摇臂钻床的摇臂升降控制线路中,位置开关 SQ1a(15 区)和 SQ1b(16 区)作为摇臂升降的(　　)保护。

(A) 过载　　　　(B) 失压　　　　(C) 超程限位

二、判断题

1. CA6140 车床采用四台三相笼型异步电动机进行拖动。
（　　）

2. CA6140 车床主轴电动机 M1 启动后,冷却泵电动机随之立即启动。
（　　）

3. CA6140 车床接触器 KM 除控制主轴电动机外,还作短路、欠压和失压保护。
（　　）

4. CA6140 车床主轴的正反转是通过对主轴电动机的正反转控制来完成的。
（　　）

5. CA6140 车床电源信号灯由 SA 控制。
（　　）

6. 热继电器 FR2 对 CA6140 车床的冷却泵电动机进行过载保护。
（　　）

7. 若接触器表面粘有污垢,可能会产生主轴电动机不能停车的故障。
（　　）

8. Z3050 钻床的底座只能用于固定钻床。
（　　）

9. Z3050 钻床主轴变速机构和进给变速机构各用一台电动机驱动。
（　　）

10. Z3050 钻床切削液电动机的功率很大,故要有专门的保护措施。
（　　）

11. 只有在立柱下部及摇臂后部的电门关好后,Z3050 钻床方能接通电源。
（　　）

12. 在控制箱外部接线时,导线必须穿在导线通道内或敷设在

机床底座内的导线通道里。通道内导线允许有接头但必须做好绝缘措施。 （　　）

13. Z3050 钻床发生摇臂不能上升或下降故障时，一定是 SQ2 的安装位置移动或已损坏。 （　　）

三、问答题

1. 在 CA6140 车床中，若主轴电动机 M1 只能点动，则可能的故障原因是什么？在此情况下，冷却泵能否正常工作？

2. CA6140 车床的主轴是如何实现正反转控制的？

3. CA6140 车床的主轴电动机因过载而自动停车后，操作者立即按启动按钮，但电动机不能启动，试分析可能的原因。

4. 参考 Z3050 钻床电路图，分析摇臂下降的控制过程。

5. Z3050 钻床大修后，若摇臂升降电动机 M3 的三相电源相序接反会发生什么事故？

6. Z3050 钻床大修后，若 SQ3 安装位置不当，会出现什么故障？

复习思考题答案

第 一 章

一、选择题

1. (C) **2.** (B) **3.** (B) **4.** (A) **5.** (C) **6.** (C) **7.** (B) **8.** (C) **9.** (A) **10.** (C) **11.** (A) **12.** (A) **13.** (B) **14.** (C)

二、问答题

1. 见图 1-1 **2.** 高压电：$\geqslant 1\,000\,\text{V}$，低压电：$< 1\,000\,\text{V}$，安全电压：一般为 $\leqslant 36\,\text{V}$ **3.** 能供出 $380\,\text{V}$、$220\,\text{V}$ 两种交流电压 **4.** 第三节/一、二、三、四、五标题 **5.** $10\sim30\,\text{mA}$、$50\,\text{mA}$、$100\,\text{mA}$ **6.** 第二节形式一/(三)/1、2、3、4；原因一/(一)/1、2、3、4、5、6 **7.** 第五节/三/10/(3) **8.** 第五节/1、2、3、4、5、6、7、8、9、10 **9.** 第四节/二/3/3) **10.** 第四节/二/3/2)

三、计算题

1. 解 $I = P_总/U = 1\times10^5/500 = 200\,\text{A}$；$P_损 = I^2R = 200^2\times100\times2 = 8\times10^6\,\text{W} = 8\times10^3\,\text{kW}$；$P_实 = P_总 - P_损 = 10^5\,\text{kW} - 8\times10^3\,\text{kW} = 9.2\times10^4\,\text{kW}$ **2.** $P_总 = 100+60+800+140 = 1\,100(\text{W})$；$I = P_总/U = \dfrac{1\,100}{220} = 5(\text{A})$

第 二 章

一、选择题

1. (B) **2.** (B) **3.** (A) **4.** (C) **5.** (C) **6.** (A) **7.** (B) **8.** (A) **9.** (C) **10.** (C) **11.** (C) **12.** (A) **13.** (A) **14.** (C) **15.** (B)

二、问答题

1. 第一节/三/(一)/2/(2) **2.** 第一节/一/(六)/(2) **3.** 第一节/二/1/1) 2) 3) 4) **4.** 第一节/二/2/1) 2) 3) 4) 5) **5.** 第一节/二/3/1) 2) 3) 4) **6.** 第一节/三/(三)/4/1)~10) **7.** 第二节/二/(一)/3/1)~6) **8.** 第二节/

三/2　**9.** 第二节/三/4/1）～3）　**10.** 第二节/四/1　**11.** 第二节/四/3

12. 第三节/二/(二)/1/(2)　**13.** 第三节/二/(二)/1/(3)　**14.** 第三节/二/(二)/1/(4)　**15.** 第三节/二/(二)/3/(2)　**16.** 第四节/一/1～13　**17.** 第四节/一/1～13　**18.** 第四节/二/(二)/1)～3)　**19.** 第四节/三/(一)/(1)

20. 第四节/三/(一)/(3)　**21.** 第四节/三/(一)/(5)　**22.** 第四节/三/(二)/1

23. 第四节/三/(二)/3/(1)(2)　**24.** 第四节/三/(二)/3/(5)　**25.** 第四节/三/(二)/3/(6)　**26.** 第四节/五/5　**27.** 第四节/六第一段/总熔丝盒用以保护输配电线路;电度表用以测量用户所耗电能;电流互感器把用户的大电流转换成与电度表匹配的 5 A 小电流;控制开关用以接通或切断户内线路;过载或短路保护器用来保护户内线路的过载或短路;漏电保护器用以防止因户内电器漏电而触电　**28.** 第四节/六/5　**29.** 第四节/六/3/(6)　**30.** 第四节/六/2

三、计算题

1. 解:表头灵敏度是指其满刻度电流值。所以表头灵敏度为 $1\ V/20\ k\Omega=0.5\times10^{-4}\ A=50\ \mu A$。直流灵敏度就是表头灵敏度。交流灵敏度为 $1\ V/4\ k\Omega=250\ \mu A$。　**2.** 解: $P_总 = 800+60+100+300+100 = 1\ 360\ W$, $I_总 = P_总/U = 1\ 360/220 = 6.18(A)$　应选 10 A 的电度表

第 三 章

一、选择题

1. (C)　**2.** (B)　**3.** (A)　**4.** (C)　**5.** (B)　**6.** (B)　**7.** (B)　**8.** (C)

9. (A)　**10.** (A)　**11.** (C)　**12.** (C)　**13.** (B)　**14.** (A)　**15.** (A)

二、问答题

1. 第二节/一/(一)/1/(1)　**2.** ① 采用了储能分合闸方式,使触头的分合速度与手柄操作速度无关,有利于迅速灭弧、提高开关通断能力,延长使用寿命;② 设置了联锁装置,保证开关在合闸状态下开关盒不能开启,而当开关开启时又不能合闸,确保了操作安全。　**3.** 第一节/二/(一)/2　**4.** 第二节/三首段中　**5.** 第二节/三/1/图 3-16　**6.** 第二节/三/1、2 及图 3-16　**7.** 图 3-3、11、15　**8.** 第三节:熔体、熔管、熔座　**9.** 第三节　**10.** 第三节/一/3　**11.** 第三节/一/2　**12.** 第四节首段中　**13.** 第四节/二/1/(1)/4)/(2)

14. 第五节/1　**15.** 第五节/1/(2)　**16.** 第五节/1/(3)　**17.** 第五节/1/(3)

18. 第五节/2　**19.** 第六节/二开头段　**20.** 第六节/二/1　**21.** 第六节,因为热继电器动作需要一定时间　**22.** 区别:主触头电流大小,代替:主触头工作电流<5 A 时　**23.** 第六节/三/1　**24.** 第六节/三/6/(2)　**25.** 第六节/三/6/(3)

三、计算题

1. 解：三间办公室用电器总功率为 $100 \times 2 \times 3 + 1\,600 \times 3 = 5\,400$(W)，负载电流额定值为 $I_f = P/U = 5\,400/220 = 24.55\,A$，熔体电流额定值为 $I_e = 1.1 I_f = 24.55 \times 1.1 = 27\,A$　2. 解：由电动机额定电流 9.4 A 查表 3-15 得应选额定电流为 20 A 的热继电器，整定电流应取电动机额定电流的 $0.95 \sim 1.05$ 倍，现取 9.4 A，查表 3-16 可知，应选用电流为 11 A 的热元件，其电流调节范围为 $6.8 \sim 9 \sim 11\,A$，由于电动机定子接法为 △，应选带断相保护装置的，因此选用型号为 JR16-20/3D。

第 四 章

一、选择题

1.（C）　2.（C）　3.（B）　4.（C）

二、问答题

1. 答：防爆型，基座至输出轴中心高度为 160 mm、中机座 4 极、用于户外具有化工防腐性能的三相异步电动机。　2. 答：定子铁芯用于嵌放电动机定子绕组，是电动机磁路的一部分。定子绕组产生旋转磁场，使转子产生旋转转矩。　3. 六　4. 七　5. 五/2/(1)(2)　6. 五/3/(1)　7. 五/3/(2)　8. 六/1/(7)　9. 六/2/(3)　10. 七/3

三、计算题

解：4 表示为 4 极电动机 $P = 2$，$n = 60f/p = 60 \times 50/2 = 1\,500$ 转/分

第 五 章

一、选择题

1.（C）　2.（B）　3.（A）　4.（C）　5.（B）

二、问答题

1. 一/1　2. 一/2　3. 一/3/(3)　4. 二/2/(2)/2)　5. 三/1、2　6. 答：① 根据厂方资料，② 根据拆卸记录　7. 三/3/(5)/2)　8. 三/4/(3)/7)　9. 三/4/(4)　10. 三/4/(4)

三、计算题

1. 解：$\because U_1/U_2 = N_1/N_2$　$\therefore U_2 = U_1 \times N_2/N_1 = 36\,V$　2. 解：$L = 2(b'+t) + a' + 2(a'+t) = 2b' + 3a' + 4t = 2 \times 57 + 3 \times 29 + 4 \times 1 = 205$(mm) 电缆纸尺寸为 205 mm×44 mm

第 六 章

一、选择题

1.（A）　2.（B）　3.（C）　4.（A）　5.（A）　6.（C）　7.（A）　8.（B）
9.（C）　10.（A）　11.（A）　12.（A）　13.（B）　14.（B）　15.（C）
16.（C）

二、问答题

1. 答：① (b) 不能。应将 KM 常开触头短接；② (c) 不能。通电后将不断通断跳动，应将 SB 换为常开按钮，并短接 KM 常闭触头；③ (d) 不能。通电后 KM 常开触头将短接 KM 线圈，应将 KM 常开触头拆除。 **2.** 答：(a) 不能。KM 常开触头接错位置，应接至 SB1 两端；(b) 不能。按 SB1 后将造成短路故障，应将 SB2 与 SB1 串接，并将 KM 常开触头并接在 SB1 旁；(c) 不能，只能启动，无法停止。应将 KM 常开触头并联在 SB1 旁；(d) 不能，不按 SB1 电路即会启动且不能停止。应将 SB2 拆下然后与 KM 线圈串联；(e) 不能，按 SB1 后 KM 线圈将被短路。应将 KM 常开触头移至与 SB1 并联 **3.** 第二节/三/1/(3)/4) **4.** 答：电动机中间那根线应接至 L2，工作原理见第二节/三/1/(2) **5.** 第二节/四首段 **6.** 第二节/四首段 **7.** 答：① 不能，缺 FU1、FU2 熔断器，缺 FR 热继电器常闭触头，按图 6－21 补齐；② KM 线圈下端应接至 L2 **8.** 第三节首段 **9.** 按图 6－30 补齐 **10.** (a) 不能，未改变相序；(b) 能；(c) 不能，未改变相序；(d) 不能，无论按 SB1 或 SB2，KM1 和 KM2 将同时接通；(f) 不能。KM 常开触头与线圈串联，无法接通电路；(g) 不能。KM2 线圈无法接通；(h) 接触器线圈无法接通 (i) 不能，按 SB1 或 SB2，KM1、KM2 线圈将同时不停地通断；(j) 不能，同上。 **11.** 第三节/一/1
(a) KM1、KM2 常闭触头 (b) SB1、SB2 常闭触头 (c) KM1、KM2、SB1、SB2 常闭触头 **12.** 答：① 主触头相序未变 ② 漏 FR 常闭触头 ③ KM1、KM2 常开、常闭触头位置接错，应互换 **13.** 第四节/一首段 常见有：主电路顺序控制、控制电路顺序控制。例：图6－40、图6－41 **14.** 答工作原理

启动：按下 SB1→KM 线圈得电 ┌→KM1 主触头闭合→M1 得电启动连续运转
　　　　　　　　　　　　　　└→KM1 常开触头闭合，自锁 SB1→按下

SB2→KM2 线圈得电 ┌→KM2 主触头闭合→M2 得电启动连续运转
　　　　　　　　　└→KM2 常开触头闭合，自锁 SB2→按下 SB3→KM3 线圈得电→

┌→KM3 主触头闭合→M3 得电启动连续运转
└→KM3 常开触头闭合，自锁 SB3

停止：按下 SB4，所有接触器同时失电，M1、M2、M3 停转　　**15.** 答：
(a) M1，M2 顺序启动，同时停止　　(b) M1，M2 顺序启动，按 SB12 同时停止，
先按 SB22 可逆序停止　　**16.** 答：(1) 按 SB11→M1 启动，按 SB12→M1 停止，
按 SB21→M2 启动，按 SB22→M2 停止

(2) 按 SB31→ KA线圈得电 →
- KA 常开触头闭合、自锁 SB31
- KA 常开触头闭合→KM1 线圈得电→M1 启动运转
- KA 常开触头闭合→KM2 线圈得电→M2 启动运转

按 SB32→ KA、KM1、KM2 线圈同时失电→M1、M2 同时停转
(3) M1、M2 的过载保护热继电器 FR1、FR2，只要任一常闭触头分断，即切断
了所有控制电路，M1、M2 即失电停转。

第 七 章

一、选择题

1.（B）　**2.**（B）　**3.**（B）　**4.**（A）　**5.**（C）　**6.**（B）　**7.**（C）　**8.**（A）
9.（C）　**10.**（C）　**11.**（B）　**12.**（C）　**13.**（C）

二、判断题

1.（×）　**2.**（×）　**3.**（×）　**4.**（×）　**5.**（×）　**6.**（√）　**7.**（√）
8.（×）　**9.**（×）　**10.**（×）　**11.**（√）　**12.**（×）　**13.**（×）

三、问答题

1. 第一节/七/2　冷却泵不能正常工作，因受 KM 控制　**2.** 答：通过机
械传动变速箱来实现　**3.** 见第一节/七/4　热继电器未复位　**4.** 见第二节/
三/2/(2)　**5.** 第二节/七/2/(1) 末段　**6.** 见第二节/七/2/(2)